第二輯
風雲變幻
卷3 魅影
尋龍記
無極 著

目錄

第一章　情海風波

石青青說著，竟然猛地抽出腰間佩劍，明晃晃的劍尖對準了項思龍的前身。

圍觀眾人都「噓」了一聲起哄，以為石青青只是裝裝腔作作勢而已，連苗疆三娘也不例外，以為女兒這一劍絕對不會刺向項思龍，但卻有可能自殺，所以還是臉色蒼白，嘴唇顫顫的向項思龍傳音道：「思龍，防止青青自盡！」

項思龍早就想到了這一點，雖是體內的「不死神功」向他發出警告，對方對自己起了殺意，但卻還是不以為意，在項思龍的心目中，石青青只是一時難以接受自己和苗疆三娘之間發生的苟且之事，心下在悲痛之餘自也不免氣恨自己，但石青青還是喜歡自己的，絕不會做出傷害自己之舉來，當下還是苦笑道：「小娘子要謀殺親夫了？唉，想來是我無意中做出了什麼讓你非常傷心的錯事來吧！小娘子既然心下恨我入骨，那就索性刺我一劍，洩洩心下怨氣吧！」

項思龍話音剛落，卻突聽得石青青嬌叱一聲道：「你以為我不敢刺你啊！」喝聲剛起之時，竟是手中長劍一抖，挺胸向項思龍刺去。

包括苗疆三娘、孟姜女在內的場中所有旁觀者，對這意想不到的一著都失聲驚呼起來，上官蓮和舒蘭英二人更是身形一閃，向項思龍和石青青身旁之處飛馳而來。

項思龍在石青青長劍一抖之時，「不死神功」頓然自行運功護住了他全身上下的各處要害，但他突地生起一股怪誕的想法來：要是石青青真能刺了自己一劍後發洩了她心中的悲痛和怨恨，那自己就索性毫不抵抗的接了她這一劍吧！

心下如此想來，頓然用意念消去了自己的護體罡氣，閉目默然準備承受，是生是死，就全看石青青心裡究竟還愛不愛自己吧！

「嗤」的一聲，長劍破衣之聲乍然響起，項思龍只覺胸前「乳中穴」處一陣刺痛傳遍全身，石青青手中的長劍已經刺在了他左胸偏心臟四寸的「乳中穴」處，鮮血頓然順著長劍流出，染紅了項思龍的胸前衣衫，項思龍臉色蒼白的朝著一臉驚駭、呆若木雞的石青青慘然一笑道：「只要你能心結開暢起來，為夫即便死在你的劍下，也不會有怨言的！」

言罷，身形向後倒去，人也頓然昏迷不醒，幸得上官蓮搶身得快，在項思龍身形倒下時，已是抱住了他的身軀，見著項思龍臉色蒼白的昏死過去，悲呼一聲，出指在他胸前的幾大穴道上一陣連點，止住鮮血的流出，接著把項思龍扶著坐地，雙掌一錯抵在項思龍的背心「中樞穴」和「命門穴」上，把功力源源輸入項思龍體內，心下卻是驚駭凌亂如麻。

石青青這小妮子可真是夠狠毒的，竟然真的出劍刺思龍！可思龍竟然也傻乎乎的，既不出手攔截，也不運功護體，就這麼任由石青青這毒妮子刺了一劍！

但願不要鬧出人命來才好，要是……思龍真有什麼差錯，那苗疆三娘和石青青乃至她們五毒門的都準備償命吧！

場中的氣氛是一種怪異的寂靜，簡直是落針聲可聞，但裡面卻是蘊含著一觸即發的血腥危機。

天絕、韓信、鬼青王等都是一臉憤怒的瞪了一眼手中還呆握著劍，血光猶存的石青青，可轉望向閉目不醒的項思龍，眼裡全都是擔心之色。只有苗疆三娘則是臉無血色，目光散滯的與自己同樣神色的女兒對望著。

「啪！」的一記耳光聲震破全場的寂靜，也引轉眾人的目光。卻見舒蘭英一臉淒然悲憤的瞪著石青青，拍打在石青青臉上的手掌還未落下，狠狠的道：「你……你太狠毒了！思龍做出了什麼對不起你的事嗎？連我也準備默然接受你們母女倆做思龍的妻妾，你卻又吃起什麼飛醋來？告訴你，思龍要真出了什麼事，你……你萬死難抵全命！我恨死你了！」

石青青一臉木然，對舒蘭英打自己一記耳光和如此的凶狠謾罵似是絲毫不覺，只是傻愣愣的望著手中還在滴著鮮血的長劍，呆呆的靜站著，口中喃喃的低語道：「我刺了他！我刺了他！……他定會恨我！他定會恨我！……」

苗疆三娘看著女兒的呆滯之態，知她心中悲痛欲絕的傷心感受，心下在滴著血的狂喊著道：「天啊！你不要懲罰青青了！這一切都是我的錯！把一切的災難都降臨到我身上來吧！她可是無辜的，不要再折磨她、摧殘她了！」

心下如此痛苦的想來，苗疆三娘突地「錚！」的一聲拔出腰間佩劍，橫架在自己頸脖上，顫音高喊道：「請……請各位不要……責怪青青方才錯手傷……傷著了項少俠！我願意為她承擔一切的過失責任！我……求求各位了！」

說罷，竟是屈膝跪下，滿面淚珠的繼續道：「青青還小，她有愛有恨，感情不能自控，所以才做出方才的事！但是她心下卻是確實深愛著項少俠的，這點我想各位定也看得出！一切都是我的錯，要不是項少俠為了救我，無奈之下與我做下了苟合之事，這一切就全然不會發生，所以一切的錯源都是因我而起，我願用死來償還青青方才的過失！」

話音甫落，苗疆三娘銀牙一咬，正待拉動長劍刎頸自盡時，項思龍的聲音卻突地在耳際響起道：「不要！傻瓜，我這一切都是佯裝出來的！憑著青青那一劍又怎麼要得了我的命呢？我只是想化解你們母女之間的恩怨，所以才不得不出此下策！嘿，我還沒有享受夠你這大美人，沒有向你索取營養費，又怎會捨得死呢？」

苗疆三娘聞聲微微一怔，手底的動作也隨之略一遲疑，手中長劍已是在孟姜女的驚呼聲中被她指中射出的罡氣擊中手腕幾處穴道掉落在地，但頸脖卻還是被劃出一道足有四五寸長的傷口來，鮮血順頸咕咕流出。

眾人都是駭然驚叫出聲，心下雖是不大喜歡苗疆三娘，但對她愛女心切所做出的如此壯舉，還是禁不住一陣心動，對這惡婆娘生出幾許好感來，連舒蘭英這等感情憎惡最是明顯的土家族烈女也都失聲驚呼起來。

一直呆滯喃喃自語的石青青，神智似也被苗疆三娘這刻對自己偉大愛心給震醒過來，停止了呢喃，「噹」的一聲，長劍一鬆跌落在地，秀目淚珠兒滾滾落下，嬌軀劇顫著，突地嬌呼一聲「娘！」猛的一把推開阻在身前的舒蘭英，向苗疆三娘奔去，撲伏在她身上嚎啕大哭起來。

眾人都被這突如其來的變故給弄得愣住了，只靜站著在一旁看著這幕情感悲劇。

天絕臉上神色古怪的突地搖頭苦笑道：「唉！情劫一發生起來，原來是如此慘烈的！我倒是寧願一輩子都不娶老婆了，免得落入思龍的後塵！這可大是不妙非常了！」說到這裡，頓了頓，接著又道：「思龍這小子不是練成了『不死神功』麼？想來他也不會有什麼事的！但是這情劫卻也夠他頭痛的了，難怪他痛苦得巴不得痛昏過去，來逃避這頭痛事了！」

上官蓮這時緩緩的舒了一口氣，收功站起，臉色鐵青的瞪了一眼正抱頭痛哭的苗疆三娘和石青青母女一眼，她心中雖是對她們深表同情，但石青青刺向項思龍的這一劍實在是讓她太氣惱了，即使思龍已是沒事，她也決不會便宜的輕易放過她們母女倆，當下冷冷的朝鬼青王發令道：「把她們母女倆抓綁起來！待思龍傷好之後再來定奪對她們的懲罰！」

韓信、天絕、舒蘭英等一聽項思龍果真沒有性命之憂，都大是鬆了一口氣。

天絕笑了笑道：「這小子是受天命下凡來拯救人類劫難的，怎麼會如此輕易就沒命呢？閻王也不敢收他啊！」

運功控制著傷勢，假裝昏迷的項思龍對天絕的話是不以為然的心下笑了笑，卻也暗道：「我雖不是受命下凡，但卻也是受使命來到這時代呢！」

心下如此怪怪想的同時，卻又對上官蓮下令抓禁苗疆三娘和石青青母女二人大是焦急起來。如此一來，她們母女二人的自尊心當會受到傷害，說不定真要鬧出什麼人命來了，自己這番心血也就白費了！不行，自己得阻止姥姥這步錯著！當即急忙傳音給上官蓮道：「姥姥，快撤去抓禁苗疆三娘和石青青的命令！這樣會把事情弄得更糟的！嘿，我一點事也沒有呢！被青青刺一劍是我無計可施之下所想出的一個下著，不過這一招可很管用的呢！不僅可化解去她們母女間的恩怨，同時也可化解掉蘭英和碧瑩等幾頭母老虎的糾纏不清。拜託了，姥姥，幫幫我吧！」

此時鬼青王領著上護法上執法已走到苗疆三娘、石青青母女身邊，成包圍狀欲擒她們母女，上官蓮聞得項思龍傳音，雖是老大不情願，且有些啼笑皆非，卻還是出聲喝止道：「算了！鬼青王，你們退回來吧！她們母女倆……都已是思龍的妻妾，對待她們不恭，少主待會醒來知曉了，說不定會怪罪我們呢！」

鬼青王等微微一怔，雖依言領命而退，不過心下卻是老大不情願，他們對石青青刺傷項思龍都是恨之入骨，巴不得即刻把她給殺了。

八大護毒素女此刻也都在項思龍通過體內七步毒蠍蠱對她們的控制而使她們都昏迷了過去，正由心下焦慮如焚的朱玲玲和傅雪君二人照看著，不時的望向臉色蒼白的項思龍。

苗疆三娘和石青青抱頭痛哭，前者頸上的傷已由孟姜女包紮上藥縛綁好了。在這一刻裡，她們母女二人只覺兩顆心才真正溝通起來。苗疆三娘感受到了女兒石青青對母愛的渴望，石青青感受到了母親對自己壓抑在心底深處到這刻才向自己開放出來的偉大母愛。

她們完全沉浸在感情的交融之中，對其他的一切都渾然忘卻，似乎這天地之間只有她們二人。當然，項思龍她們是不會忘卻的，所以她們的痛哭還有著一部分是為了項思龍，但願他不要有什麼事才好，否則自己母女二人是萬死難辭其咎，只有陪他而去了！

上官蓮此刻是大為放下心來，不過卻還是對項思龍這危險之舉暗責不已，心下忖道：「小子，待你解決完你的感情問題後，我再找你算帳！」

心下如此想著，口中卻是大喊一聲道：「好了，大家不要再心煩了！思龍沒有什麼性命之憂！我們還是打道回雲中郡城去吧！」

上官蓮這話是故意說給苗疆三娘和石青青聽的，苗疆三娘已是得知項思龍沒有什麼危險，聞言所以不大激動，但石青青聽了卻是「啊」的一聲驚喜的叫了起來，脫開了苗疆三娘的懷抱，脫口道：「思龍他……真的沒事麼？」

對於石青青這真情的自然流露之言，讓得上官蓮和舒蘭英等對她甚是憎恨的人心懷也都放鬆了些。上官蓮緩和語氣道：「還算你這小妮子對思龍有幾分情意，臨時改變劍勢，沒有刺向他的心臟，力道也消去大半，所以思龍保住了一命，這小子福大命大，死不了的！」

說到這裡，歎了一口氣又道：「情劫纏身，可有得這小子好受的了！青青姑娘，但願你們母女倆不要再增加思龍的感情痛苦了！如果你們真的喜歡他，就應多多關心他、幫助他、體貼他，而不是增加他的感情負累，傷害他！」

上官蓮這話可說是已親口向苗疆三娘和石青青應言同意她們嫁給項思龍了，只喜得她們母女二人的臉上一陣激動，在一旁孟姜女攙扶下，二人向上官蓮冉冉下拜，叩首恭聲道：「姥姥在上，請受兩孫媳婦一拜！」

包括上官蓮和假裝昏迷的項思龍聞得這話，心下都升起一陣荒謬絕倫感。母女二人同嫁一夫，這……這是怎麼的嘛！項思龍心下怪怪想著時，卻又想到一件讓他大是頭痛的事來，那就是雲中郡城裡還不知此事的母老虎張碧瑩。

舒蘭英這隻母老虎已基本搞定了，張碧瑩這隻母老虎呢？

項思龍頭大如斗的想著，心下煩亂如麻，不過過了一關終是一件可喜可慶之事，車到山前必有路，船到橋頭自然直，待見到張碧瑩後再想對策吧！這辣妮子刀子嘴豆腐心，外表凶蠻內心溫馴，自己會有辦法搞定她的！

項思龍心下如此自我安慰的想著，偷偷的把眼睛瞇成一條小縫。用眼睛餘光去打量全場各人的神色。卻見苗疆三娘和石青青正跪在姥姥上官蓮面前，俏臉梨花帶雨之中，卻又含著濃濃的嬌羞之色，姥姥上官蓮則是一臉啼笑皆非的無奈之色，顯是對石青青刺傷自己的事餘氣未消，卻還是俯下身去扶起苗疆三娘和石青青母女倆。

朱玲玲和傅雪君二女是幽怨中帶著一絲欣慰的淡笑，眉頭卻又是微鎖，秀目望著自己顯出的是無盡的擔憂之色。孟姜女自是喜上眉梢，上官蓮和眾女接受了苗疆三娘和石青青母女倆，那接受她自是更不成問題了！

天絕、韓信、鬼青王等是神色各有千秋，天絕是一副樂呵呵的高興模樣，韓信是一副心事重重的思索模樣，鬼青王和其他人呢，則基本上是一副為自己擔憂非常的模樣。

母老虎舒蘭英呢，是正翹著嘴巴，玲瓏的小鼻子也被牽動，秀目裡的睫毛在瞪大眼睛的跳動下也一顫一顫的，完全是一派小女孩打了敗仗的生氣可人模樣。

項思龍正瞇著眼睛偷覷著眾人神色時，上官蓮扶起苗疆三娘和石青青母女驀地大喝一聲道：「好了，大家起程回雲中郡城去吧！少主的傷勢已無大礙，大家也不用太為他擔心的！」

言罷，接著又是運功發出一聲尖厲的嘯叫聲，不多時，卻聽得一陣急促而又密集的馬蹄聲傳來，且隱隱飄來張萬和曾範二人的聲音高喊道：「韓將軍，是少主平安歸來了嗎？」

韓信即刻沉聲答道：「是少主從神女峰回來了！不過，卻不是平安歸來，他……」

韓信的話尚未說完，對面的人群從先是驚喜的歡呼聲中，一下子又轉為齊聲驚呼，曾範的聲音清晰傳來，急切的道：「少主怎麼了……到底遭遇什麼不測了？會不會有什麼性命之憂啊？」

這次是天絕搶先答道：「是遭遇桃花劫了！少主他現在已經躺下來了呢！也不知……」

對面更是清晰而又陣容浩大的驚呼聲傳來，使得天絕不得不打住了後面想接著說的話，只聽得足有千百人的雜亂驚呼聲傳來道：「什麼？少主他……是什麼人傷害了他？我們去找他拚命！為少主而犧牲，我們無怨無悔！」

假裝昏迷的項思龍聽得這話，心下有些激動，真想從由鬼青王和四大執法抬著的擔架上一下子跳起來，對眾人大喝道：「喂！我沒事！你們不用去找什麼人拚命！只要回到郡城後，每人與我大乾三杯，就算是對我忠心耿耿了！」

但項思龍卻不敢真跳起來，因為他還要繼續假裝重傷來應付張碧瑩這隻母老虎呢！只有用軟功夫才可以喚起她對自己的綿綿愛意，這樣瞧準時機向她講明情況和自己的為難之處，想來張碧瑩只是憤怒責罵幾句，也便可消氣了！

至於曾盈、玉貞諸女，她們本是對自己千依百順，自己這一番苦心做作，即使她們知道了，也只會更加敬重自己而決不會發什麼脾氣，所以不必擔什麼心的，大可以安下心來。

然而有一件事，卻還是讓項思龍大是詫異納悶不已，那就是自己身上被石青青刺中的劍傷，雖也比較嚴重，可此刻傷口卻似乎已全部癒合，一點也不覺得疼痛了，反是全身的真氣似乎更加充盈，融入了四肢百骸的經脈穴道中一般，讓自己感覺全身充滿了力量，一般的刀劍即使刺在身上，想來自己不做任何反抗的意念也絕對刺傷不了自己。倒是臉上的蒼白神色，項思龍不得不大費苦心的運功裝作出來。

天絕見對方眾武士誤解了自己的話意，大是惱火的忖道：「老子的話還沒說完呢！你們急個什麼勁嘛？」

想著時，運功大喝一聲道：「大家稍安勿燥！少主他只是受了些傷，並沒有什麼大礙！再說，少主是心甘情願的傷在我們少主夫人手下的，你們有誰敢去找她拚命啊？要是少主夫人少了一根頭髮，他傷好後不找你們算帳才怪呢！所以你們別吵嚷了！打攪了少主休息呢！快安靜下來吧！」

聞得天絕的這番話，對面騷動的人群果都平靜了下來，連馬蹄聲也緩慢了許多。

上官蓮苦然一笑，目光有些責怨的瞪了一臉羞愧之色的苗疆三娘和石青青母女倆。

要不是她們，本該歡歡喜喜的場面就不會弄成這個模樣！終究是魔女有楣運，思龍遇到她們母女後就沒有一刻安寧過，使得大家也都心神不定，看來她們是思龍命中的剋星，日後可得叫思龍小心提防著點她們！嗯，還得使些道法來為思龍驅驅妖氣，使他少受些禍端！

上官蓮卻不知由於她現刻的這一封建迷信思想的萌生，使得項思龍不但沒有得著安寧，反搞得他的「後宮」更是一片亂七八糟，讓得項思龍大傷腦筋才擺平了後宮紛亂。不過，也從上官蓮後來攪出的那場「後宮風雲」後，項思龍的「後宮」就再也沒有滋生過風波了，正謂「塞翁失馬，焉知非福」，或許也正是這個道理吧！

當然，這些都是後話，暫且不提，還是言歸正傳吧！卻說上官蓮對苗疆三娘和石青青心中有所顧忌，冷冷的瞪著她們母女倆，這一態度滿入苗疆三娘眼中，使她芳心一顫，讓她知道了上官蓮並沒有完全誠意的接受她們母女倆，只是為了思龍才說出那番言不由衷的話來，想來其他諸人也都是她這種心態吧！

甚或有更氣恨自己母女二人的呢！不過，管他那麼多呢！自己母女二人只要思龍喜歡疼愛就夠了，其他人愛怎麼看怎麼想，自己母女都任由得他們去吧！

自己又不是跟他們一起生活！彼此間不能親近溝通，頂多只是自己母女二人還是孤獨一些罷了唄，也沒什麼大不了的嘛！

更何況有孟姜女這個知心姐姐與自己是同心同德！只要自己母女二人從今以後遵守婦道，盡力幫助思龍不讓他感到煩心，自己二人也就心安理得了！

苗疆三娘心下如此想來，倏地生起一股追求人格尊嚴的劇烈衝動起來，臉上又恢復了先前為「五毒門」門主的冷傲之色，一點也不畏縮眾人各種各樣神情盯著自己的目光。

想來也是，像她這等曾經叱吒風雲的一代女魔頭，能夠屈服在對項思龍的迷戀上，已很是難能可貴的了，對於其他的人，她可是一點也不放在心上，要不是礙於項思龍的面子和女兒石青青所做的錯事，她是絕對不會在眾人面前低頭的。現在項思龍沒事，自己母女二人也認錯了，還有什麼內疚的呢？不必看眾人的臉色忐忑不安的了！要打就打起來唄！

唉，魔女終究是脫不了魔性！就因她這種要強好勝的個性，為她們母女倆日後與項思龍的關係帶來了無窮無盡的挫折，這卻是苗疆三娘所料想不到的事了。不過，好人多磨難，她們與項思龍經歷一番怨情挫折後，以後的感情卻是更加融洽了，同時與眾人的緊張關係也都冰釋前嫌。

上官蓮接觸著苗疆三娘驀地充滿魔性的目光，心下也是一顫，暗忖道：「這毒婆娘果然魔性未斂，思龍可不要著了她的什麼道兒是好！」

心下暗暗戒備的想來，當下嘴角一動傳音給鬼青王道：「著人好好的監視苗疆三娘母女的一舉一動，稍有什麼異況，即刻向我報告！」

鬼青王聞聲微微一愣，對上官蓮這變幻莫測的個性大是不解，先前還幫苗疆三娘母女倆說好話，這刻卻又叫自己嚴密監視她們母女倆，這到底是在搞什麼玄虛嘛？依我看，還是索性把她們擒下，待少主醒來後再行定奪她們的命運，省得提心吊膽她們會搞什麼鬼名堂來著。

心下雖是如此想著，嘴上可不敢如此說出，只是沉聲應「是」道：「屬下謹遵夫人令諭！」

上官蓮聞言點了點頭，接著發出聲音來道：「八大護毒素女現與少主性命連為一體，所以對她們幾人也需嚴加保護，沒有我的命令，任何人不准接近她們，違令者一律格殺勿論！」

說到這裡，頓了頓接著又道：「若是她們當中任何一人少了一根毫毛，我唯你是問！」

上官蓮這話又是說給苗疆三娘聽的，因為在眾人當中，除了她和女兒石青青，以及孟姜女三人外，其他人都可說是項思龍共經患難的親人、朋友和下屬了。

苗疆三娘自也聽得出上官蓮話中的弦外之意，臉色微微一變，禁不住冷哼了一聲，卻是強忍著心下的怒火，沒有發作出來，只雙目中顯出明顯的憤憤不平之意。

上官蓮聞得苗疆三娘的冷哼聲，老臉一寒本待發作，旋又想到項思龍的一番苦心，只得強壓下心中怒火，對項思龍是暗罵不已道：「這個死小子，也不知怎的色迷心竅，竟然喜歡上這對毒母女！終有一日會栽在她們手上的！」

項思龍憑著氣機感應到了苗疆三娘和姥姥上官蓮之間矛盾的再次激化，不由得心頭大急，頓忙傳音給苗疆三娘：「娘子，不要跟姥姥她頂撞吧！否則我也要受到她的責罵了！」

苗疆三娘正一肚子的委屈沒處發洩，聞得項思龍此言，頓傳了訊息嬌嗔道：「是她……是姥姥率先對我出言不遜的嘛！我……我已經是夠容忍了！如果他們再對我們母女倆冷言冷語的，我可就要發作了！沒有人再能夠忍受他們的白眼和嘲諷了！我可只是為了跟你在一起，他們則是沒放在心上！想我苗疆三娘，要不是為了你這冤家，這近二十年來何曾受過這等鳥氣？項郎可也得為我和青青作主啊！」

項思龍聞言大感頭痛的柔聲道：「這……我不是已跟你做過承諾了麼？你相信我就是了，暫且忍一忍吧！唉，郡城裡還有隻更凶狠的母老虎呢！為了能闖過這一關，我此刻還不能站出來幫你說話！不過我會傳訊告知姥姥一聲，叫她對你和青青客氣一些的，你就寬容一些吧！」

苗疆三娘幽怨的歎了一聲，默然應「是」，當即再也不言語，垂下頭去，目光也不與眾人對視，免得見了眾人對自己和青青的冷漠態度，心中有氣，一時難忍之下暴發出來，可就要弄得項思龍難堪了。想來他即便喜歡自己母女倆，當也不會為了自己二人而與其他人諸如上官蓮和他的幾位愛妻鬧僵吧！那自己還是忍一忍罷了！

俗話說「忍得一時之時，免受百日之憂」，自己母女二人如沒有項思龍的支持，那便顯得勢單力薄了，又怎是上官蓮等的對手呢？何況解決這等事情，靠武力是根本解決不了問題的！

上官蓮見得苗疆三娘倏地臉上神色一黯，凶光全斂，心下有些詫然，但見到苗疆三娘下垂的目光偷偷望向擔架上的項思龍時，頓然知道是項思龍警告了苗疆三娘，叫她不要亂來。

看來苗疆三娘倒是挺聽思龍的話的，但不知是否故意如此對思龍馴服，為了達到某種目的？但若不是，倒是還有幾分可取之處。一個女人不管她本性是好是壞，只要對她的夫君忠心耿耿，如此也算得是好女人了！

唉，管他的呢！只要苗疆三娘不對思龍起歹心，一心一意的跟著思龍，就不要去管他什麼倫理道德之類的了！思龍本就是一個與眾不同的超凡之人，他的愛是一種博愛，自是也會得到他所愛的人對他的愛，這是一種神聖的愛，是不能用一般的眼光來看待這種愛的。

朱玲玲和傅雪君不都是比思龍大出快有二成年紀的婦人嗎？可她們還是愛上

了思龍，並且已經作了他的妻妾。說來以她們的年紀都可以做思龍的母親了，自己還不是坦然接受了？

自己何必對苗疆三娘母女如此苛刻呢？思龍喜歡她們就夠了！自己可不能因為她們母女曾是自己等的敵人而排斥她們，只要她們不對思龍不利就行了！

但也不可對她們完全放下心來，俗話說「害人之心不可有，防人之心不可無」，自己只要暗中提防著她們就是了，何必表露於顏色，把彼此關係弄僵不說，還會搞得思龍心煩，這可不是自己所想的！

再說，憑她們母女二人的能耐，就算再厲害也決鬥不過思龍！要不，思龍也就不可能有今日的成就了！他本是一個謎一般讓人感覺高深莫測的人物嘛！

想到這裡，上官蓮心下對苗疆三娘母女倆也大是釋然了些，語氣一緩道：「說了幾次回城的話了，還是沒有動身！好了，大家不要耽擱了，準備起程吧！天色已是不晚了呢！肚子裡也都唱起空城計來了！快快動身吧！」

說罷，玢咐韓信去幫助張萬和曾範指揮還未徹底平息下來的地冥鬼府教徒和一些土居族武士，以及堅決要求跟來的匈奴武士。

韓信領命而去後，天絕頓即也叫喊起來道：「大妹子這話說得不錯，咱肚子早就在跟我鬧意見了！咱們趕快回城好好吃他一頓吧！不過，少主受了傷，卻是沒有這個口福囉！」

天絕從上官蓮和苗疆三娘變幻反側的神態中，已是看出了其中必有玄虛，所以在默默視察擔架上項思龍的狀況，果然被他看出，項思龍不但嘴唇在微微抖動，連臉色也在時時變化不停，頓然知道項思龍只是在假裝受傷而已，暗讚他的心智聰明，此招「苦肉計」可謂妙絕，把眾人的心念都轉移開來，同時也向眾人證明他是喜歡石青青的。

這樣大家因擔心他的傷勢，又怕他如娶不到石青青母女會尋什麼短見，如此大家也便只得無奈之下接受石青青母女了。

此計牽動的內在關係確實是玄妙異常，也是他化解此次桃花劫的唯一良策。所以，他那一劍中得也不可謂不值得，只是一些皮肉痛而已。

不過，話說回來，這小子可是在賭他一把，賭石青青不會取他性命。要是賭輸了，他小子就打算命歸黃泉吧！

賭贏了自是什麼事都沒有。因此他這一計可是要心計和膽色相結合才行的，而並不是單單靠運氣的了。

天絕基於這些想法，所以才出言想逗逗項思龍，讓他心情輕鬆一些，因為他看得出項思龍心中煩亂痛苦得要命。上官蓮、舒蘭英還有一個張碧瑩，這幾人是不會輕易答應接受石青青母女的，這往後的日子可有得項思龍頭痛的了。

上官蓮白了天絕一眼，卻是沉聲道：「思龍沒有醒來，誰也不得吃飯睡覺，違令者罰他做伙頭軍十天，絕沒有什麼人情可講！」

天絕聞言做了個怪臉，苦笑道：「這麼殘忍啊？不過，為了不做伙頭軍，肚子只得委屈一下囉！唉，少主啊少主，你這可把大家害慘了啊！你不醒來，我們可就不能吃飯不能睡覺了！幸好沒有規定不能拉屎不能拉尿，要不我可就只有上吊算了！嘿，還算有運氣！」

天絕這風趣的話，讓得繃緊著臉的舒蘭英禁不住「撲嗤」一聲嬌笑出來道：「不過，要是思龍假裝睡他個十天半月的，想來你也只有上吊自殺了！要不，你那跟你鬧意見的肚子就要在你體內大開殺戒了。如此痛苦死云，倒不如一下了斷，豈不是痛快得多？」

天絕聽了哇哇大叫道：「哇咋！收了個義女，卻是不但不孝順，反如此大逆不道的咒你義父去死，這……這是個什麼世道嘛！」

天絕這番誇張的話，令得場中的氣氛稍稍輕鬆了些，上官蓮臉上也露出了些笑意的捉弄道：「我的話還沒有說完呢！嗯，現在再補充一下，就是天絕這老小子從這刻起至少主醒來這段時間裡，不允許再說一句話，否則……」

上官蓮的話還未說完，天絕就怪叫起來道：「哇咋！這怎麼行？如此軍法，倒不如叫我去死了罷了！否則我就決禁不了不說話！」

舒蘭英失笑道：「變一下也行的嘛！姥姥，你就命義父在思龍醒轉之前，不允許他……拉屎拉尿吧！這樣可以顯示你對少主的忠心呢！」

天絕怪目直瞪著舒蘭英，打量了她好一陣子，顯是有些氣惱，不想卻在舒蘭英吐舌暗道要糟時，突地發出一陣爽朗的哈哈大笑道：「嗯，越來越像我天絕的女兒了！且大有青出於藍而勝於藍之勢！好，為了慶祝我這乾女兒『學有所成』，對義父的『孝順』，我就領了這命吧！」

說完，卻又倏地臉色一沉，苦著臉道：「唉，現在我只有祈禱少主快些醒來了！要不，可就有得我受的了！這麼大一個男子漢，幾天不吃不睡不拉，哪受得了嘛？」

天絕話音甫落，韓信的聲音驀地傳來道：「夫人，隊伍已經安排妥當了！隨時可以起程出發！就等夫人你的命令了！」

上官蓮聞言神色一斂，收去臉上笑意，大聲道：「打道回城！」

言罷，指揮鬼青王和四護法四執法等人抬好項思龍和八大護毒素女的擔架，自己和天絕、地滅等人兩旁護駕，展開身形向雲中郡城馳去。一時間馬蹄聲、腳步聲，間雜的人吵聲響徹已是暮色蒼茫的夜空。

項思龍躺在擔架上，愈是接近雲中郡城，心下就愈是忐忑不安，在他的意識裡似乎感覺到一場更是讓自己頭痛的情海風波在等待著自己，這種意識的產生，連他也說不出個所以然來。

難道是碧瑩這頭母老虎跟自己大吵大鬧而已？這……似乎不止如此！苗疆三娘和石青青似乎有著什麼不幸的事情將發生在她們身上！

有什麼事情會讓她們母女倆遭遇不幸呢？自然是受到自己的眾位夫人極度的冷勢嘲諷，才會讓她們走極端了！噢，對了，還有姥姥上官蓮！她似乎很是感冒她們母女倆，難道將來的問題隱患就在她的身上？

想到這裡，項思龍真覺心亂如麻。如到時真是姥姥上官蓮在其中作梗，鬧出什麼事情來，自己不好斥責她，這……這卻如何是好呢？

唉，只有走一步算一步了！自己既然愛預感，可得儘量提防著點，萬不得已之下，可顧不得什麼「萬全之策」了，只好出面阻止，甚至……任何人的情面也不講！要不，萬一鬧出什麼人命來，那可就讓自己後悔莫及了！

項思龍一路上就這麼在晃悠晃悠中心煩意亂的想著，不久，只聽得玉貞的一聲歡呼聲道：「夫人！夫人！思龍公子回來了！」

這話剛落，就只聽得屋內傳來張碧瑩和曾盈的驚喜歡呼，張碧瑩率先叫喊著道：「這……是真的麼？這傢伙怎麼不過來看望我和盈姐啊！」

玉貞這時在上官蓮的指引下見到了躺在擔架上的項思龍，不由得又是一聲失聲驚呼，但剛欲告知室內的張碧瑩和曾盈時，上官蓮已低聲沉喝道：「不要告知兩位夫人！她們已快臨產了，驚擾了她們會又讓她們要早產的！」

玉貞聽了，頓忙用纖手掩嘴住口，秀目卻已是淚珠兒滾滾落下，哽咽著低聲問上官蓮道：「姥姥，公子他……怎麼啦？胸前流了這麼多血？」

上官蓮對項思龍這早先的三位妻妾都比其他的一般婦人較是尊重，因為她看得出項思龍對這三個大美人的感情非同一般，較之自己這姥姥是有過之而無不及，所以對她們三人不敢大聲指喝。聞得玉貞楚楚動人的哽語，上官蓮微微一笑的柔聲道：「你家夫君一點事也沒有！只不過他新收了三個妻妾，讓他忙得有五天沒有睡覺了，所以想睡一會兒罷了！至於他胸前的血跡麼，那是先前的一點皮肉之傷，現在早就好了，你也不必太過擔心的！」

玉貞聽了止住了哭聲，還是不勝擔憂的道：「那……公子這幾天來定是受了很多苦了！瞧他臉色也很是蒼白呢！我去燉碗參湯給他！」

言罷，玉貞正欲婀婀而去時，屋內張碧瑩的聲音不耐煩的傳來道：「貞兒，快叫那死冤家進來！我要問他這幾天死哪兒去了！害得我心神不寧的差點又動了胎氣，現在腹腰都疼得要命！快叫他速來給我和盈姐按摩按摩！」

玉貞腳步一級，臉上神色甚是左右為難，向張碧瑩實情實說也不好，說謊騙她也不好，一時給怔愣著站住了，把求助的目光投向上官蓮。

上官蓮見玉貞如此誠實可愛，心下也對她大增好感，想道：「難怪思龍對這幾個可人兒如此牽腸掛肚的思念了！也確實是討人喜歡得很呢，要是自己是思龍，也會喜歡上這美麗動人的小丫頭的！」

如此怪怪想來，當下拉了玉貞的小手向張碧瑩和曾盈的房間走去。

張碧瑩正掙扎著準備起床來。旁邊幾個婢女則極力的挽留著她，曾盈則是還安靜的躺在床上，似已是睏睡了過去，又或早醒了過來而懶得不想動，正等著項思龍來看望她。

上官蓮面含微笑的走到張碧瑩床旁，溫和的道：「瑩瑩，思龍他這幾天為了去對付苗疆三娘，費了心血，累得昏睡過去了。大家都不想叫醒他，所以……他也便沒能來看你了！嗯，思龍已降服了苗疆三娘和石青青，她們……就在屋外，你不信我的話，可以叫她們進來讓你看看。貞兒，你去叫苗疆夫人和青青……」

張碧瑩本是一臉疑惑之色，聞得上官蓮此言，大是放下心來，頓忙截口道：「不用了姥姥！瑩兒怎麼會信不過你呢？思龍不能來看望我，我就去看望一下他吧！想來他這幾天累得瘦多了！瑩兒這要求還請姥姥允許！」

上官蓮聽得頭大如斗，頓忙道：「這個……哎，我看你的身體也多有不便，還是讓我去把思龍這小子叫醒，讓他來見你和盈盈吧！」

上官蓮這一招「反客為主」，讓得張碧瑩又是喏喏難言起來，但玉貞方才聽了她的話後，臉色的大變卻是落入了張碧瑩眼中，又見上官蓮這一婉轉推辭，頓然感覺事情有點不妙，俏臉大是失色的惶聲道：「姥姥，思龍他……是不是出了什麼意外了？你快告訴我啊！」

上官蓮想不到張碧瑩如此敏感，這麼快就覺察出事情的不對勁來，一時也不知怎麼說是好。長長的歎了一口氣道：「唉，瑩兒，也不是姥姥存心騙你，只不過此事你知道了，怕對你懷中胎兒不利。再說，此事也說來話長，其中詳情，我也不大清楚，你只有去問思龍了！」

張碧瑩一聽果真出了什麼事，俏臉頓時失去血色的顫聲道：「姥姥，思龍他，沒事吧？」

張碧瑩這話音剛落，對面床上傳來曾盈的泣聲道：「姥姥，思龍他……到底發生什麼事了？難道是他沒闖過苗疆三娘的『人蠱心魔大法』？」

上官蓮見二女對項思龍都如此關心癡情，心下有些感動，真不忍說出原因來傷害她們，一時無語的躊躇起來，心中卻是咒罵項思龍道：「你這花心的小子，家中有得這麼體貼溫馴的妻子，還在外面拈花惹草，難怪會有情劫纏身的惡運了！」

心下如此想來，當下把項思龍與苗疆三娘比鬥，引出孟姜女，苗疆三娘戰敗，項思龍施「合體解蠱大法」給苗疆三娘解毒，及至發現神女石像洞內的機密，連闖三關進入「日月天帝」的密室，得「日月天帝」輸功授武，傳與西方魔教教主之位等事情說了一遍。

只聽得張碧瑩和曾盈都睜大了眼睛，臉上的神色隨上官蓮所講的故事情節而時鬆時緊，玉貞更是緊張得連大氣也不敢吭。但上官蓮只說到這裡，驀地長嘆了一口氣道：「思龍身負拯救天下萬民，重建新政的亘任，我們都應該關心他，幫助他，而不應增加他的心理負擔，甚或傷害他的。可是，這小子一身情劫纏身，唉，這次就差點枉送了性命！想那苗疆三娘和石青青的性命又怎及得上思龍的珍貴呢！然思龍這傻小子卻是傻呼呼的喜歡上了她們母女倆，連命都不顧了！」

這次是玉貞緊張得禁不住脫口而出道：「姥姥，思龍他到底怎麼了？別賣關子了，快說下去嘛！」

張碧瑩和曾盈差不多也是同時出聲道：「是啊，思龍與那毒婆娘母女究竟發生了什麼事？」

上官蓮其實是故意吊三女胃口的，見得三女緊張神色，知火候差不多了，當下又緩緩把石青青和苗疆三娘母女為爭項思龍而吵起來，項思龍出面調解反吃了石青青一劍……

聽到這裡，三女同時「啊」的一聲驚叫起來，張碧瑩氣憤得杏眉倒豎的怒聲道：「這毒妮子，竟然下得了這等狠手！姥姥，快下令去把她抓來，我要親手把她剁成肉醬！」

曾盈則是面色蒼白的道：「那……思龍他……現在怎麼樣了？」

上官蓮「嗤」的一聲道：「憑這小妮子那點道行，又怎會是思龍的敵手呢？思龍只是傻呼呼的竟然心甘情願受她一劍罷了，自是不會送了性命，但也給刺成重傷了！不過，思龍受這一劍，卻也有幾分苦衷，就是他一來想調解苗疆三娘和石青青母女之間的關係，二來想逃避大家對他的質問，尤其是你、英兒和我三人了！」

三女聞得項思龍沒有性命之憂，都大是鬆了一口氣，曾盈歎了口氣幽怨的道：「思龍幹嘛要如此傻呢？拿自己的性命作賭注？唉，其實我們大家都很疼愛他遷就他，這事只要他固執起來，大家還不是只得接受青青母女倆？」

張碧瑩則是冷「哼」了一聲道：「青青這毒妮子竟然出劍刺思龍，差點要了他的命，這過錯我是絕不會允許思龍接受她的！至於苗疆三娘這毒婦人麼，思龍如真喜歡她，我倒可同意了此事！嗯，還有那孟姜女俠，我聞得她當年的威名，如能跟我作姐妹，我也歡迎得很！」

上官蓮想不到張碧瑩這刻竟然變得如此寬容大度，竟然同意項思龍娶苗疆三娘這毒婦人和那孟姜女為妻妾，而獨只氣恨石青青一人，看來只要思龍對她好好哄一番，這妮子也會心軟下來，同意思龍也娶了石青青了！

唉，這妮子原來是個「刀子嘴豆腐心」的「母老虎」，思龍如此懼怕她，想來是因為怕了她的「豆腐心」而不是「刀子嘴」吧！看來思龍是個吃軟不吃硬的人，跟他對敵時的吃硬不吃軟的態度截然相反。

唉，自己想與瑩兒結成聯盟來對付思龍的計畫看來是行不通了！想不到自己的一番心事反大是幫了思龍一把，讓瑩兒對思龍大起憐愛之心，而對思龍願意百依百順起來。

上官蓮心下苦笑，卻也只有大呼「莫之奈何」，嘴上還要強擠出笑意來附和張碧瑩道：「姥姥也正是如此想法！不過懲罰青青那丫頭可也不能太過分了，要是使她出了什麼事，那可就對思龍造成打擊了！這卻不是我們所願的！」

曾盈聞言頓忙點頭道：「姥姥這話不錯！做人要以寬容為本，而不應總是記著仇恨！想青青也並不是蓄意傷害思龍的吧！她現在把思龍刺傷，定也大有悔意，此時正是教育她的最佳時刻，我們只可適當的出言開導她、安慰她、寬容她，才可以使她得以願意承擔錯誤，洗心革面的重新做人！而我們切不可蓄意傷害她，這樣會使得她魔性大發，自甘墮落而進入魔道的，想來這也不是我們和思龍所願的吧！」

對於曾盈的這份慈善心腸，不單是上官蓮聽得訝異非常，就是張碧瑩也是瞠目結舌的道：「盈姐，你……這是什麼話嘛？青青這毒妮子刺了思龍一劍，把思龍刺成重傷了耶！不殺她已是夠仁慈了，但決不可收容她跟我們一樣作姐妹，讓我一見她就會惱火不說，她們母女二人同嫁思龍這樣的醜事也說不過去嘛！我們怎可以……」

張碧瑩的話尚未說完，突聽得一武士在門外高喊道：「夫人，大事不好了！苗疆三娘和石青青這對賊魔女與鬼青王總護法和四護法四執法他們打起來了！我們這方已有三人中了她們的蠱毒！」

屋內的上官蓮、張碧瑩、曾盈幾女和屋外由天絕、韓信、張萬、曾範守護著的裝睡的項思龍等同時失聲驚呼出來，這驚呼聲中有訝異，有憤怒，有不解，還有狂震的擔心。

第二章　雲散天開

項思龍心下狂震的身體在擔架上猛的彈跳了起來，對那前來傳報的武士大喝一聲道：「帶我去打鬥現場！」

話音剛落時，已是一把提起了那驚愕得不知所措的武士，身形如離弦之箭般的騰空而起，轉瞬就消失在怔怔不知所以的天絕、韓信等的視線之外，待得上官蓮、玉貞二人聞得項思龍的聲音驚喜的急忙趕出來時，見得的只是一個空擔架和還在昏迷中的八大護毒素女。

項思龍攜著那武士展開「分身掠影」的輕功身法快速飛馳，只覺身法比以前快捷了足有二倍之多，但心下已無暇欣喜，只拍醒那被自己嚇昏過去的武士，促聲問道：「苗疆三娘和鬼青王他們打鬥的位置在哪裡？快告訴我！」

那武士顫聲的回答了後，項思龍身形不滯，只揮掌發出一股柔和的功力把這武士緩緩拋飛一旁，使他不至摔傷，加快身速向武士所說的方位馳去，幾個起落之間，就已可清晰的聽得叱喝聲，兵器相擊聲和人聲鼎沸的吵嚷聲。

項思龍已是聽清了在叱喝聲中有苗疆三娘、石青青、鬼青王等的聲音，知道自己已找對了位置，頓忙把心中的焦惱發洩出來，暴喝一聲道：「住手！」

話音剛落，已是飛落至了眾人打鬥的一處練武校場，顯是雙方約鬥來此的。

眾人聞得項思龍的暴喝聲，全都心神大震大凜的依言停下了打鬥和哄鬧，目光落在如天神下凡的項思龍身上，場中所有的人都是連大氣也不敢出，只瞪大眼睛怔怔的看著，現場一片寂然！

項思龍目光威嚴的落在了鬼青王身上，冷冷的道：「總護法，你來說說，這到底是怎麼回事？上官夫人只著你看護苗疆夫人和青青母女，而並沒有叫你私自與她們約鬥啊！你這般不守命令，可知是犯了我地冥鬼府的第幾條教規？

「第十二條！知道嗎？教規條文中明文規定：不遵守上級令諭者，視情節輕重，對其處罰。嚴重者革職受監，輕者大打二百大板！你現在這般做來是重罰還是輕罰呢？」

鬼青王等聞言，嚇得頓時全都跪地惶聲道：「這……屬下只因氣憤她們母女勾引少主，且刺傷少主，所以……屬下等並不是存心不遵令諭的，還請少主網開一面，從輕發落！」

項思龍「嗯」了一聲，雖知他們是對自己一片好意，但弄砸了自己的計畫，也確實是叫他氣惱的，當下還是狠下心腸來冷冷的道：「好！念在你們對我忠心一片的份上，我就從輕發落，在場的所有生事者每人大打二百大板！」

說到這裡，頓了頓又朝跪地的四大鬼王執法道：「四執法聽令，拿『教法棍』給我每人大打二百大板！當然，你們也免不了！打完了他們後，由鬼青王執棍打你們四人，並且你們身為執法，知法犯法，沒有以身作則，每人還要多打五大板，這樣才算公平些，對不對我的兩位夫人？」

鬼青王等一個個都是苦著臉，但見項思龍安然無恙卻是心下大喜，對於這兩百大板的處罰心下是坦然接受，可見項思龍不但不責罵苗疆三娘和石青青母女二人，還對她們大獻殷勤，卻又大是不解，且還有些不滿。

項思龍可顧不了這許多，見苗疆三娘和石青青還是板著臉，對自己的話不理不睬，只得走到她們身前，正待出手去挑逗她們，驀地想起還有鬼青王等在旁看著，當下轉首對他們喝了聲道：「你們到校場對面過一點的地方去相互責罰，不許看我們這邊的情況！到我叫你們時，你們再過來！」言罷，朝他們揮了揮手道：「去吧！」

鬼青王等不知項思龍要弄什麼玄虛，但知他定是要哄苗疆三娘母女二人開心，心下都有些不以為然，他們對苗疆三娘母女均無好感，反有些莫名其妙的憎恨，想到項思龍要是能下令殺了她們才好呢！

當然，這想法只能放在心裡，嘴上可不敢說出來，當下還是都依了項思龍之言向校場對面走去。

這其實對他們有莫大好處，他們只要相互串通起來胡亂打對方幾下便可了結項思龍對他們的處罰了，何樂而不為呢？

再說，項思龍的這等心機他們也都看出來了，這等於只是在做做樣子給苗疆三娘母女看一看，在項思龍心底下也是不忍責罰他們的，這點尤其讓鬼青王等感動，所以對項思龍更生幾分敬服的忠誠，而一點也不氣恨他。

待得鬼青王等退遠到一邊去後，項思龍大是放肆起來，強行摟住二女扭動的身軀，一人親了一口後道：「兩位娘子不要生氣了吧？唉，鬼青王等方才對你們不敬，我已經懲罰他們了嘛！你們還要怎樣才解氣呢？總不成叫我去把我的所有下屬、老婆甚至長輩都給大罵一通，責令他們不來招惹兩位娘子吧？這樣我可做不出！」

苗疆三娘因與項思龍有過肉體關係且共患難過，所以對他顯得不拘束些，俏臉鐵青的冷哼了一聲道：「你的屬下可也太過份了！竟然對我們母女倆淫言穢語的出言謾罵，且揚言要殺死我們母女倆！這……你叫我怎忍得下這口氣呢？更主要的是，他們乃是受了你那老奸巨猾的姥姥上官蓮來監視我們對付我們的！哼，看不起我們母女倆是魔道中人就直說嘛！幹嘛要如此陰險的弄花槍呢？我苗疆三娘雖然一生作惡多端，可最是惱恨此等奸詐之人！」

項思龍聽得臉色白一陣紫一陣，甚想發火，但苗疆三娘此言卻也說得不錯，姥姥這般背後放槍，確實是連自己都看不慣，更何況是當事人苗疆三娘這等女魔頭呢？

自己也不好訓斥她，但她出言對姥姥上官蓮不遜，左一句「老奸巨猾之人」，右一句「奸詐之人」的，讓得項思龍的心下老大不舒服，當下語氣變冷的淡淡道：「想來姥姥也是關心擔憂我吧！這也怪不得她做出些過分的事情來了！你們要責怪詛咒就怪我咒我好了，不關姥姥的事！你也不要再說她了！」

苗疆三娘聽項思龍語氣中有斥責自己的意味，玉容慘變的顫聲道：「好啊，原來你並不是喜歡我們！竟然幫著你姥姥說話！你……項思龍，你所說的諾言，難道你要悔賴嗎？孟姐姐可是見證人，你如悔諾，會遭報應的！」

項思龍見苗疆三娘情緒波動如此之大，簡直又快變成了個潑婦形象，心下有些毛毛燥燥的，但他也曾聽過曾盈的那番什麼要對苗疆三娘母女寬容的理論來，覺著大有道理，當下長長的舒了一口氣，壓下心頭燥怒，緩和語氣道：「我怎麼會悔諾呢？我項思龍堂堂男兒大丈夫一諾千斤，決不會悔諾的，這個娘子大可放心是了！唉，你們雙方間的矛盾衝突，是我意想中的事情，只想不到會發展至如今兵戈相見的地步。唉，怪我不好，想逃避現實，想出了個什麼『苦肉計』的鬼把戲，想不到反幫了個倒忙，把事情弄得如此境地！但我是想用此計使大家緩和矛盾衝突，能夠和和睦睦的相處在一處的啊！並沒有想到會是這種結果呢！」

說到這裡，頓了頓，接著又道：「我本想用此計阻住姥姥她們為難你們二人，同時也想用此計調解你們母女之間的矛盾，可想不到第二點是行通了，可第一點是表面暫時的行通了，可實質上內地裡弄得更糟，所以我說叫你們怪我，這話可也是不無道理的！」

苗疆三娘和石青青聽得愣了愣，前者語氣也緩和了些道：「如你姥姥她們真不願接納我們母女倆，我們也不會強求，只願你這冤家心裡不忘掉我們就是了！唉，一切隨緣，不可強求！不可強求！或許我們母女倆跟你只是有緣，但卻無份吧！我們……」說到這裡，卻是突地哽咽著再也說不下去了，秀目紅了起來。

項思龍見了這母女倆的楚楚憐人模樣，心中大起憐意，突地豪氣湧生的道：「人定勝天，誰言無奈？誰言無奈？兩位娘子不必心意消沉，你家夫君項思龍說要娶定了你們，就是天塌下來也無法改變我的這個決定！」

石青青這時音若蚊蚋的惶聲道：「項……項少俠，青青方才刺你那一劍，你……你沒事吧？想來你的所有下屬，還有你的眾位夫人，他們定都非常氣惱我了！但不知……你……是否也如此恨我呢？要是恨我的話，青青願死在你的劍下而決不會有什麼怨言的！」

項思龍坦然笑道：「你那一劍還是我故意把你的長劍用功力吸過來刺中我的呢！其實你的本意是不想刺我的，最多只會劃破我的衣袍甚或一點皮肉之傷，而決不會刺中我的乳中穴。我因臨時想來個『苦肉計』，所以讓你刺中了我！這……嘿，姥姥她們誤解小娘子，為夫可是罪魁禍首呢！她們再要質問你，找你麻煩，為夫自會去給你頂著的！」

石青肓聽了這話，一時給怔愣住了，俏臉上的肌肉劇烈的抖動著，不管項思龍所說這話是真是假，都可以看出項思龍對她的坦誠，對她的癡情，所施計的用心良苦之深。

苗疆三娘似也想不到項思龍會說出這番話來，用古怪的不可置信的目光緊盯著項思龍，似猜不透項思龍這人到底是個怎樣的人似的。

項思龍尷尬的笑了笑，接著又道：「我也想不到會因我這計錯著，給青兒帶來這許多仇恨和誤解的，起先我見姥姥願意接納你們，反以為計畫得逞暗先高興呢！直聽得鬼青王他們和你們二人打了起來，才意識到了事態的嚴重，所以再也顧不得假裝就飛速趕來了這裡。還算來得及時，沒有鬧出什麼大亂子來！」

苗疆三娘被項思龍這話提醒，想起了什麼似的，失聲驚呼道：「對了，有三個鬼府武士被我用『赤蜂蠱』給毒昏過去了！十二個時辰之內如不給他們解藥，他們就會發狂而亡的！」

項思龍聽了時間還有這麼長，頓然淡然笑道：「他們膽敢冒犯我的兩位娘子，讓他們多受一會痛苦也是應該的，待會再給他們解藥吧！嗯，兩位娘子是否不生氣了呢？唉，我最怕看見女人哭了！你們兩人不要哭哭啼啼了好嗎？待會我去向全城所有的人宣佈，我項思龍決定娶你們母女二人為妻，誰反對也不成，我是鐵了心決定娶你們了！管他什麼閒言閒語呢？只要自己開心就夠了！」

石青青終於忍耐不住，心下激動的「哇」的一聲放聲大哭，撲進項思龍懷中，在這一刻裡，她只覺自己這些天來所受的所有委屈和痛苦都得到了回報，她真正明白項思龍的愛是一種狂野的、大膽的、赤裸裸的真誠的愛，是一種無拘無束的不受其他任何理念拘束的愛，這種愛是超乎自然的，超乎人類的一種神聖的博愛，自己先前誤解了他，誤解了母親，其實像項思龍這等對女性充滿男性魁力的人，是沒有幾個女人不對他一見鍾情的，更何況連孟姜女這等江湖中傳聞的癡情女俠也禁不住戀上了項思龍呢？

她只覺心中的一切都坦然了，再也沒有了對他人的恨和憎，她心中充盈的只有是項思龍傳輸給她的愛和她對項思龍壓抑已久的洶湧奔騰的愛。石青青緊緊的摟抱著項思龍，雖然她不想哭出聲來，但一種不可抑制的感情使得她的淚情難自控的滾滾落下。她只覺自己的身體升起了一股從未有過的燥熱，她的櫻口在啜泣中呻吟著，梨花帶雨的臉上泛出了桃紅色，春情躍然眉梢。

苗疆三娘的自制力自然比石青青要強得多，她只覺眼睛在紅腫發脹，喉頭也在哽咽，望著項思龍呆呆的說不出一句話來。人生得一知己足矣！如這知己又是戀人，那不是更加完美嗎？

苗疆三娘只覺自己整顆心都完全向項思龍開放開來，就如項思龍在神女石像內「日月天帝」的練功室裡作愛時般毫無保留，把自己完全徹底的呈現在項思龍的眼底，包括自己的心自己的肉體和自己所有的語言，那樣的沒有私心沒有慾念，純粹是一種精神上的完美融合。

項思龍的這些話確是有感而發，但他只是感覺到了一種自己的喪失，一種自主的喪失，一種封建思想的束縛，這些感覺讓得項思龍很是惱火，真有一股想豁出去的衝動，所以說出了這些信誓旦旦的話來，不想卻有這麼一番效果，使得苗疆三娘和石青青如此激動，對自己完全的重歸於好！

但不知對上官蓮等的仇恨是否也會釋解下來？如此的話就更好了！不過，這次要把事情給徹底解決完好！弄妥當這件事當然是要讓大家都好好溝通，不能有什麼隔閡，這才可大是放心！

誰要是阻撓自己行事，可別怪自己翻臉不認人！哪怕是姥姥上官蓮亦或老婆舒蘭英也不行！自己不可任由她們左右自己的事了，要不我還是個大男人麼？

想父親項少龍那麼多妻妾都可以管理好，難道自己不如父親，管不好自己的這班婆娘？

歷史上女人本就沒有什麼地位的，自己讓得這些婦人一個個的嬌縱起來了，是得壓壓她們嬌氣的時候了！總不成自己要娶老婆還得讓她們批准吧！

項思龍的這種大男人主義思想，為日後劉邦得天下統治女人的法律，埋下了深深的隱患，日後中國婦女的權益更是狹隘了。

當然，這種後果是項思龍所沒有想到的，他來到這古代的任務是阻止時代歷史的不被改變，但卻也不知不覺的影響了歷史，然而慶幸的是，他的這種影響並沒有改變歷史，因為歷史上的記載，三從四德等封建思想確是從漢朝建立起來的，或許真正的歷史就是這樣的——

是因項思龍來到這古代後才如此的呢！

項思龍哂然的想著，場中三人一時都沉默在一種靜默裡，但是彼此間的感情卻是在靜默中交流著遞增著，使人感覺一種溫馨在瀰漫。

就在三人沉浸在一種感情交流的靜默中時，上官蓮的聲音突地在身後長長的歎了一口氣幽怨的道：「問世間情為何物，癡男怨女苦相隨！唉，看來一切姻緣皆有天定，我們想阻止也阻止不了的！但願他們能相親相愛一生是好！」

天絕呵呵笑道：「少主天下第一大情聖，泡妞的功夫是天下第一絕，沒有哪一個女人能夠逃得出他的手掌心的！我說大妹子，你還是不要去管少主的感情事了呢！他會覺得你是在制約他的！像他這等志在萬里的人物，思想和生活是不會願意受到約束的！你還是省省心吧！」

韓信這時也發表言論道：「男女間的相親相愛是很奇妙的！少主是一個情種，他對任何有藥可救的人都會施以愛心，所以也會獲得別人對他愛的回報。

「苗疆三娘母女就是這等情形，少主其實並不是因迷戀她們的美色而決定娶她們，而是因為他想完全的救她們脫離苦海，於是用愛來感化她們潛在的魔性，讓她們重新做人，重新樹起對生活的信心，對人生的希望。

「其實，少主已經做到了，已經快實現這目標的，可是我們卻不理解少主，不理解苗疆三娘母女的悔改之意，只知道她們是魔女，要求少主不接納她們，甚至想激化他們之間的矛盾，瓦解他們建立起來的感情。

「我們的這些做法都是錯誤的，自私的，思龍和苗疆夫人母女的這種感情關係不能用一般世俗的目光去看待，不能憑自己的感情喜好去看待，而應該用一種人性博愛的眼光去看待，只要能做到這點，我們也就算是瞭解了少主、支持了少主、拯救了苗疆夫人母女了！」

項思龍禁不住為韓信這番通情達理的話拍案叫絕，想不到韓信對感情和人生一道竟有如此深刻的見解，心中大呼：「知我者韓信也」！

苗疆三娘和石青青對韓信的這番話也是一陣嬌軀劇顫，前者再也控制不住的也失聲抽泣著撲進了項思龍的懷中，緊擁著項思龍，似生怕他從懷中給飛走了似的甚是用力。

天絕、上官蓮幾人也都沉默不語，細細的咀嚼著韓信的這番話，張碧瑩、曾盈赫然也由舒蘭英、朱玲玲、傅雪君、玉貞四女挽擁著站在天絕、上官蓮、韓信等人身後，曾盈臉上是一片欣然之色，張碧瑩臉上則是一片深思之色，其他諸女都是在欣然、深思等多種複雜神色中隱含有一抹哀怨的傷感。

項思龍是不屬於任何一個人的，他是人中之龍，他的理想，他的抱負都註定了他是大家心目中共同敬仰的人，他的生命是屬於歷史的，是屬於苦難中的萬民的，他的感情是屬於他所有的親人和朋友的，任何一個想獨佔他的人，都會遭到他的反感，甚至遭到他的遺棄。

更何況還有一點，那就是項思龍本就不屬於這個時代的人，所以他的思想是超越於這個時代的，他的生命和感情是用來阻止歷史不被改變的，對於所有對他有幫助的人他都會施以愛，包括他的敵人，他感覺愛是人類善良的起源，只有喚醒了人類的愛心，才可能團結起民眾來推翻一切邪惡勢力，包括阻止歷史正確發展的勢力，例如項羽大軍。是一種變相的奸詐，但又是一種易讓人接受的善意的奸詐，其殘忍的悲慘結局還在後面，終有一天項思龍會利用這些被他愛心籠絡的人為他的目的而戰，為他的目的而流血甚至犧牲。

這就是人生！充滿勾心鬥角的人生！充滿戰爭和暴力的人生！人世間所有的一切都可把之看成是醜惡的而又讓人無可奈何的人生！

上官蓮打破沉寂的長歎了一口氣道：「到這刻我才明白了什麼叫做寬容！確

實，寬容可以讓人的精神輕鬆好多，讓人感到這世界到處都是美麗的而不是灰暗的！其實，美和醜的界線很短很短，一個人由道入魔亦或由魔入道，在於一念之意，而這『一念之間』的形成卻是與一個人先天秉性的好壞和後天教育及環境的薰染有著莫大的關係。近墨者黑，近朱者赤，旁人的開導對幫助別人也是有著莫大幫助的！」

天絕嘿然一笑的接口道：「這當然啦！想我天絕、地滅兄弟二人當年是何等凶名著盛的魔頭，受得少主的降服和以德感化後，我們兄弟二人不是脫胎換骨重新做人了？嘿，跟著少主的這一段時日，是我們兄弟倆活了這一大把年紀最是活得開心活得充實的日子了！」

韓信不勝感慨的道：「少主把我從對達多的愚昧忠誠中解救出來，讓得我以前一直隱隱作痛的心結給解去了，且承蒙他厚愛，跟我結拜為兄弟，這一份坦誠的赤子真情，讓我韓信一輩子都會銘記於心，會永遠忠心於少主！」

舒蘭英這時也插口道：「想當日我初識少主時，誤解少主是響馬賊，對他和他的屬下大施攻擊，可不想少主不但未曾責怨我們土居族人，還為我們擊退了響馬賊，鏟平了內奸，並且被我賴著要求作了他的小妻子，少主的寬容確實是值得我們學習和推崇的！」

張碧瑩也禁不住動情的道：「當日我們在泗水郡城遇困，思龍還不是將捨己救人的無畏精神表現了出來？他迫著要求我和盈姐、張公、範兄等先出郡城，而他則孤身一人在城中與對他深懷殺子之痛的陳平郡守周旋，這……讓我張碧瑩一輩子都不會忘懷！深感自己選擇了一個好郎君而驕傲！當日他在市集殺死東平兒子的義舉就已經讓我看出思龍是一個頂天立地的男兒了！果然我沒有看錯，思龍所做的那些驚天動地的壯舉更是讓我自豪不已！這也不枉我和盈姐對他的一番苦心等候了！」

玉貞這丫頭也湊熱鬧道：「想當日陳平把我送給公子作婢女，本是作為安插在公子身邊的內奸的，可公子發現我的不是之後，也是毫不動怒的寬容了我、收留了我，這……讓我甘願為公子作牛作馬，就是來世也願意！」

項思龍聽得眾人這些有若悼詞般的話語，心中既是激動萬分，又是大感啼笑皆非，終於忍不住轉過身來，苦笑道：「嘿，我還想多活幾年呢！你們怎麼說的話都這麼傷感這麼沉重，像是在給我開追悼會一般。感動得我都想哭了呢！唉，我其實沒有你們所說的那麼偉大，只是隨心隨意的做來罷了，甚或還有著某些不可告人的目的呢！你們幹嘛要如此推崇我呢？聽得我的臉都紅起來了！

「嘿，我啊，不需你們說這些感人的話給我聽，現在就有一件事想求你們，就是只要你們真心真意的不含一點虛偽感情的答應我接納苗疆夫人和青青，我就謝天謝地，真的是心懷大開的想喝酒吃飯了！」

天絕第一個舉手高嚷道：「我同意少主娶苗疆夫人和青青！嗯，這次喝的酒可是有特殊意義的酒，大家可要痛痛快快的喝個夠呢！」

韓信也舉手微笑道：「少主能夠開心就是我韓信獲得重生，我又豈有不同意之理呢？」

上官蓮走到苗疆三娘和石青青面前，突地朝她們俯身深深一揖道：「兩位孫媳婦，姥姥先前對你們大有不是之舉，還請多多見諒了！」

苗疆三娘和石青青嚇得面紅耳赤的惶恐連連還禮，連對上官蓮先前的氣惱也給淡忘了。

張碧瑩想起自己先前所說的狠話，和聽到項思龍的解釋，對石青青已是敵意大減，這刻受得眾人話意和氣氛的感染，更是大覺慚愧，頓也臉紅的道：「青妹子，姐姐先前還對你大為誤解呢！想不到是思龍這傢伙搞出的惡作劇，倒是對先前對你的詛咒深表歉意了！」

餘下的舒蘭英、玉貞、朱玲玲和傅雪君等人也都紛紛舉手表示贊同，這現象讓得苗疆三娘和石青青二人自是感動不已，她們突地又感到這大地充滿了生機，充滿了愛；項思龍呢，則是對上官蓮等，甚至張碧瑩也毫不爭議的就同意自己娶苗疆三娘二女大感詫異，想不到自己擔心非常的事情，竟如此簡單輕鬆就解決了，這到底是博愛的效應？還是坦誠寬容的效應呢？

不過，管他是什麼效應呢！這樣的結果太讓自己滿意了！太讓自己興奮了！嘿，想不到自己的姥姥和眾位老婆都如此的通情達理，自己得謝謝那自作主張的鬼青王他們了，要不是他們這一鬧，事情哪會這麼輕鬆就解決掉？

想到這裡，項思龍頓忙衝鬼青王那方的校場高喊道：「喂，你們都給我快點過來！」

鬼青王等都在忐忑非常，見得苗疆三娘和石青青已與上官蓮、天絕等握手言和，心下更是惴惴不安，現聞得項思龍叫喊他們，真是嚇得屁滾尿流，以為楣運降臨了。

鬼青王、四護法、四執法等十多人一臉苦瓜之色的依言走到了眾人身前，低垂著腦袋，目光不敢與項思龍對視。

鬼青王這領頭的人正準備走到苗疆三娘和石青青面前陪禮認錯時，項思龍驀地衝他喝了聲道：「鬼青王，你們的二百大板處罰都打完沒有？」

鬼青王聽了嚇得頓忙俯身行禮道：「稟少主，屬下等不敢有違少主之命，都依言狠狠地忍氣吞聲打足了兩百大板，一下也沒敢少！」

說來也是，鬼青王等遠遠見得上官蓮等也趕來了，還哪敢從中搗鬼，都頓忙依言打足了兩百大板，現下屁股已是腫了起來，連走路都疼痛得需咬緊牙關才可走動呢？

項思龍聽了鬼青王這話，卻是連叫「可惜」道：「唉，我本想告訴你們，你們這次立了大功了，那兩百大板就可將功補過免去了，想不到已來不及了！這樣吧，日後我傳給你們每人全套武功以作獎勵！」

鬼青王等聽了均是面面相覷，暗叫那兩百大板是白挨了，聽得項思龍說要授給自己等每人一套武功，這也可謂是「因禍得福」了，所以眾人還是心下大喜的欣然領賞應「是」。

天絕卻是突地打趣鬼青王等道：「嘿，你們有沒有投機取巧，少主還不知道呢！我就毛遂自薦的來作個監查官，如我覺得可以了，算是老老實實的挨了那兩百大板，如我覺得不可以呢，那就要看情況補打了！嗯，先從鬼青王開始吧！」說罷，就縱身至屁股痛痛而心裡爽爽的鬼青王身邊，拉住他就要脫他褲子。

眾人都開心的笑了起來，校場上空一時飛揚著一片輕快的氣息。項思龍喝止了天絕，笑道：「今晚你去他們房裡一個一個查看好了！現在我們還是回府去大吃大喝吧！嘿，在那鬼地道裡，已是幾天酒水未沾呢！」

天絕聽到喝止，頓也住了手，歡聲雀躍的道：「好哇！那我們快點回府去吧！嗯，我的兩個未出世的小外孫或外孫女也受不得這秋冬的夜寒了！玲玲，你們送兩位姐姐先回府去吧！不要讓她們勞累受寒了！」

項思龍想不到天絕這粗人竟然也有如此細心的時候，訝異的朝他笑了笑，揮手示意諸女先回府去。天絕這時卻是突地來到他身旁，低聲貼耳道：「少主，別忘了幫我兄弟倆搞定羅剎雙豔！我對你可也算是幫了些小忙了！」

項思龍不置可否的笑笑，忖道：「難怪對我如此大拍馬屁！原來是要索取回報的！」

心下如此怪怪想著，卻是待舒蘭英、張碧瑩等走回，向鬼青王等揮了揮手道：「你們也先回府去吧！吩咐下去，今晚大擺酒席，慰勞三軍！」說罷，又朝上官蓮問道：「八大護毒素女可還都安然無事吧？她們可都醒來？」

上官蓮點著答道：「自你跳起跑來這裡後，八大護毒素女也都相繼醒了過來，要不我們才不會放心她們呢！嗯，她們八人似乎跟思龍你真能心意相通，我看她們已在了你生命中不可分割的一部分，你就也索性娶了她們吧！」

天絕拍掌笑道：「這主意不錯！看來今晚是要喜上加喜了！小子豔福真不

錯！」

項思龍一愣大感頭痛時，不想韓信也點頭道：「為了安全起見，我也同意姥姥這建議，想八女的生命與思龍的生命已成一個整體，你娶了她們是無可厚非的，這樣既不耽誤她們的青春，又可保護思龍的安全，兩全其美！」

項思龍這下已不好再開口出言拒絕，只暗暗道：「但不知她們可願意跟我呢？可不想強迫她們！這樣會傷了感情和和氣的！」

這下是苗疆三娘接口笑道：「她們早就對思龍你芳心默許了！要不我使『人蠱心魔大法』時，也不會竟然有不能使她們發揮出全力的現象，這時我便知道她們已是春心大動了！」

天絕聞言笑道：「這就是了，八女沒問題，你小子不會有什麼問題吧？她們個個都是貌美如花，又是你生命的一部分，你不娶她們誰娶她們？誰又敢娶她們？那不是不要命了麼？」

項思龍無可奈何的點頭同意下來，其實在他的心底裡早就有想把八女娶納過來的意念了，只不過一時不好開口，這刻由上官蓮提了出來，而自己這邊的幾個權威人物又無異議，自是最好了，但因礙於面子，所以故意推辭一番，這刻見火候差不多了，自是點頭同意，心下樂得都快大聲高呼：「MY GOD！太美了！」

正當項思龍美滋滋的樂著時，突聽得苗疆三娘叫了聲道：「孟姐姐，你怎麼也來了？」

項思龍聞得這話，想起自己也向孟姜女承諾過定會娶她為妻的，暗道：「麻煩又來了！不知這一次會否也可輕鬆通過？但願上帝保佑了！」

項思龍心下如此想著，當下隨著苗疆三娘的目光望去，卻果見孟姜女就站在離自己等身後四五丈遠的燈光昏暗處，一雙秀目無限幽怨的望著自己，當下也笑著道：「娘子，快過來嘛！三娘和青青都拜見過姥姥了，你也來拜見吧！」

項思龍這先入為主的話讓得上官蓮、天絕和韓信都是微微一愣，雖然他們早就意識到孟姜女和項思龍之間有什麼關係了，但想不到竟也已發展至如此親密的地步。

孟姜女聽項思龍當著眾人的面稱自己「娘子」，心下大是欣喜，臉上卻是不勝嬌羞的嫋嫋向眾人走來，到上官蓮面前拂了個萬福。

唉，孟姜女與項思龍的姻緣是否可成呢？

這就要看緣分了，他們之間的「緣」已有了，但是「份」呢？是否也會像苗疆三娘和石青青一般經受挫折？

第三章　迷途知返

項思龍看著嬌羞中，卻又是含著笑意的孟姜女，只覺心如鼓擊，甚是沉重又甚是忐忑不安。

苗疆三娘和石青青的事情好不容易才搞定下來，孟姜女若也來趕熱鬧，自己可真不知該怎麼是好了。

姥姥上官蓮和幾位難惹的老婆大人，這次是破天荒的對自己寬容開恩了，可自己總不能得寸進尺又要求也娶了孟姜女啊！

她們答應倒好，若不答應，豈不連現在這好不容易融洽起來的友好氣氛也給破壞掉了？

唉，女人啊女人，可真是不好惹的東西！

難怪世人有句俗話叫做「紅顏禍水」什麼的，自己看來是給攪入了女人這禍水裡了！

項思龍心下唉聲歎聲的想著，忽地記起自己裝昏時曾聽得張碧瑩說過什麼自己若娶孟姜女，她不但不反對，反會大是歡迎的話來，頓如在黑夜裡看見一盞明燈，心下大喜，目光落在天絕身上，有了主意，當下傳音給天絕道：「義父，這次是你給我立功的時候了！哪，眼前這孟姜女我也想娶了她，你給我用玩笑的話提出來，看看姥姥的反應，再施展你的慣用伎倆，把這玩笑弄假成真！哎，別說我不給你機會了囉！羅刹雙豔是只等我開口賜婚了！」

天絕聽得心癢難耐，怪眼連轉的也傳音道：「這……我提出來是沒問題，只不過這孟女娃子是否願意嫁給你小子呢？她如不同意，那我可就沒得辦法了！但這功勞可得給我記上！」

項思龍已是見慣了天絕的討價還價，不過這次自己卻可給他肯定的答覆，待他話剛說完，頓忙回音答道：「這個你放心好了！沒聽我剛才直呼孟姜女『娘子』而她卻一點也不生氣嗎？我早就搞定她了，現在萬事皆備只欠東風，你就儘管大吹特吹吧！吹得越大越好！」

二人正密密對話著，上官蓮扶起了孟姜女，仔細端詳了她一番後，呵呵笑道：「果然是個亭亭落落的女俠！隱居在那神女峰頂二十來年，可真是虛度年華了！這次被思龍拐騙下山重出江湖，是不是連心也被這小子拐騙去了？」

孟姜女本是自眾人回雲中郡城後，就一直擔心苗疆三娘和石青青母女倆，她看得出她們進城後定會遇到什麼麻煩，所以安排好住房後，她就暗中跟蹤著她們，好在她們危險時出手相助。

不想果然被她不幸而言中，鬼青王和四護法四執法等一眾人找苗疆三娘母女約鬥，說是要為項思龍報仇和剷除她們這對女妖精，不讓她們迷惑項思龍。

苗疆三娘本就對上官蓮等對自己母女二人的面和心不和的冷落窩著一肚子的氣沒處發洩，聞得鬼青王等之言更是如火上加油，氣得七竅生煙，恨得咬牙切齒，當下應承了鬼青王等的約鬥。

於是幾人來到了郡府西側的一個可容千人的小練武校場裡，準備做個生死大決鬥。

孟姜女旵這些大男人欺負苗疆三娘母女二人，心下也是有氣，想靜觀其變一陣後，如苗疆三娘母女不敵，自己再出手相助。

苗疆三娘一出手就施出「赤蜂蠱」，傷了鬼青王這邊的三個地冥鬼府武士，使得鬼青王等對她們母女的蠱毒大懷顧忌，再加上苗疆三娘本為一代女魔，一身武功自是不弱，又經進入神女石像洞府內後，經歷了種種變故，使得她的功力成倍的提高，所以鬼青王等雖然人數雖眾，卻一時也奈何不了苗疆三娘母女。

孟姜女頓然放下心來，隱在一旁觀戰，同時也知道雙方皆不敢出狠手攻擊對方是因為心中都存有一層顧忌，那就是害怕項思龍醒來後的責罰。

正當雙方絞纏得不相上下時，卻突地有一武士發現了孟姜女的形蹤，正待那武士想叫喊時，孟姜女迫於無奈之下出手制住了他，同時心念一動，在革囊裡掏出一粒藥丸塞進了他嘴裡，同時告訴他這是什麼什麼毒藥，吃了後需多長時間內得到她的獨門解藥才可活命，否則就會一命嗚呼，叫他去告知上官蓮這裡有人在打鬥。

不想那武士卻寧死不從，顯是個忠烈之輩。孟姜女沒法，只好對他動之以情曉之以理，告知他場中對鬥之人如誰傷了誰，項思龍都會不高興的。

邵武士聽得孟姜女抬出項思龍的頭銜，卻又突地出奇的同意合作了，這讓得孟姜女知道了項思龍在眾人心目中的神聖地位。

再後來項思龍來了，上官蓮、天絕等人也緊跟著來了，孟姜女在旁偷看偷聽得知項思龍妥善的處理好了苗疆三娘、石青青母女和眾人關係，並且讓眾人都欣然接納了她們母女倆，這讓得孟姜女又是激動又是羨慕，一時在一種自悲自憐的情緒中不知不覺的從藏身處走了出來。

本是想走到眾人場中向苗疆三娘道賀，但一想到自己的處境，不覺又遲疑住了，所以徘徊在距離幾丈遠處，卻給苗疆三娘發現了，尷尬嬌羞中只得收拾情緒走了過來。

聞得上官蓮的話，孟姜女的俏臉上紅得更是有若一個熟透了的紅蘋果，芳心又是忐忑又是驚喜。

因為聽上官蓮的話意和語氣，似是完全同意自己嫁給項思龍似的，這實在是太讓她興奮和激動了，秀目裡射出熱切的光彩，嘴裡低語道：「上官夫人說笑了！小女子此次隨項少俠下山，乃是想隨他一起去西域尋找女兒無痕的，卻並不是……再說神女石像內的洞府乃是『日月天帝』前輩的居住，已吩咐項少俠把它給毀去了，所以可說我是在無家可歸的困境中請示項少俠收留罷了，夫人不要誤會了呢！」

天絕得過項思龍的委託，不，更確切的說是與他做了交易，這等良機豈會錯過，頓忙故意「哇哇」大叫的接口道：「哇咋！請示思龍收留，這不是說『請思龍娶你為妻』是什麼？嘿，孟娃子，你也不是個小姑娘了，幹嘛羞羞答答的呢？喜歡思龍就是喜歡思龍唄！

「更何況思龍對我說他對你也有意思，還請我來作媒呢！現在上官妹子也看中了你作她孫媳婦，有她開了金口，再只要你點頭同意啊，這樁喜事也就這麼定下來了！

「思龍的其他眾位老婆呢，想來也不會反對，因為連碧瑩那不好對付的母老虎也親口說過願意你與她作姐妹呢！

「孟娃子，就不要害羞了，落落大方的依了思龍的話，快拜見上官蓮這姥姥吧！噢，我這義父也不可忘了！」

孟姜女聽了天絕的這番話，紅得連耳根都發燙了，她本是一個不大害羞，敢說敢做敢愛敢恨的女性，但不知怎的自與項思龍發生了肉體關係後，她身上的少女羞澀似又重新回到了她身上，在項思龍和苗疆三娘面前還好一些，但在項思龍的這些長輩和兄弟朋友面前卻是不由自主的嬌羞不堪了，雖然心中也想叫自己大膽些大方些，但就是壯不起膽子來。

項思龍本是見上官蓮和顏悅色的對孟姜女說話，且話意中頗含挑逗暗示，但不想孟姜女卻因害羞一口拒絕，正心下大惱大氣時，聽得天絕的這一番話，又不禁轉惱為喜，大是拍案叫絕。當然自己這刻最好也是保持沉默，要不然把這種良好氣氛給破壞了那就不好了。

上官蓮見孟姜女羞羞揑揑，更具少女風情，對她更是好感連生，笑意盈動的順著天絕的話意道：「就怕是孟姑娘看不中思龍呢！這小子傻頭傻腦的，又不懂得溫柔，只一心投注到他的事業上，這等男兒會害得女兒家獨守空房的！」

天絕心下嘿笑，想不到上官蓮比自己說話更是赤裸裸，口中頓了頓道：「大妹子這就不知道了，像孟娃子這等女性呢，追求的是一種純精神上的享受而不是肉慾上的！哪怕是長居思念，只要她真正喜歡思龍，她也會心甘情願，並且會覺得很是幸福的！這種愛情才是真正的偉大愛情了！自己男人事業成功了，也就是她所付出的一切都獲得了回報，獲得了安慰，是她一生中最是幸福的進修了！這是神聖的愛情！」

項思龍雖知天絕這番話是在大拍孟姜女的馬屁，不過他的這番愛情理論卻也分析得頗有深意的，真不知他這老光棍漢怎麼這麼透徹愛情哲學？想來是社會閱歷的深厚所積累起來的經驗吧！俗話說「見多識廣」嘛！

項思龍的這種怪異想法，上官蓮、韓信、苗疆三娘、石青青，包括孟姜女也有同感，上官蓮目光怪異的打量了天絕好一陣後，失笑道：「想不到你這老小子懂得的竟然這麼多呢！嗯，孟姑娘，你如真喜歡思龍，由我作主了，同意思龍娶你，誰也不會說什麼閒話的！」

上官蓮敢這麼打包票說出這幾句話來，其實也是因為張碧瑩對她說過願意接受孟姜女的話，這妮子的心意已基本可代表項思龍其他寵妾的心意，有了這層保障，上官蓮才敢這麼大大咧咧的說出這番話來，要不，她可也不敢如此肯定的打包票。

再說她也看出孟姜女和項思龍大有可能發生過肉體關係了，想來二人已是郎有情妹有意，自己如不索性成全他們，孟姜女要是死纏著項思龍，而項思龍也掛念著孟姜女，那就有得叫人頭痛的了！

所以上官蓮說出這麼一番話也是大有目的的，想來連苗疆三娘母女這等本為魔道中人，她也點頭同意了，並且心理上也接受了她們，更何況是孟姜女這等俠名遠播的正派人物呢？

孟姜女見上官蓮如此直截了當的詢問自己，頓刻心如鹿撞，卻也知自己如再不表態，那就要失去這大好良機了，當下低垂下嬌首，喜若蚊蚋的道：「一切但由姥……姥作主好了！」

孟姜女這話音雖小，但在場諸人都屏息靜氣靜待她的回答，所以這小聲音，還是人人清晰可聞。

天絕一陣哈哈大笑道：「今晚真的是喜上加喜再加喜了！嘿，要是碧瑩和盈盈二人今晚再生下兩個小寶寶，那可就要把我這作外公的給喜壞囉！不過，無論怎樣今晚這頓酒是非喝不可的了！嗯，孟娃子，你到時敬不敬我這義父的酒啊？十杯不算多吧？」

孟姜女聽得出天絕的話意，是叫自己出來拜見他這義父了，反正自己都已叫上官蓮為姥姥了，也就等若當眾承認了自己是項思龍的妻室了，那還有什麼好害羞的呢？

如此想來，孟姜女頓即恢復了幾許她以往的大方之態，走到天絕身前，聲音提高了許多的甜甜叫了一聲道：「義父在上，請受媳婦孟心如一拜！」

頓了頓又道：「今晚這十杯酒，我敬定義父了！但願不要因我此舉，引起其他妹子的連鎖反應，那我可就不管了！」

天絕想不到孟姜女竟然也有膽子開他的玩笑，大合他的脾胃，又是一陣大笑道：「看來思龍又多了一個辣老婆了！日後可也有得我受囉！剛一見面就如此的打趣起我來！」

上官蓮失笑道：「像你這等人啊，是需要多幾個像心如這等媳婦來治你一下，讓你收斂一下狂態！要不，整天都是瘋瘋哈哈的！」

韓信這時卻突地也出來笑道：「心如妹子拜見了姥姥和義父，我這義兄難道就可忘了嗎？」

孟姜女此刻心懷大開，已是基本上沒有多少拘束了，白了韓信一眼，嬌笑道：「我年紀比你大多了，就是你稱我姐姐才對！怎麼……」

孟姜女的話還未說完，韓信就已截口大叫道：「這卻是成何體統呢？思龍是我義弟，你是思龍之妻，怎麼要我稱你為姐姐呢？豈不是不倫不類了？世人可沒有這等稱呼之法吧？」

項思龍此刻心中的鬱愁早就一掃而光，突然的大笑道：「怎可以歪了禮節呢？出嫁從夫，娘子，快來拜見大哥！嗯，三娘和青青也來！」

場中此時是一片歡聲笑語，項思龍和苗疆三娘、石青青、孟姜女的事情風波才完全告一段落。

眾人在一片歡笑友好的氣氛中打打鬧鬧笑笑說說了好一陣子，才回到郡府中去，回府後自也是一番席間歡笑漫談，差不多至第二日清晨，始才帶著醉意回房休息去了。

項思龍夜間席上由於心懷大暢，所以多喝了幾杯，待得席散時已是醉得頭焦腳轉，由玉貞和舒蘭英把他扶回了廂房。

項思龍在酒意大發，慾念高漲之下，把二女強行留下，在她們半推半就之下與二女大肆狂歡，因他新近練成的「不死神功」裡混有「日月天帝」轉輸給他的「陰陽五行神功」，而此功隱含有陰陽相交之氣，再有就是他從苗疆三娘處學會了「密宗合歡術」，這些都是可刺激人的慾念的功夫和法門。

所以項思龍在與二女的交合下不知不覺的施展了這些閨房合歡術，只弄得二女不管天不管地的大聲浪叫起來，情慾高潮一波接一波衝擊著她們的身心。

但不想他們這一鬧，使得鄰房的朱玲玲、傅雪君二女也是慾念高漲，情難自禁之下，闖進了他們的廂房，也加入了狂歡行列。

一晚上，項思龍所在院落上空飄揚的盡是浪叫聲，使得整個雲中郡城都受了感染，充盈著一片濃濃的春意，到處都響起了男女交歡的「作愛進行曲」，那些沒有伴侶的人則肯定是輾轉反側在床上，一夜不能入睡了。

尤其是天絕和地滅這對動了情慾的老童男，今晚他們一定是一刻也睡不著的了！但不知羅剎雙豔呢，是否也會想到天絕和地滅？

項思龍在與諸女瘋狂作愛時，卻是荒誕的想起了這些事來，至於是什麼時候睡著的，他卻是不知道了，只知自己被諸女的歡笑聲吵醒過來時，已是日上三竿曬著屁股了。

四女都已著好了衣裙，正在笑鬧著，見得項思龍醒來，頓都止住了笑聲。

項思龍一骨碌坐起身來，露出強壯有力的上身，邪笑道：「在聊些什麼呢？那麼開心？嗯，有沒有聊到我們昨夜的情景啊？想來都很快樂吧！」

四女被項思龍這話說得俏臉上都現出了桃紅之色，舒蘭英率先佯怒的嗔道：「下流！誰聊你了？我們只是在比誰的身材……」說到這裡卻是說不下去了，俏臉更是嬌豔。

項思龍看得心中大樂，禁不住食指又動，擠身到四女當中，摟抱住舒蘭英，把作惡的大手伸進她的衣袍內，狎笑道：「是不是在比誰的身材苗條迷人性感啊？這由為夫來鑒定就夠了！俗話說『美不美看大腿，苗不苗看線條』，你們讓我看看摸摸，我就可分辨出來了！」

舒蘭英被項思龍摸得渾身酥軟，甚想掙脫下來，卻又有點捨不得，只嬌軀微扭著大嗔道：「你這還不住手？弄得人家慾念再起，我可就不放過你了！姥姥派人來叫我們三次了呢！義父天絕也來了一次，我們看你睡得正香，不忍叫醒你，所以都被我們說回去了！你知不知道，姥姥派婢女來叫你時，你這死人還在……還在我們身上大肆作惡呢！不知道弄得我們多難堪！後來我們為了保密起來，把那闖進來的丫頭拉給你……這樣好堵住她的口嘛！」

項思龍聽得「哇咋」一聲怪叫道：「什麼？昨晚……這豈不是毀了人家一生麼？你們這玩笑也開得太大了！說不得我只好求姥姥把那婢女給我作妾了！」

舒蘭英等先是被項思龍的怪叫給嚇了一大跳，聞得他後面之言，玉貞掩嘴失笑道：「那婢女乃是……」

玉貞的話尚未說完，舒蘭英截口道：「瞧這色鬼就只會動這色心！這麼多老婆了還不滿足嗎？說起那婢女啊，可也早就是你的妾室了呢！你那麼緊張幹嘛？遲早還不是你的人嗎？想來她的姐妹知道了還會羨慕她呢！」

項思龍這刻也猜出了那婢女可就是八大護毒素女，也大是放下心來，聳肩笑道：「你們這幾個頑皮鬼啊！讓為夫失身於別人，當時也不告知我一聲！現在我可要懲罰你們！」

說著，雙臂一伸，正準備去擁抱諸女時，門外傳來石青青的聲音道：「少主，諸位夫人，姥姥著青兒來請你們去大廳議事呢！現在已是快正午了！」

項思龍聞言心神一震，想起自己肩上所負的重擔，還有著許多的事情等著自己去做呢！

當下情慾頓消，失去了和諸女嬉笑的心情，收拾了一下精神，清了清聲音道：「青兒，回去稟報姥姥，說我馬上就來！」

說到這裡，又轉向四女沉聲道：「快給為夫著好衣衫！還有，去給我端來漱洗用水和什物。唉，耽擱了幾天了，有著許多重要的事情等著我去做呢！」

四女神色聞言也隨之一束，默默的為項思龍著起衣衫來，玉貞則是起身向項思龍拂了拂道：「公子，我去給你們準備梳洗什物去！」

言罷，正待準備推門出去時，門外石青青的聲音又傳來道：「不用了夫人，青兒已經和幾位素女姐姐給你們準備好了！嗯，我們可以進來了嗎？」

項思龍想不到石青青如此體貼細心，心中一甜，大聲道：「我衣物穿得差不多了，只有褲子還沒穿好，你們儘管進來吧！沒關係的呢！反正你們也是我的未來妻妾了！給你們看看為夫的身體也不吃虧，只記在帳上，留待日後我也看看你們，這帳也就扯平了！噢，對了，我還想看看今晨是哪位素女姐姐與為夫交歡過了？不知她來了沒有？」

項思龍話音剛落，門外就傳來一陣嬉笑打鬧聲和一女羞澀的驚叫聲，看來那與項思交歡過的護毒素女也在其中。

玉貞微笑著開了房門，門外連著石青青在內有六女冉冉走了進來，其中一女臉色通紅低垂著頭，手裡提著一木桶熱氣騰騰的沸水。

項思龍此刻已是穿好了所有裝束，因他臉容還是易容後的「日月天帝」模樣，所以裝束也是「日月天帝」所留下的「變色龍皮」套裝，配合著他那高大強壯的身材，確實是魅力無窮，使得房中諸女從眼中都放射出一股灼熱的光彩。

項思龍走到那垂首臉紅的護毒素女身前，伸手抬起她的下巴，微笑並柔聲道：「姐姐叫什麼名字啊？昨晚……嘿，我喝醉了，所以稀里糊塗的……也不知弄痛了姐姐沒有？」

這名護毒素女臉色更是赤紅了，知曉其他諸女都在笑話自己，真恨不得有個地縫給鑽進去，嬌羞不堪的默然無語，其他護毒素女中一人嬌笑著，語意不無醋意的道：「公子，她叫袁小玟，乃是我們八姐妹中年紀最小的一個！」

項思龍點了點頭道：「小玟！嗯，這名字很好聽！但不知姐姐你又叫什麼呢？今晚願不願我來親親你的芳澤啊？」

這名吃醋的護毒素女聽得這話，俏臉唰地一紅垂下頭去，低語道：「小婢名叫周晴晴！公子你……我……」

那叫袁小玟的護毒素女見了周晴晴的窘態，倒情緒平靜了些的「撲嗤」一笑道：「晴晴不要你你我我的了，還是答應與公子卿卿我我吧！他會讓你享受到作為一個女人的最大快樂的！」

護毒素女周晴晴卻是被激得膽大起來的脫口道：「我當然想公子恩寵了我！只不過公子事務繁忙，又有這麼多美妻嬌妾，怎會有得空閒和心情恩寵我們呢？小玫你是有福氣了！」

項思龍知曉這些護毒素女雖是處子之身，但身在「五毒門」所見所聞的一些淫穢之事見得多了聽得多了，所以對男女之事一點也不避嫌害羞，反有些深受其影響，以致說起這等事來根本不當一回事，甚是大膽潑辣。

更何況她們可能也得知自己準備娶她們了呢？這自是讓得她們更是肆無忌憚了！起先她們還有的一點羞澀和拘束，這刻在嬉笑聲中頓然蕩然無存。

項思龍當下不置可否的笑笑，八大護毒素女乃是苗疆三娘精心挑選出來的，在她們身上自是有著苗疆三娘看中的個性，再加上苗疆三娘的嚴格訓練，使得她們也不知不覺的薰染上了苗疆三娘的個性。

苗疆三娘如此潑辣大膽，這些苗疆三娘訓練出來的心腹衛士自也比她好不了多少！唉，自己又多了這麼八個大膽潑辣的妾室，日後可有夠自己頭痛的！

如此想來，項思龍頓然斂去了笑容，神情倏地一肅的道：「大家不要說笑了，漱洗過後快去大廳吧！想來姥姥他們都等得不耐煩了！」

項思龍話音剛落，果真傳來上官蓮的聲音責怨的冷冷道：「我們確實是等得不耐煩了！你這小子，如此的荒淫無度，還談什麼要成就一番大事業？我看小事業也成就不了啦！」

天絕也唉聲歎氣的道：「少主，你可不要犬馬聲色，由一條龍變成了一條蟲了！要知道大家的希望可都寄託在你的身上呢！你既是大家的頭領，又是大家的榜樣，且是大家的軍師，也就是說你主宰著大家的一切，如果你沒得了生機和活力，我們這些人也就沒精神和鬥志了！」

項思龍被說得心神狂震，知自己這些天來確實是因困擾於苗疆三娘、孟姜女和石青青三女的一些感情糾葛而消蝕了鬥志，事實上現在的境況危急，自己是需要振作起來拋開其他的一切去維護歷史了，這才是自己生命中的大事，才是自己的使命，自己決不可荒棄。

想到這裡，項思龍的心神只覺又回到了一種平靜如水的境界中，沒有一絲漣漪，反是更加信心滿懷起來，目光射出嚴肅的光芒道：「午膳過後，我們就開始揮軍西域，收復地冥鬼府，重振我鬼府昔日風采，誓把西方魔教的一些兔崽子趕出中原邊境，讓他們永世不能來侵犯我中原！」

說到這裡，頓了頓接著又道：「收復鬼府，掃除西方魔教後，就是我們來平定中原內部紛戰的時候了，我們必須平定一切叛軍勢力，包括秦王朝，使天下歸順於我義弟劉邦的座下，建立起一個新的王朝，實施新的政策措施，這樣天下才有希望，才有和平，才有發展！」

韓信聽得點了點頭，在這刻裡他又看到了他所敬服的項思龍，那震懾人心的信心和鬥志都是讓他所景仰的，當然還有項思龍那博大如海的智慧以及那超凡入聖的武功。

但是項思龍這幾天的表現確實是讓他悶悶不樂，因為他覺得項思龍的意志有些消沉，有些低落，這是作為一大將領一個統帥的大忌，因為這直接影響到軍心，如不能及時振作，那項思龍這支隊伍離心就沒有希望了。

韓信是一個心懷抱負和野心的人物，項思龍的這種表現讓他甚是忐忑不安，生怕項思龍消沉得一發不可收拾那可就糟了，所以這幾天來顯得甚是悶悶不樂。

項思龍這刻的這番話猶如一強心劑，使得韓信精神倏地一震，當下接口道：「劉邦的勢力在中原義軍中雖是日益壯大，但比起項梁項羽大軍來卻又是顯得太過弱小了，所以我們要儘快會合劉邦大軍，早日奪下咸陽，取得關中這塊軍事寶地。

「楚懷王曾與天下義軍諸將約定『先入定關中者為王』，只要劉邦避重就近，不與秦軍主力接觸，讓項羽大軍去與他們硬碰，而他則專揀秦軍主力薄弱的近道進取咸陽，只要咸陽一破，劉邦的聲名就會大振，天下諸軍就會來投靠，天下人民就會擁戴他，這等先聲奪人這招就可把項羽大軍的威信給比下去！」

項思龍聽得心下暗暗敬服，劉邦奪取天下的關鍵確實就如韓信所言。在於使用了什麼「先聲奪人」之計率先項羽一步取下了咸陽城，為他日後與項羽展開「楚漢相爭」打下良好的基礎。

看來軍事家還是軍事家，目光比他人深遠許多，自己這比他多受了二千多年歷史文明教育的現代人，要不是早就知悉了歷史的發展，也不可能看得如韓信這麼深遠。

嗯，這等大將之才確實是不可浪費了，自己得早日把他給派上用場！

項思龍心下想著，當下微笑著道：「大哥乃是一代將才，目光確實有遠見獨到之處！但項羽大軍我們決不可小視，他軍戰績累累，從未有過敗績，且他軍中人才濟濟，乃是劉邦將來爭奪天下的心腹大患，所以我們現在就搶先一步防範著他。

「大哥這等人才，混入項羽軍中刺探軍情是最好不過，待我們到了西域，重建了地冥鬼府後，大哥就去詐投項軍。噢，對了，相姬已由雪君看守住了，到時我會讓你們見面的。好了，我已洗好了，大家去大廳裡坐著談吧！下午我們就要準備起程趕往西域呢！」

上官蓮有些激動的道：「這太好了！一百五十多年的恥辱終於可以洗去了！只不知你爺爺他們打理好通天島的事情也趕往西域沒有？唉，彼此分離開來不覺已是快有一年了呢！」

項思龍邊走邊道：「爺爺他們來與沒來都沒關係，解決完西域地冥鬼府的一些事情，我會回中原一趟的，到時會去通天島看看！」

韓信憂心忡忡的道：「只是西方魔教卻讓我們甚是頭痛呢！他們那怪異的邪派武功確實是太讓人驚駭了！嫁衣神功？人活了一千多年，元神竟然可以不死進行轉嫁，這等功力是何等深厚，真不可想像了！

「何況還有個什麼『五大邪神』，骷髏魔尊和枯木真師以及阿沙拉元首，這些怪物一個個都存活了一千多年，讓人想想都覺心驚肉跳，而我們的武功又太低殘了，根本不能與他們抗衡，真不知怎麼才能收服他們？」

項思龍體內得了「日月天帝」的元神，把他的所有思想和知識都吸收了，所以通曉了這些邪派的一些竅要法門和其破綻之處，當下淡然笑道：「這些不用太過擔心！笑面書生的『嫁衣神功』和骷髏魔尊的『骷髏神功』以及枯木真師都有一個致命弱點，那就是他們沒有肉身，借用的是別人的肉身。而這借用的身體都是他們所選出的傑出武功好手，既可增強他們的內力，又可增長存活壽命。這既是其長處卻又是其破綻之處。

「因為每一個人都有思想，都有野心和抱負，尤其是一些傑出的人才，那些被笑面書生、骷髏魔尊、枯木真師和阿沙拉元首的元神占有的身體，他們的思想並未死去，只是被他們用藥物及迷魂術攝去了將之抑制於某一處隱穴上，這也就是他們所練邪功的破綻之所在，只要我們找到了這處隱穴，喚醒那被借用屍身的思想，這樣笑面書生他們的元神就無法完全左右他們所借用的身體，而定會使他們功力大打折扣。

「假若他們的元神出竅，那就更使我們有可乘之計，因為他們的元神如沒有身體借居，功力就會大大損耗，每存活一天，就會消去他們上百年修練的功力，這卻是他們捨不得的，想每一個習武之人，怎會捨得功力白白的消耗掉呢？而他們若想跟我們動手，則他們的功力消耗更加厲害，他們定是更加不願的了。如此我們就可消滅他們了！」

韓信、天絕、上官蓮等聽得眉頭大展，韓信精神一振的繼續問道：「那如何才能找到他們的隱穴，喚醒那些身體的思想呢？」

項思龍伸手搔了搔頭，苦笑道：「這個嘛，我也不知道了！待我日後用點心神去思研一番，看能不能想出這其中的竅門來吧！」

眾人聞言都有些失望之色，不過神色顯已輕鬆許多，舒蘭英這時突地問道：「思龍，『日月天帝』那什麼『陰陽五行神功』，是不是也如他們的那些邪功一樣，有什麼隱穴呢？他把這鬼功夫輸給了你，你是不是也可以轉嫁元神，千萬年不死了呢？」

天絕、韓信、上官蓮等目光也往項思龍望去，顯是他們心中也有舒蘭英這般的疑問。

項思龍自也不例外，在日月天帝講述那什麼「嫁衣神功」時心裡就在犯嘀咕，直至日月天帝總說自己福緣確實深厚什麼的話，和得了日月天帝的元神融體，才對這疑問釋然了。

當下微笑著道：「這『陰陽五行神功』確也有轉嫁元神萬世不死的異能，但因日月天帝是把他的功力轉輸給我，讓他的功力與我自身的功力融為了一體，而不是用元神直接進入我的體內對我進行控制，所以這功力轉輸入我體內已失去了異能。

「到了日月天帝元神灰飛煙滅時，他也只是把他元神的知識融入了我體內，完全受我的神智控制，而他的元神只是我的一個助手，並沒有控制我分毫，所以我也就沒有什麼元神，跟平常一樣，只是功力大有提高罷了。

「但我到底可不可以萬世不死，這我卻也並不知道了，因為我的體能確實是與平常大不一樣，或許是吸收了那什麼『月氏光球』能量的緣故吧！」

第四章　揮軍西域

天絕、韓信、上官蓮等聞言先是大是釋然，接著又是一陣的欣喜，天絕嘖嘖稱奇道：「想不到世上竟然會有這等神功！據聞北冥宮的北冥神功具有不死之能，只不知與西方魔教的這些邪門武功是不是有異曲同工之妙？」

項思龍搖了搖頭道：「二者在本質上有著迥然不同的區別，魔教邪功乃是把人的精神理智等無形之物給凝化為有質無形之物，也就是元神，這練功的過程純粹是一種巫法，把人的元神用功力給存封起來，有若迷魂術之類的武功，練功者是自己在迷惑自己，甚是容易走火入魔，稍有不慎就會遭遇不測，以致這邪功甚少有人練成。

「而北冥神功則是一種改變身體機能，使人的細胞組織能夠重生的詭異武功，練功者只要練至一定的境界，功力就可讓人進行身體細胞組織新生代謝，使之達到生生不息的功效。所以依我看，這兩者之間大概沒有什麼關聯吧！

「要是有的話，我身兼『北冥神功』和『陰陽五行神功』就不會沒有什麼覺察的！嗯，現在我化身為西方魔教的教主『日月大帝』重出江湖，笑面書生已基本被我給唬住了，從他口中或許能套出一些西方魔教邪功的事情來吧！還有笑面書生訓練的那批『無敵衛士』，如能抓幾個來研究一下，可能也會給探出一些魔教邪功的奧秘來！」

韓信眉頭緊鎖的道：「但少主如因此而被那笑面書生看出了什麼蛛絲馬跡來，那豈不是把事情給弄糟了？要知道這老狐狸乃是魔教軍師，其機智看來絕不遜於少主，說不定他早就懷疑少主身分來著了。即使剛見著少主時沒起疑心，但憑他的才智不可能一點端倪也看不出來。」

項思龍淡笑道：「可他這等老狐狸卻也會因太過精明而失去了精明！他雖是懷疑我的身分，卻因一來我聲音相貌語氣皆像日月天帝，二來也是最重要的，他已看出我的武功比起他來只高不低，更何況我身披的『變色龍皮披風』和腰佩的『碧玉斷魂劍』都乃是日月天帝之物，這使得他疑心發生動搖，因為在他心目中，這世上能有幾人有這等高絕武功？又怎會得到日月天帝的遺物呢？

「還有就是我身懷『聖火令』，見令如見教主，使笑面書生更是不敢對我不敬。基於種種因素，笑面書生只會信任我多一點而懷疑少一點，只要我處理得當，完全釋去他的疑心，不難得到他的絕對信任，那時他就可真正被我利用了。

「待鬧得不可開交之時，我方只要得了優勢，想笑面書生即使知道了我的身分，他也只有莫之奈何的索性投靠我們算了吧！有了他的幫助，我們要破解西方魔教勢力就會事半功倍！」

上官蓮還是憂心忡忡的道：「只不過笑面書生若起疑心，對我們戒備起來，我們進入西域，那處境可就不大妙了！要知道我們地冥鬼府已被他控制住，所有教徒的生命已被他給握在了手裡，使我們始終有所顧忌，更何況我們的實力比他們弱，真打起來，我們並不一定會取勝呢！這事情可得認真嚴肅的云對待！」

項思龍微笑道：「此戰是只可智取不可力敵，西方魔教養精蓄銳這麼多年，而我們中原的武林卻呈一片衰敗的景象，二者成為反比，西方魔教的實力自是比我們中原要強，但有句古語云：天時不如地利，地利不如人和。西方魔教是深入我中原內地作亂，一來他們人生地不熟，二來呢他們的後備支援不足。這兩點也就成了我們取勝的至關要點。

「我們可以採取速戰速決各個擊破的策略，來個擒賊先擒王，擒下魔教在我中原三處分壇的首領人物。當然此計的關鍵就在於利用他們的相互猜忌，相互排斥，甚至相互勾心鬥角的這個弱點，使他們不至聯合起來對付我們，這樣我們就有取勝的把握了。」

說到這裡頓了頓，接著又道：「笑面書生就是因這個弱點而屈服的，他在西方魔教中是受到冷落和排斥的，因為他這人心智太過於聰明，遭到了骷髏魔尊和枯木真師的嫉妒，所以甚是憂鬱不得志。

「這次他把所有的希望都投注在了我身上，就是想實施他的抱負和野心，不管他有沒有識破我的身分，但我敢肯定他即使識破了，也寧可暫且將錯就錯認了我這教主，因他太過於勢單力薄，我的出現使他看到了希望，他是不會放過的。

「至少他可以利用我的身分來擴大他的影響力，使他出師有名的向苗疆和南沙群島的魔教分壇挑戰。還有我的實力他也感到非同小可，與我聯手，他的勝算就大了，即便魔教總壇的骷髏魔尊或枯木真師或阿沙拉元首來征中原討伐他，他也不會害怕。只要是在魔教總壇還不知道我這假『日月天帝』重出江湖之前，他控制了魔教在中原的三大分壇，他就可橫行無忌的在中原作他的魔教霸主了！」

舒蘭英插口問道：「統一了魔教在中原的三大分壇後，笑面書生會不會跟思龍你翻臉呢？」

項思龍苦笑道：「或許會吧！只要他真識破了我的身分，又察出我的班底實力不如他，那時他說不定會揭穿我的底細，跟我翻臉。但只要我在他面前顯出我比真正的『日月天帝』更強的武功、更高的才智，再加上有一批超強的武士，他可能就真認了我作他教主了。

「無論如何他立下戰功，在魔教中樹立了威信，他的權威比這以前是大為提高，跟我合作何樂而不為？當然，我如要對付他，他就會策反了。」

韓信拍掌擊好道：「思龍原來已是想好了一切對策了！還虧得我白白為之擔心不已呢！」

天絕也歡然笑道：「那些魔教崽子在我中原潛伏作惡了一千多年，這次遇上少主是他們的劫運來了，這次非得對他們趕盡殺絕不可！」

項思龍搖頭肅容道：「我答應過日月天帝不對魔教趕盡殺絕的！對他們，我們只可殺掉那些頑冥不化者和他們的頭頭，其他的人要儘量的使其改過從善，讓我中原與西方成為友好之邦！」

韓信沉吟片刻道：「思龍此舉卻是有著高瞻遠矚的深遠意義！與西方國家搞好關係，一來可以使得我們的邊境之地獲得安寧，也使人民少受戰爭之苦；二來呢則是可以促進中西文化交流，促進我們中原的經濟發展。一個國家只有和平安定了，只有經濟發展了，人民生活水準提高了，才算是強大了起來。嘿，要是思龍將來作了我們中原的國君，可真是天下萬民之福了！可惜思龍志不在此啊！」

天絕卻突地與韓信唱反調道：「不過，這世上如沒有了戰爭，就沒有翻天覆地的大改革，社會的經濟文化狀況就會滯留不前，甚至或許會讓人們產生好逸惡勞的作風。所以戰爭雖有其可惡的一面，卻也有其積極的一面。不是有句俗話說『亂世出英雄』麼？我看戰爭並不是罪惡，罪惡的是人的劣根性，有時候戰爭的痛苦反會使人們更加清醒，更加深刻，這難道不是進步嗎？」

項思龍笑著斥責道：「如讓你這樣的戰爭狂來領導國家，那天下必會大亂！你所講的是一種片面的說法，其實人的劣根性是可以用思想來啟蒙改善的，三字經裡起始句不是有云：人之初，性本善麼？

「人的本性其實是善良的，只要人們都生活在一個沒有戰爭沒有仇殺的和平年代裡，人的善性就會被開發出來！」

天絕對項思龍的這番辯論不以為然，卻也不想出言駁斥他，只是不置可否的笑笑。

眾人這時已來到大廳，正有說有笑的閒聊著，待得項思龍等進來，廳中大部分的人都止住了說話聲，只有少數幾個還在交頭接耳的低聲嘀咕些什麼，當然這為數不多的幾人，自是天不怕地不怕的項思龍的一眾嬌寵老婆了，她們正偷望著項思龍身後的孟姜女，時而偷偷指指點點的，顯是在說著有關她的話題。

項思龍瞪了她們一眼，乾咳了一聲，嚇得眾女吐了吐舌頭，朝他做了個怪臉，卻也沒有嘀咕什麼了，大廳中一時顯得甚是靜寂。

項思龍、天絕、上官蓮等坐在主席座上後，項思龍目光一掃全場中人，沉聲緩緩的道：「大家在雲中郡城裡因我的事情耽擱幾天了，在這幾天裡累得大家為我擔憂受苦，我甚表由衷感激。當然，現在不是說那些客套話的時候，我們西域已經遭遇險情了，這就是西方魔教的勢力在我西域活躍縱橫起來，所以我們要儘快趕去西域，扼制西方魔教勢力的擴散。我決定今天下午就準備起程揮軍西下，不知大家有什麼意見？都可以提出來以供大家參考的！」

匈奴國中有兩大旗主起座向項思龍躬身行了一禮道：「項少俠，我們有個不情之請，就是希望你來出任我們匈奴國的真主，但願你還能應承下來。要不，我們匈奴國各大旗主，各大王親貴族的軍隊都成無頭之師，必會因爭真主之位而再起內戰的，這對我們已是飽經內戰滄桑、元氣大傷的匈奴國來說，更是一場災難。所以我們在這裡的幾大旗主商議過了，一致認為你作我們匈奴國真主乃是我們匈奴國振興富強的最佳領導人，我們真誠迫切的希望項少俠能夠為我們匈奴國舉國上下的人民著想，出任我們匈奴國真主，以維護我們匈奴國的和平。」

項思龍微微一笑道：「這事情我早就考慮過了，請幾位旗主放心！我會選聘德高望重的人來出任你們匈奴國真主的！」

那兩個站起來的旗主聞言微微一愣，卻還是不死心的繼續道：「依我們看來，沒有人比項少俠親自出任我們匈奴國真主更是合適的了，但願項少俠還不要推辭！現在我們內憂外患，內有內戰困擾，外有魔教侵犯，稍有不慎，我們匈奴國就會陷入萬劫不復之境，還望項少俠為我們匈奴人民著想，出任我們匈奴真主！」

說著二人竟是雙膝一跪，朝項思龍下拜起來，其他的幾個匈奴旗主和一幫匈奴將領也都跟著二人朝項思龍跪地下拜，口中高叫道：「請項少俠出任我們匈奴真主！我等誓互向真主效忠，永不背叛！誓為維護我們匈奴和平而與任何外來勢力作鬥爭，哪怕是獻出生命也在所不惜！恭請項大俠出任我匈奴真主！」

項思龍見了這等仗勢，不禁頭大如斗，自己是應允也不好，不應允也不好，應的話自己肩上的責任就更重了，而自己則又沒那麼多的時間和精力來顧及匈奴國，如若失言的話，那自己還有何面目見匈奴的這些熱心朋友？

但是自己如若拒絕他們呢，卻又會刺傷他們的自尊心，損傷自己在他們心目中的威信，甚至被他們誤解為自己是在仇恨他們或漠視他們，那可不是自己意願了！唉，到底該怎麼辦呢？

項思龍心急如焚，一時不知怎言是好，幸得韓信抑住了眾匈奴將領的呼聲道：「諸位靜一靜！項少俠不是不願出任我們匈奴真主，只不過他身上還負有許多其他的重任，比如驅逐西方魔教的勢力，統一中原的內戰，推翻秦王朝的統治等等，這些事情讓他沒有時間和精力來打理我們匈奴國的一些事情。

「再說，他也不想把我們匈奴國給牽入他的一些紛爭之中，所以項少俠不答應出任我們匈奴真主也是有著他的一些苦衷的，但願大家能瞭解他，體諒他！」

說到這裡頓了頓，接著又道：「我有個提議，就是在我們匈奴國還沒有選出新的真主之前，由項少俠暫且代理我們的真主，行使真主的一切職權，不知大家對我這提議有什麼異議？」

匈奴將領聽得韓信的這一番話都沉默不語起來，他們也知道項思龍有著他的事業和抱負，對於他們的這一匈奴真主並不放在心上，但他們的本意也只是想項思龍來穩定一下他們匈奴國的政權，使之不受到內憂外患之焦，現在韓信這話已讓他們達到了目的，且甚是滿意，但不知項思龍的意下如何呢？

他是否願意出任他們匈奴國的代理真主？這卻是他們所不知道的了，所以都屏息靜氣的靜待著項思龍的回答。

項思龍也不知是該感謝韓信還是該斥責韓信，竟然大大咧咧的給自己弄個什麼匈奴代理真主來當當。

自己的官銜可夠多的了，地冥鬼府的新任鬼王，北冥宮的繼任宮主，還有西方魔教的勞什子教主。見著劉邦，定也會被他給強加個官銜給自己。

唉，別人是一生都在追求功名利祿、權勢金錢、美女，可自己卻是為著這些事情頭痛。說出去也真是教人不相信，可事實卻又是如此。

嘿，也不知是上帝在恩寵自己還是在折磨自己？如是恩寵的話，自己倒不需要這種讓自己苦惱的恩寵，只要讓自己早一日解決這古代歷史的紛爭，也就謝天謝地了！

可……這紛爭才只是剛剛開始，自己與父親項少龍的紛爭還長著呢！不知到什麼時候自己才能功成身退，做一個甜甜的闔家團圓的美夢呢？

戰爭啊，真是人世間的罪惡！可是人類卻又偏偏擺脫不了戰爭，從古代到現代，有哪一天人民不是生活在戰爭的陰影之中？

項思龍長長的歎了一口氣，想著自己來到這古代所擔負的重任，心情倏地又變得沉重起來，苦笑道：「大哥這提議我基本上同意！就暫且做了你們匈奴國的代理真主吧！待你們共同選出新的真主人選後，我再退位讓賢！」

眾匈奴將領聞得項思龍此言，心下均是大喜，齊聲高呼道：「真主萬歲！真主萬歲！」

項思龍心下不置可否的接受著眾匈奴將領對自己的歡呼，雖是心不甘情不願的接受了真主之位，但卻也被眾匈奴將領的真誠熱情所打動，感到自己確實是該為他們做些什麼，否則倒是辜負了他們的滿腔熱切真誠之心了！

彼此客套了好一番，才把眾匈奴將領的激情給淡化下去，項思龍收拾情懷，沉聲道：「西方魔教猖狂西域，危及我們地冥鬼府和匈奴國的安全。更主要的是他們對我中原江湖武林及至我中原河山都是虎視眈眈，為了維護我中原武林正統，保衛我中原河山，我們就必須堅定信心，鼓起勇氣來完成這個使命！我們到了西域之後，有可能會與西方魔教中人發生正面衝突，境況甚是危險，所以大家必須得提高警惕，以免發生不必要的傷亡！」

韓信接著道：「西方魔教的邪教徒武功甚是怪異毒辣，不可認為我們人多勢眾而滋生驕傲輕敵心理，要知道我們的隊伍只有量而無質，魔教教徒則是不同，他們人數雖少，但是武功高超且手段毒辣，我們絕不可掉以輕心。

「當然，這並不是說我們的實力比魔教弱，而是說他們的人戰能素質整體上比我們要高得多，且他們在暗我們在明，為了避免不必要的傷亡，大家都要小心戒備才好，同時必須抱著與魔教教徒誓死相拚的決心，如此我們才可以用最少的代價獲取最大的勝利！」

項思龍和韓信二人這一說一和，大廳中的人群頓時激昂起來，有少數難以自制的地冥鬼府教徒和匈奴將領更是高聲叫喊道：「只要同心協力，一定可以打退西方魔教的！更何況我們有少主的領導！不死神功蓋世，又豈會怕了那些魔教崽子？叫他們來一個殺一個，來一雙殺一雙，總之是殺他們個片甲不留！」

這等話音一落，頓即有人隨聲附和，項思龍聽得眉頭一皺道：「大家不要吵了！我們此行西域，是主和不主戰，所以大家都務必心平氣和的聽從命令指示，若有人不服命令，一律從嚴處置，決不輕饒！」

說罷頓了頓接著又道：「要知道，我們如能把西方魔教的勢力收為己用，那我們就有希望成為中原武林第一大教派，那時我們就有能力去角逐天下的紛爭了！」

天絕見項思龍有些許怒意了，連忙也插口道：「大家不要為這些還未發生的事情起爭端了！嗯，一大早起來至今還有許多人未用早膳呢！我們就準備午膳吧！嘿，我肚子可是餓得咕咕叫了，要是不把早膳的食物一併給補上，可真是對不起這吃飯的傢伙了，下午趕路也會沒得力氣呢！想來大家也是如此的吧！」

上官蓮也幫著打圓場道：「是啊！這幾天來大家為了少主的安危都寢食難安，許多人都瘦了幾斤呢！是應該進補一下多吃一點的了！」

項思龍心情不大佳，卻也知道自己不應該把心中的怨氣發洩到自己的這些下屬身上，還幸得義父天絕和姥姥上官蓮轉過話題，分散了自己心情，要不自己發起火來，搞得眾人都提心吊膽的悶悶不快，對下午的行軍可就不利了。

有些歉意的笑了笑，項思龍放緩語氣道：「我肚子也餓了，那就現在開始午膳吧！不過，任何人可都不得再喝酒，下午還要趕路呢！」

說罷，又轉身對鬼青王道：「總護法傳令下去，現在所有教眾和匈奴兵們全都準備用午膳，午膳過後，全都準備一切行裝，準備進軍西域！」

鬼青王領命而去，不多時，就只聽得全域各處都傳來歡呼聲，顯得眾兵和鬼府教徒在這雲中城裡待得煩厭了，早就想回西域去了。

項思龍心下卻是一片沉重，許許多多的心事都湧過心頭，讓得他甚是頭大如斗，苦惱不堪。

午膳過後，所有的人馬都集聚在了雲中郡城的發兵校場上。練兵教場已是被童千斤發動油庫機關給炸毀得狼籍一片了，所以無法使用，這發兵校場小了許多，本只容十萬人左右的校場，現在擠下二十幾萬人，確實是顯得狹小，所以騎兵都給安排在了官道上，終究是集合齊了人馬。

項思龍發下了命令，二十來萬匈奴兵由各大旗主和韓信、曾範、傅雪君等負責指揮，土居族武士由舒蘭英指揮，地冥鬼府眾教徒呢，由鬼青王、鬼王四護法等指揮，自己呢，則是與姥姥上官蓮、義父天絕、地滅和眾位夫人等行在一起，作為眾路人的指揮中心了。

一行人浩浩蕩蕩的排開佇列，從頭至尾，竟是也達四五里路之長，項思龍等自是只得排在隊伍中間。

鬼青王等率領的地冥鬼府教徒六七百人作開路先鋒，其後安排了三大匈奴旗主的兵力，接著便是項思龍等一行，舒蘭英的百來個土居旗主的兵力，韓信負責殿後，通信則交由天絕和地滅二人各負責一隊千餘人的幾路人馬的混合隊伍去做，天絕雖是老大不願意，但也不敢與項思龍對抗，只得無奈接受。

項思龍騎在一匹眾匈奴將領精挑出來的高大白馬上，身著「日月天帝」遺下的「變色龍皮」披風，腰佩「碧玉斷魂劍」，背上插著兩枚「聖火令」和自己的鬼王劍，披風隨著光線自然調節，呈現著各種顏色，使得項思龍在眾人眼中成了天將下凡，甚是威風凜凜，英姿風發。

諸女更是看得秀目異彩連連，要不是坐在馬車上，真都甚想坐到項思龍馬背上，與他共騎而馳，那種風景不知道會有多麼的寫意！

曾盈和張碧瑩二女因大腹便便，不能乘馬車，也不能騎在馬背上，只能各由一台一人大轎抬著，自是也少不了每人由二婢女相陪，抬轎的轎夫乃是從地冥鬼府中精挑出來的一流好手，功力深厚不說，輕身功夫也是出類拔萃，所以二女坐在轎裡甚是安穩，一點顛簸也沒有。並且轎夫有兩批人，一批抬累了可換上另一批，致以隊伍的行程速度並沒有因二女而放緩下來。

黃昏時分，隊伍已行至了西域境內，但到匈奴國都或地冥鬼府的總壇還有兩三個時辰的腳程，項思龍便傳令下去，眾人吃些乾糧後繼續趕路。

只坐地休息了大約半個來時辰，隊伍繼續行進，項思龍傳令大家小心戒備，因為西域遍地都是沼澤，行徑速度只得放緩下來，再說如有敵來犯，自己隊伍陣容雖大，但在這四處都是沼澤之地的環境下根本發揮不出什麼威力，陣容一亂就一發不可收拾，自己這方死傷可就嚴重了。所謂「兵貴精而不在多」，在這等境況下，敵方如是有一批千餘人的精兵，就可發揮出他們無窮大的威力，殺自己一個人仰馬翻。

以精兵對精兵，敵人就無法發揮出他們的破壞力了。項思龍早就預防了所有危險的可能性，已是由韓信和各大匈奴將領選出了一批大約四千來人的精兵團負責突變危情。

但最怕的是笑面書生，如他率領著他所訓練的兩百名「無敵衛士」來犯，自己等即便有二十萬人馬也是空有其勢，必敗無疑的了，因為己方的精英好手，除了自己可與他們一敵外，其他人武功均比那些「無敵衛士」要弱，自己等不敗得一敗塗地才怪！

不過想那笑面書生不會如此愚蠢吧！跟自己作對他也沒什麼好處，只會是個兩敗俱傷的結局，他忍辱吞聲千餘年的野心不會就願因此斷運吧！

何況自己現在與他是友非敵，他也沒有理由來侵襲自己一行！

當然，笑面書生到底識沒識破自己的身分還只是一種猜測，或許還沒識破呢，那自己所有的擔心都是多餘的了！不過，小心行駛萬年船，諸事謹慎一些還是對自己有好處的！俗話說「不怕一萬，只怕萬一」嘛！要是萬一有什麼險情，自己預先作了防備，還是要好一些的！

基本上排除了笑面書生來犯的可能性，那在西域裡剩下的最大隱患就是童千斤、諸葛長風和達多等的頑固勢力了！對於這一幫人，自己等倒是不用放在心下，四千精兵團已足夠對付他們任何形式的侵襲了。

不過，想來他們也不會傻呼呼的前來送死，早就在聞得童千斤、諸葛長風、達多等的死訊後，嚇得屁滾尿流作鳥獸散了吧！自己這方可是有將近二十萬的兵馬，他們那幾萬人馬起得了什麼作用呢？想再次稱王稱霸嗎？那是不可能的了！自己不剷除他們，他們就已謝天謝地了吧！

如此想來，項思龍心情稍稍放鬆了些，不過還是心亂如麻，渾身甚是感覺不自在，似有一種危機感在逼近著自己一行似的。

除了笑面書生和達多、童千斤他們的死黨外，在西域裡還有什麼其他的勢力敢來跟自己作對呢？山賊流寇？那不是自尋死路麼？

騰翼……項思龍心神倏地一震，不會是騰翼他們在自己等滯留雲中郡城的幾天裡來了大批的後援吧？難道父親已算知自己來了西域找范增，所以派了大批人馬來接應騰翼他們？

這……如真是這樣，他們夜晚會不會對自己等發動突襲呢？以范增的智謀當會看出今晚是給自己掌一次天創天賜良機，也會看出自己乃是項羽大軍將來的最大障礙，騰翼他們如尋著了范增，范增定會說動騰翼他們向自己等發動偷襲的！

也不知父親項少龍親自來了沒有？如親自掛帥前來，這一仗可真不知怎麼打了！硬拚硬殺嗎？自己似乎還狠不起這個心腸來！父親不也一樣嗎？抓住了岳父管中邪，自己隻身獨闖吳中，他不但沒對自己二人怎麼樣，反儘量的維護著自己二人，且陪了夫人又折兵，自己殺了王躍等人，拐走了王躍的夫人劉秀雲。

唉，但願自己的這個猜想是錯誤的才好！如不幸而猜中，就只有著天意了！天意如要讓自己父子二人在戰場上兵戈相見，也只有忍痛接受，何況自己父子二人終有一天會交上手的！只是真發生在今晚的話，想不到會這麼早罷了！

項思龍只覺心中如灌滿了鉛般的沉重，意念愈是不願如自己所想般的事情發生，但感覺上卻是這等想法的壓迫感愈濃，並且來犯的亂人不止一股而是三股，有兩股顯得氣勢洶洶，一股顯得吊心提膽。

這感覺讓得項思龍心中大吃一驚，這兩股強大來犯勢力是什麼人呢？即便一股是父親項少龍和騰翼他們，但另一股呢？弱小勢力股很有可能就是童千斤、達多他們在西域的頑固餘黨了！可這另一股強大勢力……西域是沒有什麼大有來頭的人了！聽孟姜女說過有個什麼風雷堡主荊無命什麼的，其勢力在西域也挺大的，但還不至於敢與自己這二十萬大軍作對吧？那到底是什麼人呢？難道是……解靈他們？這也不大有可能啊！

項思龍想得頭大如斗，感覺告訴他三股敵人距離自己的隊伍只有半個多時辰的行程，他們都早已做好埋伏和衝殺準備，只等自己的隊伍投送他們的羅網了！

現在該怎麼辦呢？自己如把這些險情說了出去，必會使得軍心大亂！但如不說出來，眾人又提不高警惕！還有，隊伍如繼續行進，一入敵人陷阱，可就完了，怎麼辦？怎麼辦……

撤退！這兩個字在項思龍腦海中倏地一閃，讓得他看到了一線希望。敵人絕對料想不到自己功力已至可用意念來視察敵情的境界，所以他們認為自己即已行軍至此了，必會繼續行進而絕想不到自己會突然撤軍，這一著出人意料之外之舉，反會使敵方陣腳大亂，自己等只要退回雲中郡城，那事情可就反客為主了。

自己可以派出精兵團無後顧之憂的清掃前往西域途中的所有障礙，不論對方是什麼敵人，只要跟自己等作對，就一律格殺勿論！

哪怕是父親項少龍領導的人馬！自己只要不殺他就夠了！在戰場上可是仁慈不得！他放過自己一馬，自己也順放他一馬！至於達多、童千斤他們的死黨呢，如此不知天高地厚，就殺他個片甲不留得了！另一股強大勢力可容忍則容忍，不可容忍，也全都殺他個落花流水！

項思龍在這險境將至的危急時刻，心頭甚是火起，所以動了強烈的殺機。作為一名軍人，本就受過嚴格的訓練，殺人對項思龍來說，在現代時是一種命令，在這古代裡卻是一種使命！

無論如何，自己也不能倒下去！地冥鬼府不能倒下去！匈奴國不能倒下去！這些都是自己這將近的一年來所辛辛苦苦取得的成績，都是自己給劉邦所收羅的後備增援力量！自己決不可敗陣下來！哪怕是自己成為逆子！

項思龍的心在滴著血，強捺下心頭的各種思緒，收拾情懷驀地傳令下去道：「所有人馬，掉頭回返雲中城！不要問什麼原因！這是命令！違令者一律處斬！」言罷，意念一動，身形倏地縱界，凌空一陣穿飛，傳達下此令讓所有人知曉後，著韓信、天絕、地滅、鬼青王、鬼王四護法四執法和四千精兵團及所有地冥鬼府教徒集合一處，到隊伍後頭負責防守。

項思龍的這些舉措，雖是令所有人都感訝異納悶和不解，但還是都依令而行，只盞茶工夫，隊伍就全然照項思龍所願的整頓好了，由此可見眾人對項思龍的臣服是何等的虔誠。

天絕望了項思龍一眼，小心的試探著問道：「少主，到底發生什麼事了？我負責巡邏全軍佇列，沒有發現周圍有什麼險情啊！」

天絕的這問話也正是韓信、上官蓮、鬼青王等心中的疑團，待他話音剛落，頓時所有人的目光都落在了項思龍身上，靜待他的回答。

項思龍對這批人自是可以知無不言，言無不盡了，神色一肅的沉聲道：「我們的前面四五十里處有三批敵人在等著我們，有兩批敵人勢力甚是強大，如果我們繼續前行，必會中了敵人的埋伏。要知道這西域境內，到處都是沼澤地，我們人數又眾，如被敵人擾了陣腳，可以想像得出我們慘敗的局面，所以我們需出敵不意，突然撤軍，化整為零，這樣敵人就反會被我們給亂了陣腳，那時主動權就掌握在我們手上了，勝利就屬於我們而不是屬於敵人！」

眾人聽了項思龍的這番話，眼睛裡都露出崇敬的神色，韓信更是甚為激動的正待發話，突地聞聽得身後隱隱傳來了吵雜的喝叫聲、馬啼聲。眾人舉目望去，卻見夜空裡遠處突然地亮起了盞盞燈火。

項思龍的預感終於應驗了，但不知在這些敵人之中，到底有沒有他父親項少龍親率的人馬？

項思龍目光一掃，臉上均都露出驚駭和訝異神色的韓信、天絕、上官蓮等人，沉聲道：「韓大哥和雪君去負責督促隊伍，快速帶往雲中郡城！姥姥你就負責監護諸女，她們的安全就交由你來管了！尤其是盈盈和碧瑩，一定得小心呵護，不要讓她們動了胎氣！至於我就與兩位義父、鬼青王、鬼王四護法四執法他們，留在這裡負責斷後，指揮四千精兵團與敵人周旋就夠了！

「在這四周都是沼澤的西域，人少兵精最能發揮出其長處來，可進可退，不至給人抓住破綻，沒有了後顧之憂，如此我們就可一心一意的投入到與敵戰鬥中去了！」

上官蓮聞言倒是默然領命，因為她知道，諸女的安全如沒有處置好，項思龍就無法靜下心來一心對敵，自己的此項任務比與項思龍一道在前線作戰也並不輕鬆多少，但聽項思龍說話的語氣和看他說話時的神態，似乎情況甚是危急，不由得大是擔心的道：「龍兒，到底是些什麼敵人？竟然明知我們有如此龐大實力的隊伍，還敢來與我們作對！不會是笑面書生他們吧？那在這西域還有什麼勢力如此大膽？」

上官蓮邊說邊把目光投向了鬼青王，似在向他詢問情況，鬼青王也機智得很，見著上官蓮望向自己的疑惑目光，沉吟了片刻道：「據屬下所知，在西域除了匈奴國的王室軍隊外，勢力最大的就是我們地冥鬼府了，其次是荊無命的風雷堡和石慧芳的『鳳仙閣』，現在又多了個初為人知的西方魔教軍師笑面書生。」

上官蓮聽了點點頭，把目光又投向項思龍，似在靜待著他的回答，因為如排除了笑面書生來襲的可能性，那什麼風雷堡和鳳仙閣就根本不足為患了——連地冥鬼府也鬥不過的勢力，又有什麼能耐來對付自己這二十萬的大軍，外加無數高手的隊伍呢？

可看項思龍的嚴肅緊張模樣，來襲的敵人似乎對己方有著很大的威脅，那麼到底是哪裡來的敵人呢？

項思龍見著眾人望向自己的不解目光，心下是焦焚如火卻又不知怎言，因為對於他父親項少龍的來歷他是無論如何也不能告訴眾人的啊！叫他如何向眾人解釋敵情呢？

這……項思龍真是頭大如斗了，幸好敵方的火把只是四處亂晃，並沒有追擊過來，這讓得他心情平靜了些，同時也暗暗納悶起如對方是父親項少龍率領的人馬，憑父親的才智當不會如此沉不住氣的暴露目標的啊！

那麼這亮起火把的到底是哪路神聖呢？看敵方能在一刻的慌亂中迅速的穩定下來，其領隊者當也不是泛泛之輩，那麼達多、童千斤、諸葛長風等的殘黨當不會如此大膽的暴露目標，說不定在覺察自己隊伍掉返回走時，以為自己等發現了他們的行蹤，而正嚇得屁滾尿流的準備開溜呢！

想到這裡，項思龍的眉頭禁不住緊鎖了起來，對於上官蓮提出的問題他也不知怎麼回答了。

對方到底是哪路人馬呢？兵法有云「知己知彼，方能百戰百勝」，可自己不但連對方有多少兵力一點也不知道不說，而且連對方是誰也不知道，這一戰打起來看來是對己方不利了！

不過，兵來將擋，水來土掩，管他這麼多呢！只要是跟自己作對的，就一律毫不容氣的剷除！在這以武力為強權的古代，以武制武當是唯一辦法了！自己可是任重道遠，為了維護歷史不被改變，就一定得保存實力，所有阻擋自己前進道路的勢力，不管三七二十一都是敵人，是敵人就不能心慈手軟！在這古代裡，說什麼以理服人都是空虛的，只有打倒了對方，才會使之臣服！

項思龍目中倏地厲芒閃閃，沉聲喝道：「各人快依令去行自己的事！不管對方是何人，只要是我們的敵人，就須打敗他！」

頓了頓接著又道：「來犯的敵人看來實力不小，我們得小心行事！唉，這都怪我粗心大意太過於輕敵，才弄至這等局面！不過，現在亡羊補牢尚還為時未晚，我們並未陷入不可自拔的困境，想來只要我們謹慎對待，還可脫離出這困境吧！」言罷，再次催促眾人分頭行事。

上官蓮見項思龍沒有回答自己的問話，心中老大不悅，卻也不敢再說什麼，只語重心長的說道：「龍兒，那你可得多多保重了！要知道寄託在你身上的希望，並不只我們地冥鬼府！」

項思龍心中感激而又沉重的點了點頭，他知道上官蓮對自己的關愛已經超過了對她自己生命的珍惜，正是這種有若父母之愛的關心，才讓項思龍在這古代感覺了一種人世間親情的溫暖，才漸漸化解去了他心中的濃重殺氣，所以他對上官蓮也甚是敬重。想自己來到這古代將近兩年的時間裡，若不是有了這些無微不至、毫無私心的親情和友情填補了心中的孤獨和落寞，真不知自己會墜落至一種什麼樣的境地。

想到這裡，項思龍長長舒了一口氣，心中頓時湧起有若長江大河般的鬥志來。為了自己的使命，為了這些關心和支持自己的親人和朋友，自己一定得振作起來，打垮一切阻擋自己理想前進道路的敵人！要不，自己就不配作為現代人了！也就不配受到這些親人和朋友的愛戴和敬佩了！

項思龍心中激情滿懷，口中卻是語氣溫和的道：「姥姥，你就放心吧！你的孫兒項思龍不會不堪一擊的敗給敵人的！想想連西門無敵這等一代魔頭也死於我的劍下，想當今還有幾人能奈我何呢？從今天起，我項思龍一定要和跟我作對的敵人亖三出擊！我要讓天下所有的人都知道我項思龍的厲害！」

項思龍這幾句激昂的話剛落，天絕頓然叫了聲「好」道：「好樣的！顯然不愧為我天絕地滅的義子！男子漢大丈夫就必轟轟烈烈的幹出一番大事業來！少主，我兩兄弟永遠支持你！」

在這古代就是這樣，思想家、政治家永遠不及以武力掌權家那麼吃香，想秦始皇雖是一代暴君，但他的功業歷史上卻可以把它抹滅嗎？項思龍這幾句話剛好迎合了這古代輕文重武的心理，所以讓得天絕當即拍掌叫好，連得韓信也是目射精光，信心滿懷，不過後者卻對項思龍把他安排在後方，不讓他在前線與他一起並肩作戰感到甚是不悅，當下一臉苦色的請求道：「少主，我……我看督促隊伍行進的事情就交由雪君和張萬、曾範幾人去打理吧！我也想跟你一道留下跟敵作戰！自我們結拜兄弟以來，我還沒有盡過自己的一點力啊！就算是大哥求你了好不好？把我留下吧！」

項思龍搖了搖頭，坦然一笑道：「大哥，我也很想把你留下來！只不過眾匈奴衛士對你要臣服些，由你坐鎮指揮，隊伍才不會發生騷亂，所以我看你還是依命行事去吧！」

韓信知道再說無用，只得一臉失望之色的驀地衝幾大匈奴旗主和張萬、曾範、傅雪君等大喝一聲道：「大家都快上馬！隊伍馬上加速前進！」言罷，一個飛身翻上馬背，揚鞭策騎而去。

項思龍苦笑的望了上官蓮一眼，用目光催促她也趕快領了眾女出發，免得延誤時間，不想上官蓮卻突地指了指一臉渴盼之色的孟姜女和苗疆三娘道：「她們二人武功不俗，就留下來相助思龍吧！我們有八大護毒素女相護，應該也沒有什麼危險，何況還有韓信他們保護！」

二女聞言自是喜形於色，項思龍則是沉吟了片刻，無奈的點了點頭道：「好吧！她們二人就留下來！其他人一律不允許再多說什麼！姥姥，你們也快些起程吧！時間寶貴得很！」

上官蓮默然點了點頭，收回投注在項思龍身上的關切目光，一掃眾女，沉聲道：「我們也……出發吧！不要延誤思龍進行作戰部署了！」

眾女戀戀不捨，目中柔情萬千的無奈，隨上官蓮驅車起轎，緊追韓信大軍而去，那神情那目光，簡直都快把項思龍的心給融化了。

凝望著韓信、上官蓮等漸漸遠去的背影，過得好一陣子，項思龍才收回目光，平靜下心緒對眾人道：「我們這撥人馬也不可集中在一起，以免受挫之下全軍覆沒。我打算兵分三路，兩位義父率領一千人馬往南邊隱伏，分派兩大鬼王護法領路；鬼青王和剩下的兩大護法四大執法則率領二千人馬從正西面去迎擊敵人；我和三娘、心如率領一千人馬從正西面去迎擊敵人；無論哪一方遇到危險，當即仰天長嘯三聲以作示警。不知大家對我的安排有什麼意見沒有？」

天絕嘴角一陣抖動，似很想說些什麼，卻又強行的給咽了下去沒有作聲；鬼青王向來是唯項思龍之命是從，自更不敢出言相抗。

項思龍見眾人都沒有作聲，當下沉聲喝道：「既然大家都沒話可說，那就這麼定下來了！」

言罷當即把四千精兵團分散開來，這些匈奴兵都是歷經訓練的，其中有一大部分是韓信和傅雪君手下的親兵，所以忠心問題自是不必擔什麼心的，作戰能力也很是優秀。再加上匈奴人凶蠻好戰，這四千精兵團可以說比之一般的秦王朝精兵是有過之而無不及。

不消片刻，隊伍便依項思龍之命分成了二千人馬，往北邊悄無聲息的迅速隱去，馬蹄因都包纏了布綿，所以沒有發出多大的聲音。

待得鬼青王等遠去消失於黑夜之中後，項思龍目光威嚴的盯在天絕身上，天絕雖是心不甘情不願，這刻卻也知機得很，知道自己再磨磨蹭蹭的話，項思龍定要發火斥責了，當下也一臉苦色的領了眾人往南邊隱去。

終於安排好了作戰人馬，項思龍的臉色也隨之舒緩下來，卻還是嚴肅的對孟姜女、苗疆三娘和其他一些匈奴將領道：「咱們此行任務甚是艱巨，境況也甚是危險，大家務必做好一切心理準備，此戰只許前進不許後退！若有膽小怕事者可先行提出來，我定會允許其隨大軍回雲中郡城而絕不責罰！但下來的每一名戰士都須勇敢抗敵而不許有絲毫的畏縮，且須絕對的服從命令，哪怕是讓你去犧牲，也絕不皺一下眉頭！如有違令退縮臨陣逃脫者，一律處斬！」

項思龍的這番話說得甚是堅定有力，讓得在場每一個聞聽者都肅容而立，所有的匈奴將領在項思龍話音剛落時，頓即整齊劃一的齊向項思龍屈膝躬身的大聲道：「屬下等願為真主效忠！刀山火海萬敵困圍亦誓死不退！」

這誓言讓得項思龍鬥志更揚，正待出言激厲眾匈奴將士之時，近千名匈奴士兵突地也齊向項思龍跪身高呼道：「為真主效忠萬死不辭！打倒一切敵人，重振我匈奴國聲威！」

呼聲錚錚迴盪在夜空中直沖雲霄，顯示出眾匈奴將士效忠項思龍的堅定決心，亦也顯示出項思龍在眾匈奴將士心目中的地位，項思龍感覺自己彷佛置身於影視中那等戰火紛紛的情景中，感覺自己已擔負著整場戰鬥勝負的重任和眾匈奴將士的生命，這讓得項思龍心頭既是興奮，又是沉重，全身血液都沸騰起來。

這不是有若兩軍交戰前的境況嗎？自己剛來古秦時，被陳平和吳廣等推舉為眾軍元帥，與秦將章邯一戰大敗而退，那已是自己此生的第一次領軍作戰經歷，也是自己一生的轉捩點讓自己認識了劉邦，並且得知了劉邦是自己同父異母的兄弟，從此自己在這古秦的生活便變得豐富多彩和離奇曲折起來。

此戰呢，是自己率領上千人馬再次與敵作戰，且敵人的境況虛實難測，自己到底是勝是敗也是個未知數，可它過後為自己又將帶來怎樣的命運呢？是脫離江湖的武俠生涯和勾心鬥角的歷史紛爭？還是將被捲入戰火紛飛的戎馬生活？

項思龍想著這些，一時給怔住了。說來自己來到這古代是阻止父親項少龍改變歷史的圖謀，扶持劉邦坐上漢高祖之位，勸解父親重回現代，可現實呢，卻是將自己拖入了與這古代中人糾纏不清的感情恩怨中，和不能自拔的江湖紛爭中，自己涉入政治鬥爭的時間倒是很少。

第五章　身陷困境

唉，自己到底是在拯救歷史還是在敷衍責任呢？已與劉邦、蕭何他們失散一年多了，也不知他們的戰績到底如何？

自己是應該去與他們會合了！可……「人在江湖身不由己」這句話真沒說錯，自己現在還有許多的江湖恩怨沒有了結啊！哪有時間去見他們呢？

西方魔教的事迫在眉睫，自己當不能坐視不管！還有地冥鬼府、五毒門、北冥宮等教派的瑣事也讓自己脫不開身！嗯，匈奴國也不能管一半就拋棄吧！

項思龍想起這些就心亂如麻，但現實的危情卻讓他不能細作思量，理清這些凌亂事緒，目光落在那些堅毅勇敢的面孔上，心神倏地一斂，驀地一聲仰天長嘯道：「勇敢的匈奴將士們，咱們準備出發吧！不管前途敵人多麼凶蠻，我們也有信心打敗他們！只要是阻擋我們隊伍前進的人馬，不管是神是佛是妖是魔，一律大開殺戒不必心慈手軟！兄弟們，出發！」

匈奴武士本就是生性凶蠻暴燥，項思龍這等殺機和血腥的話，甚合他們脾胃，頓即人潮洶湧，士氣如虹，眾匈奴將士情緒極是高昂，不少人抑制不住的狂呼高喊。

項思龍飛身上馬，招呼過孟姜女和苗疆三娘三人，揚鞭策騎一馬當先的向敵方火把晃動處馳去，二女緊隨其後，眾匈奴將士亦也在大喊大叫中緊跟著朝正西方馳去。

一時間初冬的寒夜裡瀰漫著沸沸揚揚的戰火氣息，使人忘卻寒意而渾身熱血翻湧。

兩名匈奴將領知項思龍不熟西域地形，越眾來到他身後，其中一人恭聲道：「真主，讓屬下二人來作為開路先鋒吧！」

項思龍頷首沉聲應「是」，現時吩咐二女取出神女石像洞府的夜明珠來為眾人照明。

敵方似已覺察項思龍等正朝他們方向進發，甚是大感意外，又是一陣短暫的騷動，卻沒過盞茶工夫突地給滅去了火把，讓得項思龍等進發的目標頓然失去。

但可惜他們遇上的是項思龍這超級煞星，這等小小難題又怎難得住他呢？

兩領路的匈奴將領愕然住馬回稟項思龍時，項思龍已沉聲道：「大家不要慌亂！待我運功偵察一下敵情後，我們再行進發！」

言罷，又著二女收了夜明珠，讓敵人也對自己等的情況大是疑惑不定起來，同時意念一動，運起八層功力的「陰陽五行神功」，展開「千里聽音」的秘技，把意念擴向方才敵方火把晃動處，頓時敵方眾人的呼吸聲清晰的傳入耳膜，其中一個較是混沉的聲音，讓得項思龍意念一頓。

只聽得對方道：「項思龍那狗賊難道預先得知了我們會在這裡伏擊他們？這不可能的啊！如這樣他不會冒然領軍進發西域，而會派先鋒來查證情況了！可如不是知了我們的行蹤，他又怎麼會突地中途撤兵呢？難道他真有什麼通天之能不成？

「哼，我也領教過他的功夫，但比起爹來卻是不一定會勝！更何況此次爹帶來了你秘密訓練的十六邪神！憑我們現在的實力，這狗賊又有何足懼哉？只不知笑面書生前輩為何不出面幫助我們？如有他來相助，項思龍這小兒定是手到擒來！爹坐上皇位之日也是指日可待了！」

這話落入項思龍耳中，使得他心下狂震。這不是達多的聲音麼？怎麼解靈沒有將他押回咸陽？是釋放了他，還是讓他給逃脫了？

他口中所說的「爹爹」，是不是秦王朝中的宦官趙高？怎麼笑面書生難道與趙高是舊識？趙高怎麼也會訓練出什麼十大邪神來？

他是不是被西方魔教給網羅去而成了魔教教徒？如自己的這種推測是正確的話，笑面書生豈不早對自己的身分產生了懷疑？他不來相助趙高父子，是不是在試探自己？這……看來情況愈來愈是複雜化了，想不到趙高竟也與魔教有什麼牽連！

項思龍心下正如此想著時，另一老沉的聲音冷冷道：「可不要小看了項思龍這小賊！他僅憑一人之力除掉了西門無敵，據說還練成了當年道魔尊者的『道魔神功』，又得傳了孤獨行這老不死的『北冥神功』，這兩門功夫都是獨步武林的高深武學，就是為父也不敢輕言可勝，咱們可不能掉以輕心的大意疏敵了！

「為父所秘密訓練的十大邪神因其訓制之法不全，所以也只能發揮出七八層的威能。項思龍身邊有韓信、鬼青王和那上官蓮等一眾高手相助，咱們與他此戰只能是智取而不能力敵。

「至於笑面書生不相助咱們，依我看他是懷疑我們與阿沙拉元首和枯木真師、骷髏魔尊等有聯繫吧。他想削弱我們的實力，讓我們與項小子鬥得兩敗俱傷，而他最後就來坐收漁人之利！

「哼，他這奸計我怎會讓之得逞？他可是做夢也想不到阿沙拉元首傳與了我訓練十大邪神的秘術，讓我訓練出了十大邪神來吧！這一戰我們在暗，項小子等在明，再加上我們有四千死士，定可以以風雷不及掩耳之勢拿下項小子，那時笑面書生對我們就只有大呼『莫之奈何』了！嘿，他讓我們安然進入西域而不加干涉，這可是他大大的失算呢！」

項思龍聽得這話，證實了自己的推想，心中既是驚駭又是暗喜。驚駭的是阿沙拉元首和枯木真師、骷髏魔尊等在中原早就布下了趙高這顆棋子，看來他們意欲侵犯中原的野心早有了。

暗喜的卻又是看來笑面書生還沒告訴趙高自己這假「日月天帝」的重出江湖，那麼他是傾向於自己這邊的了，甚至並沒有懷疑自己的身分，只不過是想假借自己之手除去趙高罷了！

這等情況對自己是有利的：趙高定也知道「日月天帝」是西方魔教的第一任教主，並且也定知道西方魔教的鎮教之寶——聖火令，那麼只要自己到時取出「聖火令」來，還怕他不臣服？

至於趙高會把自己這假「日月天帝」和「聖火令」復出的事情，稟報阿沙拉元首等知道自己這假「日月天帝」並沒有死，且復出江湖，必會引起他們的恐慌，就會延遲侵犯中原的計畫，而不得不集中精力來對付自己對他們的報復，自己也就有時間和機會來阻止他們入侵中原了！

不過，笑面書生失算的是，自己無論如何也是不會殺趙高的，因為趙高是歷史上有記載的重要人物，自己絕不能殺他，要不，歷史就被自己給改變了，這事自己怎麼會做呢？

項思龍得知了對方是什麼來頭的敵人，心下大定，正準備收功斂神時，達多的聲音突又傳來道：「解靈這不知天高地厚的傢伙，竟然想把我押回京城交給胡亥這昏君處置！他奶奶個熊，我說他是活得不耐煩了！憑胡亥敢把我怎麼樣嗎？曹秋道這老傢伙敢與阿爹爭權，真也是活膩了！

「胡亥只不過是阿爹的一個傀儡，哪敢與阿爹抵抗？阿爹若不是為了大局著想，早就把他給廢了！想李斯這老傢伙想抖露出與阿爹合謀篡改秦始皇詔書的事來，前些時還不是給阿爹給幹掉了？

「曹秋道這老小子解決他是遲早的事！對了，解靈不是給阿爹服下了『仙樂丸』迷失了神智嗎？怎麼他又像是復元了？我曾用阿爹所授之法試圖對他進行控制，可誰知竟一點也不管用！這次幸得阿爹西下準備與飛天銀狐聯繫，要不孩兒落在曹秋道這老傢伙手中可就完了！哼，解靈這小子敢違抗爹的命令，我看他也沒有什麼利用價值了，不如索性幹掉他，這樣也可給孩兒消了心中這口怨氣！」

不容項思龍大是震駭的細想，趙高已斥責達多道：「多兒，不可如此驕傲！要知道我們如今正是用人之際，解靈是個不可多得的訓練成為邪神的種子，不能殺他！

「待異日我將使出『煉獄大法』把他變成邪神，供由你差使，不是更能解你心頭之恨嗎？更何況解靈對牽制曹秋道，也有很大的用途！他是曹秋道一手扶養長大的，曹秋道已把他視為自己的心頭肉，這次曹秋道為了給解靈破解為父種在他身上的『仙樂丸』，不惜閉關四十多天，讓得為父才有可乘之際，殺了李斯這傢伙！

「要不曹秋道和李斯聯手起來，為父也對他們莫之奈何，胡亥也想脫離為父的控制！現在李斯死了，這種均衡局面也就打破了，曹秋道自也活不了多久的！胡亥的依靠力量章邯，又因叛軍四起而忙於奔波，顧不得朝事！

「嘿，此時朝中權勢為父已控制了十之七八，就只剩下曹秋道和章邯這兩個頑固的傢伙了！只要他們一除，那時大秦的江山就是我們的了！」

說到這裡，父子倆一陣嘿嘿奸笑，項思龍則是差點失聲驚叫出聲，心中的怒火狂燒如熔岩，這時趙高突又接著道：「為父此次西下，就是想請阿沙拉元首他們給我們增添幾大高手來相助我們除去這幾大患禍，同時也想叫多兒進兵中原儘量避免與章邯交戰，這傢伙是個軍事天才，武功也甚是不俗，手中有千古神兵利器——天矛地盾，且會驚天地泣鬼神的『天殺三式』，是難以對付的人物！

「再有就是曹秋道的寵愛女徒弟善柔，為我們引出了一個甚是厲害的人物——當年威震七國的上將軍項少龍！此人武功機智均是超人一等，曾為秦王朝統一天下立下了汗馬功勞，傳聞他已被秦始皇除掉，只不知怎麼會還活著？

「他有個義子名叫項羽，一身武功深不可測，想來為父也不會是他的敵手吧！因為章邯就曾在三招之下敗在項羽手下。

「項少龍是個軍事頂尖級天才，用兵神出鬼沒，可與前趙大將軍李牧並駕齊驅，加上個武功高絕的項羽作輔，也難怪他們會成為反秦叛軍中勢力最為龐大的一支隊伍了！所以我們最大的敵人不是曹秋道、胡亥、章邯之流，而是項少龍、項羽、項思龍幾人！這次我們如能生擒項思龍，那就最為理想了！為父把他和解靈訓練成邪神，則大秦江山我們就坐穩十之八九了！」

項思龍聽得趙高提到父親項少龍之名時，已是心下劇震不已，但為了知道下文，所以強忍激動沒有驚呼出聲，待得趙高話音一落，整個人都給震駭得呆住了，半晌沒有動靜，心下卻是湧起滔天波濤，久久難息。

想不到趙高這老傢伙如此穩重，眼光也甚是獨到，把自己和父親項少龍都給列了最強硬的對手，看來父親在不久的將來也會有難了！

只不知項羽的武功到底如何？歷史上說他是個戰無不勝的厲害角色，想來也不會單指他領兵作戰的能力吧？但願他們能避過趙高奸計！項羽是歷史上既定的人物，倒是不用為他太過擔心，但是父親項少龍呢？不知他的武功是否能與趙高抗衡？

嗯，自己如用「聖火令」及「日月大帝」的身分震住了趙高，可得告誡他不得與父親和項羽他們為敵，也算是盡了自己的一份孝心吧！

唉，自己也不知怎麼回事，父親和項羽是自己和劉邦的死對頭，可自己卻時時為他們安全擔心，真不知自己與父親再次面對時會是怎樣的一種局面？但願不是悲劇為好！

說到劉邦，趙高方才的言語並沒有提到他的名字，想來他將來攻克咸陽也與趙高沒有注意到他，所以沒有派主兵力來對付他有關吧！如此說來，自己沒有與劉邦處在一起，也是一大幸事了！「塞翁失馬怎知非福」這句話，也可用到這等情況下，確也甚是恰到好處呢！

但不想趙高竟真有謀反之心，殺了丞相李斯不說，反勾結西方魔教中人來侵犯中原，此等引狼入室之心實在可誅，自己此番與他交鋒，即使不能殺他，可也定要殺了他兒達多和他那訓練出來的什麼十大邪神，重創一下他的實力，讓他野心有所收斂！

反正他狗急跳牆也沒用，他所賴以對自己反擊的西方魔教和阿沙拉元首到時也為自己頭痛不顧不暇，哪還有得什麼心情去幫他呢？所以趙高這次是在自己手裡栽定了！

不，他今後的短暫一生都將在自己的左右下栽定了！他奶奶個熊，這叛國奸臣死了是天下之福，才不用為之可惜什麼的呢！只不讓他在歷史記載的時間之前或之後死就是了，那樣自己也就沒有改變歷史了！

如此想來，項思龍的心情才稍稍舒坦平靜了些，但旋即又為解靈的生死擔憂起來。

聽趙高之言，解靈被他給摘下了，意欲把他改造什麼邪神，那麼他現在應該是沒有什麼危險了！而父親項少龍竟然為了一個叫作善柔的女人，不惜與趙高為敵，他們之間定是有著非同尋常的關係了！

而解靈卻又是善柔之子，說不定也會是父親的私生子，那麼他與自己也可能是同父異母的親兄弟了！

自己一定得救他脫離趙高的魔掌，絕不能讓他受到絲毫損傷，且不管他到底是不是父親的私生子，就憑自己對解靈心生的好感，自己也務必救他！

項思龍心下想著時，卻突地聽得達多道：「也不知項思龍這小子在搞什麼鬼？撤退隊伍卻又留下一批人馬來，但剛只行了二三十里，突又停了下來不知蹤跡，他到底在弄什麼玄虛？會不會是臨陣開溜了？爹，我們現下該怎麼辦？」

趙高倒是冷靜的道：「項小子是個天才！覺察情況不對勁後，出其不意的突地撤軍，讓得我們慌亂之下不知所措的自亂陣腳，現在又故布疑陣想引我們去主動進攻他們，此份才智也真可與當年的李牧、王剪、項少龍他們比擬了！如此人才若能被我們收為己用，那可真是讓我們如虎添翼了！」

說到這裡頓了頓又道：「像他這等胸懷大志的英雄人物，當不會臨陣退卻，而只會親臨險境的！他也知道在這遍地沼澤的西域，人多反會誤事，所以化整為零來對付我們，此等鎮定和果斷足見此人乃是個兵法大家。

「唉，江山代有才人出，想不到當年出了個項少龍，如今又出了個項思龍，可見中原氣數未盡啊！不過，他此著雖是明智之舉，但遇上我趙高，嘿，我也要讓他英雄無用武之地！現在嘛，我們只要在這裡等，靜觀其變，與他比比誰的耐力好，我就不信他能沉得住氣！」

達多顯得有些不服和毛燥的道：「爹也太過誇張那項小子的能耐了吧！我與他交過手，如不是韓信這傢伙背叛了我，看他項思龍現在也成了我的囊中之物了！又有什麼可怕的呢！我們現有這麼多高手，捉他項思龍又有什麼困難？

「就算他有二十萬匈奴大軍相護，可在這西域沼澤之地，毫無用處，根本阻擋不住我們的攻勢！現在他自撤大軍，更是沒有什麼可怕的了，我看我們大可以主動出擊的嘛！」

趙高語氣一厲的沉聲喝道：「你小子就是這麼不長進！俗話說『吃一塹長一智』，可你卻是剛敗在人家手上不久，還是沒有吸取一點教訓！你爹我是那麼膽小怕事的人嗎？

「只不過我不打無必勝把握之仗罷了！兵法有云：『最忌不知敵方虛實而深入敵地』，我們還沒有摸清那項小子的底細，怎可冒然主動向他出擊呢？

「要知道西域這沼澤之地可以被我們利用，也可以成為我們的禍患！我們主動向項小子他們出擊，實則是把主動權交到了他手上，而使我們成了被動，那時他就可以利用西域的特殊地理環境對付我們了！

「人家可不是那麼好對付之輩，他不會沒有想到這點的！他身邊熟悉西域地形的人大有人在，而我們呢？卻是寥寥無幾！你還是用點腦子想想吧！如此的不知進取！」

達多捱得趙高的訓斥，頓然沉默不語起來，他們父子二人對話也暫告一個段落，但項思龍卻知道達多心下絕對不會聽進趙高的這番精闢敵我形勢分析，而一定會給趙高搞出什麼事端來！與達多相處也有一些時日，項思龍已摸熟了他的些許脾性。從這一點破綻之處，項思龍眉頭一鬆，想到了對付趙高他們的辦法了。

第六章　大獲全勝

項思龍的信心此刻完全恢復過來，達多的致命弱點是狂妄自大，只要自己抓住他的這個痛點，引誘他上鉤來主動出擊自己等，那麼即使趙高心機再怎麼縝密，此戰他也逃不了失敗的結局了！

到時只要自己出面與趙高相對，再出示「聖火令」，趙高定會嚇得屁滾尿流，以「日月天帝」的脾性，達多冒犯了他，定是死罪難逃了！趙高如欲為他說情，自己亦可追究他的罪名，乘機廢了他的武功，那麼他今後就再也橫蠻不起來了！自己如此做來也並沒有違背歷史的發展方向——不殺他就夠了。

當然如若趙高不顧父子之情的任由自己殺了達多，自己則也就不能再讓他了！想來以趙高的自私陰毒性格，說不定真會任由自己殺了達多。

若如此也很不錯，殺了達多就為世人除去了一個禍害，同時也洩去了自己心頭對他們父子的些許怨恨。否則，趙高真與自己翻起臉來，即使自己可以大獲全勝，可至少也得付出一點的代價——要知道趙高的一身武功得為孤獨行的真傳，又偷習了天機真人的「無真神功」，這種陰毒的邪門功夫，且不知習會了多少西方魔教的詭異功夫，所以他本人就是一大勁敵；再有他訓練出來的什麼「十大邪神」，想來也是些難纏的怪物，自己這些屬下的武功雖也算是高手中的高手。但比起魔教的一些邪門怪功來，卻或許還是略遜一籌——笑面書生訓練的那些「無敵衛士」的厲害自己也見過了，確實是不能以常人的理智來看待他們。

兵法有云「不戰而屈人之兵」，乃是用兵之上乘戰略，自己如能不費一兵一卒降服趙高，此等良策何樂而不用？反正自己也不能殺了趙高，達多對自己也沒有多大的威脅，有機會殺了他，就毫不手軟的幹掉他就是了，沒機會呢也不急強求於一時。要知道自己做任何事情都必須權衡輕重，目前最主要的敵人是西方魔教，那麼自己就必須養精蓄銳的去對付他們。

想到這裡，項思龍驀地凝功傳音，對達多嘿嘿一陣冷笑道：「小子，倒是命大福大！竟然有你老爹偶然救了你！怎麼？領了這麼多人埋伏在半途中，想偷襲我報仇了嗎？嘿，可惜的是憑你的能耐想對付我，卻還遠遠不夠！你那膽小怕事的老爹呢，卻是不敢來攻擊我們，而想靜等老子走進你們的陷阱！老子既然已經覺察了，又豈會中了你們的奸計？喂，小子，我現下準備回雲中郡城了，你們靜靜的在這裡等吧！」

達多乍聞項思龍的傳音，心神猛地一震，身形神經質的彈跳了起來。軀體微微發顫著，雙目快捷的掃現了一下身圍，過了好片刻才緩緩平靜下心懷。由此可見項思龍在他內心深處的震懾力有多大——簡直是聞聲色變了！

趙高見得達多的慌張神色，心生疑惑，當下發問道：「多兒，你怎麼了？是不是有什麼情況？」

達多此刻已完全斂神過來，沉吟了一會，搖頭道：「沒什麼！是這夜風吹來感覺有些冷罷了，不礙事的！噢，對了爹，我們還要等到什麼時候啊？如那項思龍發覺情況有異狀，撤回雲中郡城去了怎麼辦？我們豈不空等一場？」

趙高對達多的話沒有置信，聞問，臉色一沉道：「無論項思龍怎麼樣故弄玄虛，多兒你都不要去理會他！哪怕是今晚空等一場，我們乜只有空等！要知道對方不是一般的敵手，無論武功機智都是超比常人的厲害角色，所以我們要慎重對待！再說他們的實力在整體上可是比我們要強得多，我們只有出其不意攻其不備才有勝算！否則，我們就會慘敗！」

達多挨了趙高的這頓再次訓斥，沒有再言語，只是心下對項思龍已是氣恨至了極點，想到自己與項思龍的一戰，還沒有使出自己壓箱的功夫——天煞神功、天機神功和刺穴大法，就敗給了項思龍，心下可真是不服，想來自己如傾全力與項思龍一拚，自己可並不一定會敗給他吧！那麼自己現在已是可統一匈奴國了，項思龍的幾個大美人也就全歸自己享受了！

哼！項思龍這小子有什麼了不起的嘛！我達多有哪一點輸過他？武功？人品？都不比他差！可我為何會敗給他？為何得不到張碧瑩和曾盈這兩個賤人的心？奶奶個熊，老子不服！爹怕事，我卻不怕！硬打硬拚就硬打硬拚唄！畏首畏尾的老子都快給悶出鳥氣來了！

達多心下滿是牢騷的想著，當即也凝功傳音給項思龍發音的方向道：「小子，慢著！如若我們雙方來個明槍明刀的實鬥，你願不願意？」

項思龍見達多中計，心下大喜，嘴上卻是沉吟的道：「這個嘛……我方有二十萬大軍，如明槍明刀的實鬥起來，你們不是太虧了？嗯，我看這樣吧！你不是恨我項思龍，想找我報仇嗎？那麼我們兩人私下裡作個了結得了！」

項思龍此意正中達多下懷，當下想也沒想的答道：「好！咱們一言為定！雙方都面對面的來個一對一的比鬥，十局定輸贏！誰輸了就任由贏方處置，不可反悔！當然此賭局只限於我們兩人，與他人無關，小子，你看怎樣？」

項思龍等的就是達多這句話，心下狂喜，卻還是不動聲色的道：「我同意！但說好了，誰也不許耍什麼花招，否則就休怪我不講江湖道義，對你們群起而攻之的了！」

項思龍說這話時，心下卻是在暗忖道：「小子，你的死期到了！待會老子一刀把你們所有與我交手的人都給宰掉，包括你小子在內！到時趙高這老傢伙也只有啞巴吃黃連——有苦說不出了！嘿，達多這小子提出的建議比老子預想的還要理想，等會送他上西天時，給他一個痛快以作補償就是了，免得他死後向閻王投訴自己，那可也甚是不大舒服的事情呢！」

項思龍如此怪怪的想著時，達多的聲音又傳來道：「小子，那咱們就這麼說定了！我馬上就發出衝鋒攻擊的命令！你也領你的人馬即刻向我們這邊進攻！但彼此可不許真就此打起來了！必須依賭約來分個勝負才行！」

項思龍自是點頭應「好」，與達多再商議了一些比鬥的具體事宜後，斂回神來，神采飛揚的對都怔怔望著自己的苗疆三娘、孟姜女及眾匈奴將士沉聲道：「敵方馬上就會現出行蹤來，我們準備再次向敵方進發！」言罷，向他們轉述了自己這邊的情況，彼此約定好一些對敵方案後，待項思龍收回心神，卻見前方果又出現了火把和隱隱的喊殺聲，其中趙高的怒喝聲較為清晰，只聽得他衝達多大聲喝斥道：「多兒，你這是幹什麼？私自發出攻擊命令？為父叫你發令了嗎？敵方的蹤跡已經進去，你們這樣盲目的冒然進攻，會讓我們吃大虧的！」

說到這裡，又衝那些也窩了一肚子鳥氣，這刻才發洩出來拚命前衝叫喊的兵將喝道：「大家快退回來，前面危險得很！大家快退回來！」

但趙高的喝聲哪裡抑制得住激昂的士氣，更何況有達多在一旁喝喊著給他們撐腰道：「大家都快衝啊！誰擒住了項思龍，我就賞他黃金百兩美女十個，且封他為匈奴國的上將軍！」

趙高被達多給氣得屁股冒煙，但知自己已控制不了局勢，也只得任由達多指揮眾將士胡亂前衝，然其實趙高也甚是相信自己這寶貝兒子的能力，知道他或許是覺察出了什麼端倪來。才做出如此顯得輕率的決定的。他之所以非常氣惱，乃是因為達多顯得不敬重他，不但覺察什麼異況不告訴他，發令進攻也不與他做個商量，這簡直是太沒把他這作爹的放在眼裡了嘛！

說是自己對他平時太過嬌寵吧，可也似乎有一點因這西域是他的地頭而看不起自己的意味！嘿，自己可是他爹呢！他一生所有的成就，有哪一點不是自己成全他的？竟然出人頭地了就忘了爹！更何況他現在已不再是什麼匈奴國的真主了，卻還要擺出這個架勢來，充什麼老大嘛！自己現在可是大秦王朝叱吒風雲的丞相，過不了多少時日更說不定會坐上皇帝的寶座，那時普天之下唯我獨尊，你小子現在不巴結我，日後我功成名就了，可別怪我皇位不傳給你！」

趙高心下惱怒的想著時，卻突見對面的人馬又有了動靜，幾顆夜明珠光又在夜空中閃爍起來，且對方隊伍的行速也甚是快捷。

見著這等境況，趙高的心下明白了一大半，知道兒子達多可能是與項思龍商量好了的，但項思龍膽敢向己方發出挑戰，且似知道了自己的到來，卻一點也不畏懼，這……難道他有必勝的把握不成？但看對方的隊伍陣勢，似只有一千多人馬，卻敢與自己這方的五六千精兵相抗，那項思龍到底在弄什麼玄虛？

趙高的思維能夠反應如此之快，足可見他確是機智非比一般的人物了！不過，任他如何機關算盡，卻是總算不到項思龍乃是西方魔教的第二任教主，不但繼承了「聖火令」，更是繼承了「日月天帝」的一身武功，並且練成了武學的至高境界——無影無意無色無相神功。

這兩點，已經夠趙高註定了是敗局，並且影響他今後一生的命運了——成為項思龍的傀儡。當然，對於這以後的收穫，項思龍也是意想不到的。

這些後話，暫且不提。趙高心念電轉的忐忑想著時，也只得領了他的心腹武士——十大邪神緊隨著人馬後面追趕起來。

項思龍借著愈來愈亮的火把光亮，已能夠隱隱看清敵人的面目，卻見達多一馬當先，一臉陰冷的怨毒之色。在他身後不遠處是一個滿頭銀髮，連眉毛也雪白，嘴上卻沒有鬍鬚的老者，此老者一雙眼睛甚是陰冷深邃，讓人不由自主的感覺一陣驚悸，全身皆起雞皮疙瘩，想來就是達多的老爹趙高吧！趙高身旁兩側則是各跟著五個相貌醜陋嚇人的中年老者，面上一點表情也沒有，目中卻是精光閃閃，可見全都是內功高絕的好手——十大邪神！

項思龍掃視了一陣這自己關注的幾人後，雙方已是相距不過一里之遙了，達多驀地大喝一聲道：「大家止步！」

這喝聲乃是他凝功而發，倒也有點威勢，有若一個平地驚雷般把眾人嚇了一大跳，頓即雙方的人馬都給聞聲卻步。當然項思龍這方的人馬乃是因得過他的警告，所以才依言止步的，可不是真受得達多的這聲大喝而受驚受嚇止步的。

項思龍這刻才可清楚的打量達多、趙高、十大邪神等人，達多顯得稍是消瘦了些，臉上是一臉的暴燥怒氣，而沒了先前遇著他時的陰沉，可見他對項思龍確是恨之入骨；趙高則是也正用一雙老奸巨猾的陰冷眼睛不住的打量著自己，臉上卻是看不出什麼表情來；十大邪神還是依然故我，一臉冷冰冰模樣。

達多一策座下馬匹，越眾而出，衝著項思龍冷冷的喝道：「小子，第一戰就由我們來分個高下吧！上次敗在你手下，我可是一點也不服氣，這次要來報這一箭之仇！」

說罷，「鏘」的一聲拔出腰間佩劍，接著又道：「小子，放馬過來吧！」

項思龍冷笑一聲，道：「話可說在前頭，咱們雙方是敵非友，比鬥時刀劍無眼，誰刺死了誰可都怨不得對方！還有我附加一個條件，就是哪方贏了，勝者可繼續比鬥下去，直至敗退或自願退下陣來。不知你可應允我這條件否？」

達多此刻心中怒火填膺，已是失去了平時的冷靜，只想要與項思龍拚個你死我活，哪還管得了項思龍的心機，聞言點頭道：「小子，別再囉嗦個什麼勁兒了！有什麼要求你儘管提出來吧！只要不違反咱們的賭諾結果，什麼條件我都答應你就是了！」

項思龍心中道：「正合吾意！你小子太合作了，等會我只一劍就砍下你的腦袋瓜子，決不用第二劍就是！」

如此想來，正待發話時，不想半路上卻殺出個程咬金來——只聽得趙高突地開口喝止道：「一出手就由雙方的主帥出面打鬥，這也太沒意思了嘛！真主，屬下想代你出場與項少俠過兩招，還請應允！」

項思龍聞言見狀，暗暗驚凜趙高察顏觀色之快，知道他已覺察出自己武功比達多要高，且對達多生出了殺機，所以才不惜自折身分出面干涉。這也怪自己太過於疏忽，竟然忘了趙高乃是頂尖高手中的頂尖高手，自己因惱恨達多而不自覺在氣機上生出可抑制達多氣的殺機，才讓得趙高覺察出了達多的危險。唉，他這一說，自己倒是不好拒絕了！達多這小子可也真是幸運，這次或許又可逃過一劫！

項思龍心下唉聲歎氣的想著時，不想達多卻拒絕了趙高的一番好意，淡然道：「不勞你來費心！我與項小子先打過一場再說！你退下！」

項思龍聞得此言心下大喜若狂，暗暗祈禱趙高不要再固執囉嗦了！否則自己的計畫就得泡湯而無法得逞了！這次沒殺達多，下次再想殺他可不知得等到什麼時候？這小子在這段時間裡又不知會做下多少惡事了！

趙高在項思龍思忖的同時，也對達多傲慢冷漠的語氣生出些許怒意，氣極的想道：「真是個不知好歹的傢伙！人家武功明顯比你要高，且對你動了殺機，你卻還對老爹的心意一概不領，對我冷言冷語的！你小子也真該吃吃苦頭！就讓這項思龍來教訓教訓你吧！我也可在旁看看這項小子的武功路數，看看他的武功到底有多厲害，有沒有什麼破綻之處！想來你小子還可頂住他幾招吧！只要不被對方殺死就夠了，讓他滅滅你的威風也好！」

如此想來，趙高也便沒有再出言要求與項思龍對陣了。

項思龍這刻的容貌已經易容，不再是達多先前所見的童千斤模樣，也不是「日月天帝」的模樣，而是戴上了一個人皮面具，此人皮面具乃是鬼谷子的遺物，製作甚是精巧，是一個二十五六歲的翩翩公子模樣，頗有幾份瀟灑氣質。達多以為這才是項思龍的真實容貌，暗忖：「確實是長得不賴，難怪能迷倒那麼多絕色美女了！」

心下如此想來，卻也同時生出幾許妒念來，使得久蓄的怒火更是難以抑制，突地大喝一聲道：「小子，看劍！」

話音剛落，身形已是從馬背上飛起，手中長劍在空中抖出一片劍花，再次縱身而起，落在這些劍花上。劍花因運注了內勁，現刻再加上達多身形發出的內勁，所以速度倏地加劇，有若風馳電閃的夾帶著「虎虎」的破空之聲，向項思龍迅猛無匹的衝射過去，確實是有著雷霆萬鈞之勢，讓眾觀者無不動容變色。

趙高是暗讚自己兒子的武功大有長進，他方的人則是對達多的驚世劍術和身法轟然叫好，只有孟姜女和苗疆三娘神色比較平靜，因為她們對項思龍的武功太有自信了，那些匈奴將士則都面色緊張的為項思龍暗捏一把冷汗。

項思龍也覺達多這一劍可說是發揮出了體能和劍術的極限，確是驚世駭俗的一劍，可怎奈自己的武功比之達多被解靈帶走前又是今非昔比，有著日新月異的進步，達多這一劍根本就威脅不到項思龍。

項思龍端坐於馬背上一動不動，在達多長劍距他咽喉只有三尺之遙時，還是似笑非笑的望著達多，而絲毫不驚慌。

達多心中狂喜，把功力提升至極限，再次想加速身形，一劍了結掉項思龍。但怪異的現象卻突地出現了，只見項思龍的身軀突地釋發出一層紅綠相間的奇光，這光層把達多的長劍給牢牢的吸住了，任達多怎樣催發功力，還是無法刺進半寸。

而更讓達多驚駭的卻是，他突覺自己的功力有如長江大河潰堤般的狂湧入項思龍的體內，這一現象讓得達多亡魂大冒，想退回長劍，卻是整個身形動也不能動的只能任由對方吸納自己的功力，連驚叫也叫不出。

項思龍這招險著乃是從吸收「月氏光球」的能量時思悟出來的，有點像現代武俠小說裡的什麼「吸星大法」吧！他就是想一招擊殺掉達多而又震駭住趙高，使趙高不敢輕舉妄動，待自己現出「日月天帝」的身分時，更令趙高不敢有絲毫懷疑而暫刻臣服自己，如此也就可「不戰而屈人之兵」的大獲全勝了！

更說不定可利用趙高來引出那阿沙拉元首和枯木真師、骷髏魔尊他們呢！那自己就可一舉擊滅他們，徹底鏟平西方魔教和西方國家對我中原的隱患了！

達多的內力狂洩向項思龍體內，不多時內力均被吸乾了，雙目失神而又驚駭的望著項思龍，長劍「噹」的一聲掉落地上，身形亦向地面躍去時，卻突聽得項思龍話音一變冷冷的道：「小子，得罪老夫的人沒一個可以活命的！」

話音剛落，卻突見項思龍手中綠光一閃，空中隨之綠光大作，有若一把光刀般的向達多頸脖砍去，而項思龍卻還是好端端的坐在馬背上，似是動也未曾動過，臉上還是掛著一抹似笑非笑的笑意，但這次卻多了一種冷酷意味。

這突如其來的變故讓得在場所有的人，不分敵我的全都驚駭得給呆住了，只有趙高一人是心神大驚，在達多長劍脫手身形跌落時，亦是突地驚叱道：「住手！」

腰中長劍已是應聲而出，人未縱起，劍氣已是發出，只見一道烏黑劍光向項思龍擊出的碧綠劍光射擊過去。

「嗤！嗤！嗤！」幾聲異響隨著兩道劍光的交擊驀地響起，但只片刻，趙高所發出的烏黑劍光就被擊得光離破碎光影無蹤，連趙高剛剛縱起的身形亦也在「嘩」的吐出一口鮮血中暴退，達多卻是在「啊」的一聲慘叫聲中頭體分家——

沒命了，只有嘴巴似想說什麼而未說出的腦袋滴著鮮血的落地滾動著。

所有的人都被項思龍匪夷所思的高絕功夫給驚駭住了，連趙高、孟姜女、苗疆三娘也不例外，都怔怔的張大嘴巴睜大眼睛，駭然的望著項思龍。場中氣氛一時是怪異的寂靜。

過了好一會兒，眾匈奴將士才在愕然中驚覺回過神來，發出驚天動地的歡呼聲，連孟姜女和苗疆三娘這悉知項思龍武功底細的二人也禁不住為項思龍拍掌叫好。那些趙高手下的秦兵秦將卻是嚇得屁滾尿流了，有甚者已是一屁股坐在地上，褲襠給尿濕了一大片。面上一向沒有神色的十大邪神，這刻臉上的肌肉也在抖動，似是感到了殘廢的威脅，目中露出了驚駭。

趙高自是也不例外的驟然氣質突地來了個大轉變，渾身散發出一股如地獄裡的閻王才有的陰冷攝人氣勢，他的嘴角還在溢著鮮血，手中的長劍也在抖動著，虎口已是盡裂。

這……這是什麼功夫？連對方身形起動也沒看清，就讓他殺了多兒，且擊得自己也成重傷！多兒的「天機神功」、「天煞神功」和地冥鬼府的「鬼冥神功」貌合神離的「離合神功」都已練至了一定的境界，可竟然刺不破對方的護體罡氣，反而內力被對方全然吸乾。

而自己十二層功力的「天機神功」，自負世上已無幾人能敵，可想不到輕而易舉就被對方接下，且把自己反擊成重傷，又殺了多兒，這份功力之高，想來是連那被自己敬為天人的阿沙拉元首也遠是望塵莫及吧！

對方所使的到底是什麼功夫呢？這份功力項思龍這小子當不會有吧？多兒曾說過項思龍的武功，最多是練成了十二成功力的「道魔神功」，可這「道魔神功」也厲害不至如此啊！

那對方到底是什麼人呢？這麼濃重的殺氣，迫體的氣勢比之阿沙拉元首也遠遠要高！

趙高在極度的驚駭中連兒子達多的死所帶來的極度悲傷也給淡忘了，只一瞬不瞬的盯著項思龍，似想用目光看穿他的底細。

項思龍是練成「不死神功」以來第一次真正與人對敵，想不到竟然這麼厲害，一舉擊殺一人擊敗一人。不過，他因對達多氣恨至極，同時也知道趙高有可能出手相救達多，所以把全身的功力提升集中了十之八九來抗敵。

項思龍知道火候差不多了，當下冷冷的道：「本教主現下是重出江湖的時候，想不到卻有這麼多不知天高地厚的後生小輩來跟我作敵！那叫什麼項思龍的小子已被本教主收為了座前的左使童子，我本欲收了這死去的小子為右使童子，但不想他與我左使童子是宿敵，又對本教主出言不遜，所以他該死！」

說到這裡，頓了頓接著又道：「本教主閉關修練了近千餘年，此次出關重現江湖，聞聽得笑面書生說現下世道已是大變，骷髏魔尊和枯木真師這兩個傢伙已背叛了我，自立為西方魔教的正副教主！哼，背叛我的人都得死！此次要重組我西方魔教，阿沙拉元首枉我對他一片忠心，卻膽敢挖我的牆腳，我也要把他碎屍萬段方才洩我心頭之恨！喂，老小子，我看你武功還算不錯，願不願加入我『日月天帝』門下？」

項思龍的這番話全都是故意說給趙高聽的，果然趙高也聽得臉色連連大變，待得項思龍話音一落時，已是臉色煞白滿頭大汗的「撲通」一聲，雙膝跪地顫聲道：「屬下……乃是枯木真師的記名弟子，本就是……我西方魔教的弟子，教主此次……出……出關，真乃我西方魔教之福！屬下方才對教主多……多有冒失，還請教主寬恕！屬下趙高恭迎教主聖駕！教主仙福永享，壽與天齊！武功絕世，天下無敵！」

項思龍見自己尚未出示「聖火令」已是震駭住了趙高，甚是感覺慶幸，知道自己單憑武功就已震懾住了他，想來這古代武力就是強權，這話正是沒錯，只要武功高絕就可雄霸天下了！但不知他是不是虛與委蛇的應付自己？嘴裡說的是一套，而心下想的卻又是另一套？

不過，任他趙高怎樣狡黠，我項思龍可不會上他的當！老子要純粹武力征服他，征服整個西方魔教，征服所有與劉邦爭霸天下的人，包括父親項少龍，包括項羽。

項思龍狂性大發的如此想著，身上所釋發出的霸氣愈發的濃重了，所有的秦兵秦將此刻都已跪了下去，連十大邪神也不例外。

項思龍為了徹底的消去趙高心中對自己的疑心，已是卸下了易容的面具和裝束，露出了「日月天帝」的面目和衣著，身形沖天而起，在空中一陣盤旋，口中發出一陣狂笑，正是「日月天帝」生前的狂態，冷冰冰的道：「原來你是我西方魔教的門人！哼，膽敢以下犯上，這可是犯了我魔教的第四十三條教規，其罪當誅的！不過，看在你對本教主還算恭敬的份上，就不知者不罪，免去你的死罪吧！不過，死罪雖饒，但活罪難逃，本教主暫用『冰符』封住你的生死道，待你為本教立下三件大功後，方解去你身上的『冰符』！

「這『冰符』乃是我閉關時所研練成的一門刑罰，中了『冰符』的人如若對本教主有什麼二心，必會為本教主所察，那麼只要我意念一動，你就會痛得寸腸斷裂而亡。要知道這『冰符』乃是我本身精氣融入了我的意念製成，乃是我身體的一部分，任何風吹草動皆瞞不了我的！」

言罷，還沒待趙高反應過來，已是手指一伸，射出十幾道寒冰真氣進入趙高和他的十大邪神體內。其實這「冰符」乃是項思龍從傅雪君那學來的，根本就是在胡說八道。

趙高只覺項思龍釋發出的真氣寒徹透骨，進入體內後就無影無蹤了，除了通體一陣冰寒之外，就再也覺察不到那什麼「冰符」的所在，大概是融入了體內真元裡去了吧！

唉，這總比死刑要好吧！據飛天銀狐對自己講，西方魔教的第一任教主「日月天帝」甚是剛愎自用，冷酷無情，一身武功卻是天下無敵，連阿沙拉真主也不是他的敵手，只可惜在一千多年前，因閉關修練一門高深武功而宣告失蹤，自此再無下落。

可想不到在這一千多年後的今天卻教自己碰上了他，那也是自己倒楣吧！多兒看來只有是白白死去了！不過，他不思進取、狂妄自大，死了也是活該！自己也沒什麼痛心的！誰叫他不敬重自己呢？又偷練「天機神功」而至斷絕了傳宗接代的能力，根本就是廢人一個嘛！

自己這下見著這傳聞中的教主「日月天帝」，也不知是福是禍？被他下了

「冰符」已是永遠不能背叛他的了！可枯木真師、阿沙拉元首他們會放過自己嗎？但願這「日月天帝」教主能夠降服他們，那自己就不會有什麼危險，且說不定會被「日月天帝」教主重用，傳授以一兩項「聖火令」上的絕世武功也說不一定！

對了，魔教的鎮教之寶——三枚「聖火令」呢？怎麼不見教主出示？還有，笑面書生既然與教主見過面，那他自是知道教主降服了項思龍的事情，怎麼他卻沒有告訴自己呢？難道笑面書生是想假借教主之手除去自己？這也太狠毒了嘛！我趙高可沒與你笑面書生結什麼樑子，你卻為何如此算計我呢？有待一日這個仇我趙高一定要報！

趙高心念電轉的想著，等身體寒冷消退了些，恢復了些許知覺後，頓忙又向項思龍叩首拜謝道：「謝教主不殺之恩！屬下今後定對教主效忠誓死，上刀山下火海亦也在所不辭！」

項思龍微微頷了頷頭，見二大邪神並沒有向自己叩首拜謝，而仍是一派木訥之態，心生疑念：「這十大邪神是不是皆給趙高控制住了心神？但他們對自己方才所露的一手武功為何又有反應呢？自己是否可以從趙高的這十大邪神身上找到破解被阿沙拉元首改造了的四大邪神之法？」

心念一動之下，項思龍想起笑面書生對自己說過四大邪神當年被「日月天帝」用「天魔眼」迷失去了神智的話來，那趙高訓練的這十大邪神是否也效法了「日月天帝」當年訓練的四大邪神之法呢？

若真如此，自己可以開發出「日月天帝」元神融入體內的靈智來試試，是否可以把趙高的十大邪神神智又給回攝過來為己用，讓這二大邪神成為自己這假「日月天帝」的「座前十鐵衛」。如此既可削弱趙高的實力，又可增強自己的實力，一舉兩得，何樂而不為呢？

心下想來，頓即把意念放鬆下來，讓「日月天帝」元神的意念成為自己心智的主體，才剛剛完成這種神奇的意念交替，項思龍整個人都給變成了另外一個人似的，渾身陰冷的邪惡霸氣讓空氣也為之一寒，雙目精芒灼灼，有如暗夜裡的兩束珠光，落在人身上會令之不寒而慄。

趙高似已察覺出了項思龍這種氣質上的更變，還以為他覺察出了自己對他心中存有一點點的疑念，要責罰自己來了，嚇得連大氣也不敢出的低垂著頭，目光不敢與項思龍對視。但過得好一陣子仍不見項思龍有什麼動靜，訝異之下偷目往項思龍望去，卻見他雙目射出兩束罡光，正全神貫注的直盯著自己的十大邪神，嘴裡呢呢喃喃的叨念著些什麼，或許是經文咒語之類。十大邪神面上都露出痛苦的憤怒目光，似很想衝上前去與項思龍拚命，卻又根本移動不了身形，且連目光也脫離不了項思龍的目光。

啊，天魔眼！趙高見狀心下失聲叫出，整個人都給癱軟了下去。

果然是教主「日月天帝」！

「天魔眼」乃是教主的獨門奇功，據說可讓人心智受他完全控制，連阿沙拉元首也沒有找到什麼破解之法，可見此神功奇術的威力有多大！

當年，阿沙拉元首為了降服「日月天帝」座下的四大邪神，費盡了心血搜集天下奇藥，煉製了一種叫「攝魂丹」的藥丸，才勉強把四大邪神心智降服過來，可每隔十年還是得親自去南沙群島分壇給四大邪神再次餵服「攝魂丹」，否則藥力一退，四大邪神就會恢復「日月天帝」種下的魔性而不聽令了。

現在教主施展「天魔眼」收服自己這用阿沙拉元首煉製的「攝魂丹」來訓練出的十大邪神，不知可否管用。如有效的話，自己可就徹底的完了，再也沒有什麼依靠的力量了！阿沙拉元首也就危在旦夕了！

「日月天帝」已經收服了笑面書生，如破降了自己的十大邪神，他所親自訓練的四大邪神更是可輕而易舉的降服下來，那麼「日月天帝」就收服西方魔教在中原的兩大分壇了！苗疆的飛天銀狐自是更不放在他的心上了！

如此，中原魔教勢力可以說是「日月天帝」的囊中之物，再加上他閉關一千多年所修練成的「聖火令」上的絕世武功，要想稱霸中原可以說甚是輕鬆得很。自己投靠他或許是自己之福，可以更加快速的坐上皇帝的寶座呢！

趙高心下又驚又美的想著時，驀地聽得一陣此起彼落的厲叫聲，十大邪神「嘩！嘩！嘩！嘩」的皆都狂噴出一口鮮血，平靜下來後，整個人的氣質都變了，變得如項思龍現刻化身成的「日月天帝」一般，全身上下散發出一股陰冷的邪魔霸氣。

成功了！項思龍心下樂翻了的發出一聲歡呼，十大邪神已經被他用「天魔眼」降服下來了！

第七章　風雲再起

項思龍在用「天魔眼」降服趙高所訓練出的十大邪神的同時，亦也覺察出了一些情況。

十大邪神心智乃是用藥物控制住的，並且這種藥物的麻醉能力非常猛烈，把他們整個腦域和知覺神經都給麻醉住了，以這種情形推斷，十大邪神本應是完全如一個癡呆者的，但他們的腦域和知覺神經卻又能運作，這似乎是受了另一種藥物的刺激，使得他們本是麻醉的腦域和知覺神經又給恢復了過來，只是被別人的思想給控制住，異化了。

此種控制他人心智的手段雖並不高明，卻比一般意念心靈控制法更是有效，更是不容易被別人給破解。自己之所以能破解十大邪神的藥物控制，一來是因為他們身中的藥物藥力未被他們完全吸收，且他們有兩個致命破綻，就是他們在控制者對他們授武時，心智較是清醒和自主，這給了自己一個可乘之機。

二來呢是因為控制者的意念此段時間甚是脆弱，疏忽了對十大邪神加強意念控制，所以自己的意念可輕易主宰十大邪神的思想。

三來則是因為自己的功力較高，可以把十大邪神體內的藥力用功力吸納進自己體內，貯藏於自身的第一穴位之內，從容施展「天魔眼」，把自己的意念輸入十大邪神腦域，使得他們解脫了藥物心神控制，而換成了自己對他們的意念心神控制，成為了自己的貼身衛士。

這其中的過程說來雖是比較簡單，但實則可是讓項思龍費盡了心機，並且他體內殘留有麻醉神智的藥力隱患，還暫時不知怎麼把它排出體內呢！幸好他練成了「無影無意無色無相神功」，只要意念一動，功力就可自行對他產生保護，所以一時也無什麼大礙的了。

趙高這老傢伙竟然懂得此等高深的藥物制魂術，真是不可小視了他！自己在現代時，還以為趙高是個只會拍馬屁的無用奴才呢！想不到歷史上真正的趙高，除了是個心機深沉的陰險小人之外，一身武功和才智卻也甚是不弱！看來對於歷史上每一個有名有姓的梟雄，自己都不可小視，否則會給自己帶來致命的打擊！

項思龍心下慨歎的想著，倏又記起自己先前偷聽到趙高說起的十大邪神的訓練秘術是阿沙拉元首傳授給他的，並且此秘術有些殘缺不全。這一片段之言在他腦中閃過，頓時讓項思龍欣喜若狂，他想到了南沙群島的四大邪神。

他們是不是也被阿沙拉元首用此種藥物控制住心神的呢？如若是的話，自己也就可以重新喚醒四大邪神被阿沙拉元首控制的神智，使他們進入被「日月天帝」控制時的狀態了？

只要自己控制了四大邪神，那麼笑面書生對自己也都將有所顧忌，自己到時即使公開了身分，想來笑面書生也不會背叛自己了！再說有了四大邪神，對付阿沙拉元首他們的實力也就大大增強，要收服西方魔教也會事半功倍了！自己幫助劉邦成就帝王基業也就更有實業基礎了！所以收服四大邪神是件迫在眉睫的重大事情，自己正為之發愁而不知怎麼降服他們呢！想不到趙高卻為自己帶來了一線希望，自己務必從他口中套出些其中的秘密來！

想到這裡，項思龍面容一沉，冷冷的道：「趙高，你手下的十大邪神暫時歸我管治，不知你是否願意呢？嗯，你身上控制他們的藥物，暫時也就交給我保管吧，免得對十大邪神的心智有所干擾！」說罷，目光陰沉的盯著趙高。

趙高想不到項思龍竟能知道自己身上懷有控制十大邪神的藥物，心中驚駭萬分，因為他聽阿沙拉元首對他說過，此「攝魂丹」和「勾魂丸」乃是阿沙拉元首在「日月天帝」失蹤後二百多年後才研製成功的，只不知項思龍怎麼會知曉的呢？

誠惶誠恐的顫抖著從懷裡掏出一個香囊，走到項思龍身前，躬身恭敬的遞給他，惶聲道：「教主，這就是控制十大邪神的『勾魂丸』了！」

項思龍接在手上，心下大是欣喜，嘴上卻是淡淡的道：「嗯，你倒是對本教主挺忠心的！從現刻起，本教主封你為我西方魔教的護教左使，負責打理我西方魔教與中原的一切事務！」

趙高聞封，高興得屁股都給樂開了花，頓即向項思龍叩首拜謝道：「謝教主恩典！屬下今後定當為我西方魔教的興衰存亡鞠躬盡瘁，死而後已！」

項思龍本是在籠絡趙高，給他個空有其名的頭銜，好讓他死心塌地的效忠自己，反正自己也不是什麼真正的「日月天帝」，開出的自也是「空頭支票」了！再說，即使真讓趙高做什麼西方魔教的什麼護教左使，他也當不了一年就要上西天了，自己何必那麼吝嗇呢？他現在秦王朝左丞相的地位也不知比這西方魔教的護教左使榮尊了多少倍？

可真搞不懂他地位如此之高了，為何卻對個西方魔教的護教左使這麼感興趣這麼興奮了？不過管他的呢！自己只要能控制住趙高就夠了！只要能利用他協助劉邦比項羽早一步攻破咸陽，趙高的利用價值也就實現了！嘿，想來真正的歷史或許就是因自己控制了趙高，才讓得劉邦先進咸陽的吧！

項思龍心下怪怪的想著，見趙高果真中了自己的誘餌，當下運功扶起他的身形，哈哈一陣狂笑道：「護教左使不必如此多禮！對了，十大邪神的訓製方法是不是阿沙拉真主傳授給你的？想不到這老傢伙不會本教主的『天魔眼』，即想出了個用藥物控制他人心智的方法！左使能不能把這『勾魄丸』、『攝魂丹』的配方告知本教主？」

項思龍這番話是根據自己現下所知的一些蛛絲馬跡推測出來而信口說出的，趙高卻以為項思龍有洞悉自己心意之能，嚇得恭恭敬敬老老實實的道：「這個……屬下並不會配製這兩種丹丸！屬下所擁有的一切藥物都是阿沙拉元首配製好了給屬下的！至於阿沙拉元首為何會傳授給我訓製邪神之法，則是因為當年我母親楚虹虹與外公楚原避逃於一桃花村的村落時，母親被我父親所救，阿沙拉元首當年也正好因送『攝魂丹』給南洋群島的四大邪神吞服，見我母姿色絕佳，而狂性大發的姦淫了她，我母親因此受孕，無奈之下嫁給了我父親，所以我與阿沙拉元首實則是父子關係。

「不過，他從沒給我父愛，每十年來一次中原，也只傳授於我一些魔教邪功秘法，想利用我達到入侵中原的目的！說起中原現今的動亂，就是屬下所掀起的。我先用一種西方的『無影之毒』毒死了秦始皇，同時逼李斯與我合謀篡改了秦始皇的遺詔，煞費苦心除了太子扶蘇，立二皇子胡亥為秦二世。

「胡亥自小就受屬下對他邪派思想的灌輸，並且用『追魂奪魄大法』緩慢的控制住了他的心智，所以秦王朝實則已落入了屬下手裡。但是其中卻有幾個禍端，一個是李斯，屬下已經除去了他；一個是國師曹秋道，此人一身劍法出神入化，素有『劍聖』之稱，七國並立時就打遍天下無敵手，是個甚是難以對付的人物；另一個是秦王朝的大將軍章邯，這小子武功高強，精通兵法，手握秦王朝的兵權，也是個難以解決的傢伙！」

說到這裡，頓了頓接著又道：「屬下此次西下，本意是欲去苗疆找飛天銀狐連絡阿沙拉元首他們，不料卻碰上了曹秋道的得意門生解靈，押解著吾兒達多回京城咸陽，於是便救下了他，扣住了解靈。因多兒固執的請求，才西下到西域準備對付項思龍這小……左使童子，接下去的事情教主都已經知道了！」

項思龍聽得趙高這一席話之後是怒火中燒，真恨不得一劍把他給「咔嚓」掉，這老傢伙說起自己的作惡事情來不但不愧然，反神采飛揚，連兒子達多死了也沒有一點悲傷的意味，想言明向自己這假「日月天帝」表示忠心，同時誇耀自己的價值吧！

不過可惜的是自己並不是「日月天帝」，他所說的這番話不但未起到拍馬屁的效果，反是更增了自己對他的厭惡和憎恨。然讓自己意外的是，想不到趙高竟然是阿沙拉元首和當年中原武林盟主楚原女兒楚虹虹的私生子！

那麼孤獨行也並不知趙高的真實身世了！但楚虹虹死了，趙高卻是怎麼知道自己身世的呢？是楚虹虹告訴他了？但那時趙高年紀還小，怎麼會記得清楚呢？楚虹虹連自己最至愛的孤獨行也沒有說起這事，更不會向丈夫、兒子甚或他人說起了！難道是阿沙拉元首姦淫楚虹虹後，留給了她一件什麼證物，而楚虹虹則把此證放在了趙高身上，阿沙拉元首再入中原時，以此證物才找到了趙高？

嗯，此推測最有可能了！但趙高說阿沙拉元首並不疼愛他而只利用他，這內部又有什麼原因呢？按理說阿沙拉元首找尋趙高不是無意而為，而是有意之舉，那麼他應是非常看重趙高的了！

這……趙高對阿沙拉元首倒是真似一點感情也沒有，但阿沙拉元首對趙高卻一定有著父子之情的存在，自己如能弄明白了這內中的原因，或許對自己日後打敗阿沙拉元首會有什麼幫助的吧！

項思龍心下又惱又驚又疑的想來，淡淡的點頭「嗯」了一聲道：「護教左使原來卻還是阿沙拉元首的後人，真是叫人意想不到的事情啊！」

趙高聽得項思龍說話的語氣，還以為他心下對自己的身世有些氣惱，嚇得雙膝一跪的惶聲道：「教主放心，屬下今後只忠心於教主一人，哪怕是……叫屬下去殺阿沙拉元首，屬下也定會不皺眉頭，義不容辭的按教主之命行事！」

項思龍本意是因實情而慨歎，想不到卻起到了這等意想不到的效果，當下哈哈大笑的俯身雙手扶起趙高道：「護教左使快快請起！本教主信得過你就是了！噢，我曾聽左使童子項思龍說護教左使乃是北冥宮少宮主孤獨行的義子，不知你對這武林後起之秀的北冥宮瞭解多少？」

趙高沉愣了一下，面上掠過一絲傷感之色，似是對孤獨行對自己無微不至的關愛有些緬懷。他也得到孤獨行為救項思龍而耗盡功力而亡的消息了，著實讓他悲痛了一陣，因為不管怎麼說，孤獨行是他趙高這一生對他最是真正關心疼愛的人，所以自那一刻，趙高就憎恨起項思龍來了，後經自己兒子達多一番慫恿，才親自率領十大邪神來到西域準備對付項思龍，與他新仇舊恨一起算。但他自是想不到眼前這「日月天帝」就是項思龍裝扮的了。只不知如果他知道了的話，會氣得怎樣？暴跳如雷雖不會，七竅生煙總會吧！項思龍看著趙高的神色，心下怪怪的想著，同時暗忖道：「你趙高會為孤獨行的死而有一丁點的悲傷，也總算你還有那麼一丁點的人性！」

趙高見項思龍一瞬不瞬的盯著自己，眼睛裡的悲傷只一閃而逝，很快恢復了正常的神色，對項思龍恭敬的道：「這個屬下也只略略知道一些，就是孤獨行暗戀我母親楚虹虹，為了我母親，孤獨行放棄了北冥宮少宮主之位。我並不是孤獨行義子，乃是因孤獨行在我母親臨死前答應了她一個要求，就是把我撫養成人。孤獨行為了實行他這個諾言，所以要我跟著他。

「直到阿沙拉元首找到了我，我才擺脫了孤獨行的控制，而反過來控制住了他。至於北冥宮乃是江湖中的一個神秘教派，傳聞它的總壇設在沙漠一隱秘處，江湖中甚少有人知曉，但它在中原的影響力卻不比西域的地冥鬼府遜色多少。

「北冥宮的創始者孤獨無情，因擊敗中原武林盟主楚原即我外公而揚名天下，一身北冥神功高深莫測，一手北冥劍法更是威猛絕倫，至於他的武功習自何處，師門乃何門何派，江湖中人也一概不知。

「不過，孤獨無情在一百五十年前因與地冥鬼府的鬼王歐陽明一戰而受了重傷，後來又因痛失愛子孤獨行而憂鬱成疾，終於練功走火入魔而亡，自此北冥宮在江湖中也就煙消雲散了！但據屬下的內幕消息說，北冥宮主孤獨無情還有個弟弟孤獨驚鳴和女兒孤獨梅鳳，他們二人還在支撐著北冥宮。」

項思龍聽趙高說的這些與孤獨行告知自己的差不多，知道趙高沒有說謊，看來這老傢伙確是打算一心一意的效忠自己了！只不知是怕自己對他所種下的「冰符」呢？還是以為跟著自己比跟著阿沙拉元首有出息點？不過，管他耍什麼心計呢！反正他老小子活不了一年了，自己只要在這一年裡好好的控制住他就是了！這樣任他耍什麼花樣也只是竹籃打水一場空而已！

但趙高這次西下苗疆托飛天銀狐去求助阿沙拉元首，是不是阿沙拉元首每十年一次的中原之行時間又快到了呢？想到這裡，項思龍心下又是緊張又是興奮。如真是如此的話，自己就可在最近一段時間徹底解決有關西方魔教對我中原的危害隱患了！自己只要這樁心事一了，就可以再無旁顧的回到劉邦身邊去，一心一意的助他爭霸天下了！這……實在是太好了！

項思龍的心情顯得有些激動起來，但表面上卻還是不動聲色的淡淡道：「原來現今原出現了這麼多新秀教派！要是我西方魔教能把它們收降過來，那我們西方魔教在中原的影響力就會更大了！嘿嘿，枯木真師和骷髏魔尊背叛了本教主，阿沙拉元首趁本教主閉關練功時吞併了我西方魔教，我此次重出江湖，定要讓他們知道本教主的厲害，要把他們給碎屍萬段！」

項思龍這幾句話甚是陰冷的說來，語氣雖是平淡，但卻給人一種不寒而慄的恐怖意味。使得趙高聽了不自禁的打了個寒顫，口中卻還是大拍馬屁的道：「教主所言極是！地冥鬼府據屬下所知，已被我西方魔教軍師笑面書生給控制住了，已是我魔教的囊中之物；至於北冥宮，屬下回咸陽後定會分派人手盡全力去探聽他們總壇的所在地，如有消息就即刻通知教主。」

說到這裡，頓了頓面有難色道：「屬下還有個不情之請，就是希望教主能援助屬下除去朝中的曹秋道和章邯二人，如此屬下在朝中就再無顧忌之人，就可讓秦王朝盡心盡力的為我西方魔教服務了！那時中原全天下之地之民都歸教主所統屬，就可發兵他域，雄霸整個世界了！以教主之能，這願望定能實現的！」

項思龍聽了心中暗罵道：「你這老狐狸倒想得美！除去他們二人，好讓你的皇帝夢得以得逞吧！老子才不上你的當呢！殺了曹秋道還沒事，幹掉章邯，自己的過錯可就犯大了！章邯乃是歷史上有名有姓有威望的大人物，自己殺了他，豈不是把歷史給改變了？將來項羽可是與章邯在鉅鹿一戰，大敗章邯而揚威天下的呢！此等歷史中至關重要的人物自己可動不得！」

心下如此想來，嘴上卻是敷衍的道：「這事留待日後再說吧！我不會留著對我們西方魔教的發展有阻礙的人物活在這世上的！噢，對了，在你埋伏在西域這

『沼亡谷』時有沒有發現其他敵人？據本教主的意念視察，在這『沼亡谷』附近似乎還有其他的敵人隱伏，並且為數還不少呢！」

趙高略略沉吟了片刻後道：「稟教主，在屬下進入西域去面見笑面書生時，曾見匈奴國旗主童千斤和諸葛長風的一些手下鬼鬼祟祟的，似乎有什麼陰謀對左使不利。這情況也是屬下據多兒的一些轉說推測出來的，也不知正不正確？但屬下在『沼亡谷』佈置人馬時，卻並未發現其他的敵蹤，要有的話，定瞞不過屬下耳目！」

說到這裡，頓了頓，似突地又想到了什麼似的，臉色一變的沉聲道：「是了，屬下還有一情況向教主稟報，就是屬下在西下準備去苗疆途中，曾聽屬下手下探子回報說，新近興起的一支勢力最大的義軍首腦核心人物項少龍，率領著他的一批心腹手下也偷偷西下，似有著什麼重大的事情要去辦！至於是什麼事情，屬下就不知曉了，但看他們的行進路線，目的地似乎就是西域，只不知是否他們也想對左使不利？

「因據屬下探子的秘報說，項思龍曾與項少龍結下過一段樑子！屬下已經派了好手跟蹤他們，只為了多兒的事，所以與他們暫時斷了聯繫。待天明後，屬下發出信號，就可知曉消息了！」

項思龍聽得趙高的話，心中可也真不知是什麼滋味，只覺著一陣陣的緊張和刺痛。

自己的預感果真是應驗了！父親項少龍來到了西域！並且在今夜的途中伏下了對付自己的人馬！那他定也找著了范增了！

唉，任自己怎樣努力還是無法先父親一步尋著范增！看來天意在冥冥中註定要讓項羽和劉邦大幹一場了！自己和父親這兩個幕後的操縱者，自是也避免不了兵戈相見的命運！

自己尋著了韓信，父親尋著了范增！雙方的勢力總是均衡的沿著歷史的發展方向而充實著，看來自己與父親的對立也是終成定局了！

不是麼？父親此時是狠下心陽來準備對付自己了！但不知今晚自己父子二人會不會……

項思龍的心下一陣悲痛的顫慄，自己最不願發生的事情卻就要發生了，這……難道老天註定了自己和父親將要導演一場歷史的悲劇麼？當然，憑自己現在的武功，父親要想殺死自己是比登天還難的——即使他狠得下心腸來！

但自己卻可以向他和他的屬下大開殺戒嗎？以自己的歷史使命來說，自己是應該大義滅親，但世人卻又幾人能夠做到此等境界啊！

自己是人！是有血有肉有情有愛的人！自己為了尋找父親，在現代時歷經了千辛萬苦，飽嘗和忍受了他人對自己和母親周香媚的譏笑嘲弄，難道尋著了父親，卻要接受父子相殘這等悲慘的局面嗎？這……不能！自己一定得設法扭轉乾坤，改變這悲劇的發生！

但自己該怎麼做呢？自己又能做什麼呢？放棄自己的歷史使命嗎？這似乎已不可能！自己是一名軍人，軍人就應該擔負起自己的神聖天責！絕對不能遇難而避！再說，事情已發展至了這等地步了，自己就是想推脫也推脫不了，逃避不過了！唉，還是見機行事吧！

項思龍沉浸在這種痛苦而又矛盾的思想中，過得好一會兒才緩緩斂回神來，卻見趙高正用一種訝異疑惑的目光看著自己，心神頓時一震，知道自己疏神之下差點露出了破綻，當下意念一動，把功力提升起來增強自己的冷漠狂傲氣勢，故作恍然大悟的點頭道：「看來這股隱伏的敵人很有可能就是那項少龍了！嗯，護教左使對此人有什麼看法呢？你見過他嗎？」

項思龍這神態裝得甚是自然而合乎情理，所問的話也切合實際，使得趙高剛剛升起的一點疑心又完全消去的恭聲道：「對於這項少龍，屬下並沒有見過他，但對他的事蹟卻有不少耳聞。據說，他乃是當年秦國的上將軍，用兵如神，縱橫疆埸可與白起、李牧等幾大名將相提並論，一身武功也是不俗，盡得墨家武學真傳，自創『百戰刀法』，曾與『劍聖』曹秋道鬥過不相上下，獲得『刀帝』的美稱。

「傳聞他被秦始皇擊殺，但不知近兩年卻又傳出了他復出江湖的消息？與他的義子項羽一道自江東率領八千鐵騎一舉取下關中，現今他們父子所領導的義軍隊伍乃是反秦大軍中氣勢最為龐大的一支，對大秦江山的安危有著極大的威懾力！

「屬下一直沒有採取措施抑制他們勢力的發展，乃是想藉他們來拖住章邯，讓他不能回到朝中來！要不章邯與曹秋道聯手起來，屬下要解決他們就甚是辣手！當然，現在教主出關了，有教主為屬下撐腰，所有的一切困難將會迎刃而解！對了教主，我們是否事先派些人手去偵察一下這『沼亡谷』附近的情況？如有敵人埋伏在這附近的話，定當逃不過我們的耳目！若是項少龍這小子，倒可以趁機除去他！」

項思龍想不到趙高對父親項少龍竟如此瞭解，看來他是把父親當作頭號敵手之一了，但自己怎容得他對父親構成威脅呢？

在這古代，除非是自己與父親互相殘殺，否則其他任何人只要被自己知道了他想對父親不利，自己都一定得阻止！

趙高的話音剛落，項思龍就已冷聲喝道：「不！對於每一個有才能有價值的人，本教主都會看他能不能被我收為己用！如若不成的話，才可對他施展辣手！所以對於這項少龍，沒有本教主的命令，任何人不得動他一根汗毛！否則，一律按教規處罪，本教主決不輕饒！」

趙高見自己馬屁給拍到馬腿上，嚇得連連點頭應「是」，再也不敢在項思龍面前說什麼自作主張的話了，只徵詢道：「教主，需不需要屬下派些人下去偵察一下敵情呢？」

項思龍搖頭道：「不用了！對方如真欲找左使童子項思龍的不利，定會主動找上門來的！因為他們也還並不知項思龍已被本教主收服下來，還以為本教主就是項思龍呢！這種錯誤判斷會對他們造成致命打擊的！但項少龍他們真來進犯，沒有本教主的命令，任何人不得先動手！」

項思龍話音剛落，突聽得孟姜女驚叫一聲道：「項……項少龍他們出現了！教主，你快看，北邊的鬼青王他們傳來了報警嘯聲！」

項思龍其實也聽到了鬼青王的嘯警聲，聞得孟姜女一說，心神更是一震，暗暗祈禱著但願鬼青王他們遇上的敵人不要是父親項少龍他們，但知這種願望渺茫得很，心下甚是緊張，但面上卻還是得一副鎮靜的淡然道：「我正愁敵人不來侵擾我們呢！想不到這麼快就送上門來了！走，我們去與鬼青王他們會合！但記住，沒有本教主的命令，任何人不得妄開殺戒！」

這時正南面的天絕他們也驚覺了鬼青王發出的呼救聲，而發動了人馬向鬼青王的方向趕去，趙高見得這等陣勢，心下暗暗驚凜，想不到項思龍還在兩翼埋伏了大批人馬，自己若與他動起手來，現在說不定全軍覆沒了！

趙高在心下暗呼僥倖時，項思龍已是飛身上馬，策馬向鬼青王的發聲處馳去，十大邪神已受控制，自是頓忙緊隨其後，趙高也不甘落後的快速整理情緒跟了上去，至於達多的屍體則是早由秦兵就地掩埋了。孟姜女和苗疆三娘二人這刻成了眾匈奴兵和眾秦兵的最高指揮官，負責指揮隊伍有條不紊的行進。

不消盞茶功夫，項思龍就已聽得鬼青王暴哮如雷的怒喝聲和兵刃交擊聲了。

項思龍強壓震動，用「日月天帝」的語音沉聲冷喝道：「住手！」

喝聲剛起時身形亦也從馬背上縱身快若鬼魅般的向相距只有十多丈遠已清晰可見的對鬥場中疾飛過去，降落場中後，目中厲芒一漲的掃視過場中打鬥眾人，卻果見騰翼就在其中，正微微一怔的也望向自己。

二者目光相接，各自心下一震，項思龍是因見著騰翼而想到父親項少龍也就在其中了而心下狂震；騰翼卻是因見項思龍目光甚是熟悉而心下大震，但見得項思龍的容貌時，卻是似是欣慰而又失望的很快平靜下來，冷冷的道：「閣下是誰？竟也來攪我們這蹚渾水？若是事不關你的話，在下勸閣下就別多管閒事了吧！免得傷了和氣！」

項思龍此刻卻是沒得心情來理會騰翼的話，目光飛快的掃遍全場，當觸及也正冷冷而專注打量自己的果在其中的父親項少龍身上，虎軀不能不控的微微顫了顫。

天啊！父親項少龍果然來了！自己現在該怎麼辦呢？他似乎也從自己身上看出了什麼破綻來，但會不會認出自己呢？這……自己現在該怎麼辦呢？難道真看著悲劇的發生嗎？

項思龍心下如此想著時，趙高已是接住騰翼的話冷喝道：「小子，膽敢用這等語氣跟我們教主說話，是不是嫌活得不耐煩了？」

趙高的話讓得項少龍這方的人大半的目光都落在了他身上，其中一女人的聲音驚惶地叫起來道：「啊！趙高！怎麼是你？」

這驚叫聲引起了項少龍這方所有人的騷動，連一直緊盯著項思龍的項少龍也把目光給移開去，投在了驚愕的趙高身上。

趙高似也想不到對方中竟然有人識得自己的身分，頓然目中凶光一閃往發聲處望去，見著對方面容時也是失口驚叫道：「善柔？原來是你！怎麼？跟項少龍的舊情死灰復燃了？但是你背叛了你師父曹秋道，他定不會放過你的！並且這下他可有難了！只要我回京把此事稟告皇上，嘿嘿，曹秋道這老傢伙還怎麼威風得起來？還有你兒子解靈，他現在已經落在老夫手上了，待我回京後，他也難逃此劫囉！」

此女正是善柔，聞聽得趙高之言，臉色大變的顫聲道：「什麼？靈兒他……你把他怎麼樣了？他現在在哪裡？你快把他交出來？」

趙高一陣陰笑道：「我沒把你寶貝兒子怎麼樣，只是偶然之下見他觸犯了我大秦律法，把他給揭了下來罷了！至於放了他麼，那就等回京後由皇上來定奪了，老夫可做不得主！」

善柔一臉淒然的望向神色異常平靜的夫君項少龍泣聲道：「項郎啊，你可得把靈兒救出來啊！要是這次再被趙高這老傢伙對他施了什麼手腳，那靈兒他……他可就慘了！」

項少龍伸手輕輕拍了拍善柔的酥肩，沉聲道：「柔柔，放心吧！我不會讓趙高再傷害靈兒的！」

說罷，又轉向趙高冷冷的道：「你這奸賊，我早就想闖進咸陽去把你給幹掉了！這次送上門來，當不會把你給放過了！但只要你交出解靈，我尚可饒你一次性命，當然你得自廢武功！」

趙高被得善柔罵他「老傢伙」已是氣得吹鬍子瞪眼睛了，再被項少龍罵他什麼「奸賊」，且語氣中一點也沒把他給放在眼裡，更是氣得七竅生煙，若不是有項思龍這教主在場，他定是早就大打出手了，當下只是強壓心中怒意，怒極反笑的道：「你就是當年威震七國，享有『刀帝』之稱的秦國上將軍項少龍了？嘿，別人怯你威名，老夫可不懼你，有本事儘管放馬過來就是了！」

項思龍此刻也漸漸平靜下了心緒，他在趙高與善柔口角的當兒，發覺還有一精神爍爍的老者在打量著自己，此老者一頭銀髮，身著一身青布秦衣，目光深邃而又明亮，面容甚是祥和，看上去頗有幾份仙風道骨之態，想來就是自己極想一見的范增了吧！

正當項思龍在打量范增的當時，突聞父親項少龍的話音，頓然收回目光又往父親望去，聽得趙高語氣對父親的污蔑，心下頓然火起，冷聲出言喝斥道：「護教左使不得對項少俠無禮！有什麼話大家心平氣和的來作個商量嘛！幹嘛火藥味這麼濃重呢？」

趙高聽項思龍出言斥責，嚇得退回身來低垂著頭，一臉惶恐沮喪之色，再也不敢出聲。

善柔見項思龍威信如此之大，連這平時在秦宮裡作威作福慣了，可讓秦政覆手為雲，翻手為雨的丞相趙高也對他服服貼貼的，不知對方是什麼來頭的人物，但心中卻還是生起一絲希望的緩和語氣道：「這位……俠士，請問高姓大名？」

項思龍淡然一笑道：「老夫乃是西方魔教教主『日月天帝』！夫人多禮了！老夫屬下方才出言多有得罪，還請夫人見諒一二！」

善柔見這看上去甚是冷漠威嚴的老者說起話來卻是如此友善，不由大發好感，淒然一笑道：「原來是『日月天帝』教主！小女子善柔久仰大名！有一個不情之請，願教主能夠成全！」

項思龍知道自己不能太過表露出自己情緒的波動，語氣轉冷了些仍是淡淡的道：「夫人但說無妨！只要老夫能夠成全的，定當滿足！」

善柔聞得此言大喜道：「如此小女子就先謝過教主了！小女子想請教主放過小兒解靈，如此小女子對教主日後定當感恩圖報！」

項思龍面有難色的沉吟了片刻，望向趙高似做了決定似的一陣哈哈大笑道：「這事也無不可！但老夫卻有個條件，就是項少俠從今以後永遠不得過問我西方魔教之事，不得與我西方魔教為敵！只要項少俠答應，此事便可成交！否則本教主也做不了主了！」

趙高本聽項思龍「這事也無不可」這話時，臉色大變，但聽得他後面所說的條件，卻也大感划得來，心下還是疑惑：「教主神功蓋世，為何不用武功來征服項少龍，卻要費這麼多心機，這麼多口舌來與他做什麼交易呢？」

第八章　相煎相欺

趙高雖是心生疑惑，但嘴上卻還是不敢說出，善柔卻是臉上的喜色又給沉了下來，不知所措的望向項思龍，似想開口說些什麼，然又不知怎麼啟口，一時給滿面怔愣淒然的呆站住了。

項少龍本是乍見項思龍的目光，就渾身驀地生起了一種心電感應，感覺眼前這氣勢迫人的冷面老者似曾熟悉，且與自己有著某種親情關係，他頓然想到了兒子項思龍，懷疑這老者就是由兒子項思龍裝扮的，當見著項思龍虎軀顫了顫時，更是肯定了這處感應。

然當他此後再細細進行打量時，卻又覺著眼前這老者在氣質上與兒子項思龍有著一種微妙的區別，就是這老者的武功似比自己在吳中初見兒子項思龍時高深了不知多少倍，且渾身釋發著一種令人心悸的陰寒魔力，與兒子項思龍正直剛毅的氣質絕然不同，這感覺又讓得他對自己的肯定產生了懷疑，一時陷入了深思之中。

項思龍的笑聲讓得他斂回神來，聞言「嗤」地一聲冷笑道：「枉閣下還貴為一教之主，原來卻也是個膽小怕事的小人，竟用此等要脅手段來逼迫我們！哼，你要是有種的話，咱們就來個比武分勝負，如你勝了，我就接受你的條件，但如果你敗，你就是必須無條件釋放解靈，二是把趙高這奸賊交給在下處置，閣下不可過問。

「至於我們之間的怨仇，比武過後暫且一概各自不管，但以後麼就說不定了！我項少龍的處事原則是：人不犯我，我不犯人，人若犯我，我必犯人。只要閣下從今以後不再插手干涉我項少龍的事情，我項少龍自也不會與貴教為敵！」

趙高雖覺得項少龍的條件有些苛刻，且牽涉到自己的安危，但他對項思龍這冒牌教主的武功滿懷信心，認為項思龍一定可以勝得項少龍，當下搶先著答道：「這個建議好是好，但我們未免顯得吃虧了點！我方再加一點，就是如我們教主勝了，你除接受我們教主提出的永遠不得過問我魔教之事，不得與我魔教為敵之外，還必須退出江湖，不得再過問江湖中事，至於你和你義子項羽叛亂反秦之事我們則不管。我方提出的這個條件，你是否答應呢？」

項少龍對趙高的多管閒事感到有些氣惱，冷哼了一聲道：「我在與你們教主說話，你插個什麼嘴，難道你說的話可以代表你們教主的意思嗎？給我個肯定答覆後，我尚可考慮你的話！」

趙高被項少龍的這頓搶白給說得心下大震，頓把惶然的目光投向項思龍。項思龍正愁自己找不到好藉口釋放解靈，聞得父親的激將話語暗自道「正合我意」時，見趙高搶自己之前自作主張的發話，心下頓然有了主意，接著父親的冷言冷語沉聲朝趙高喝斥道：「護教左使給本教主退回來！項少俠與本教主說話，你就不要來多管閒事來著了！處理事情本教主自會有得主張，不勞你來費心！」

說到這裡，驀地又是一陣哈哈大笑道：「項少俠快人快語，說話乾脆利索，本教主甚是欣賞！好，我答應你無條件的釋放解靈！但至於比鬥之事麼，我們雙方之間素無怨仇，我看就暫免了，免得傷了和氣！然本教主聞說項少俠乃是中原義軍隊伍之中繼陳勝、吳廣之後，最為有前途的一支義軍首領，本教主想與項少俠做個商量，就是我們聯手起來推翻秦政，到時項少俠得天下，在下就得中原武林一統，不知項少俠意下如何？這可是雙惠雙利的事情！」

項少龍想不到這西方魔教教主如此爽快，一口應承下來釋放解靈，且他後面提出的互惠合作條件也甚是誘人，自己此次重出江湖的最大意願，就是助羽兒成就一番霸業，轟轟烈烈的在這古代歷史上大鬧一回，讓歷史也記住自己的姓名，但自己一直以來都有個最大的心病，就是得知兒子項思龍也從現代來到了這古代，並且擔負著阻止自己創造歷史，扶助劉邦一統天下的歷史使命。

這個心病讓得他這一年多來寢食難安，內心裡痛苦不堪，可又不能把項思龍乃是來自現代知曉這古代歷史的秘密說出來，因為這樣一來，定然會在這古代掀起轟然大波，自己和兒子項思龍或許各自皆沒實現自己的願望，就已先一步被人殺死一命嗚呼了。

想這古代的能人異士不知有多少，他們知道自己父子二人這超古代的現代人後，不爭奪個天翻地覆才怪，稍有差錯，自己父子二人就會沒命，那也就枉費了自己父子二人的幸運了！

因著這種種錯綜複雜矛盾不堪的心理壓力，所以項少龍內心深處甚是痛苦，他也害怕與兒子項思龍兩次相遇，但是也知道天意已註定了自己父子二人的悲劇命運，因為自己和兒子項思龍都已深陷入了這場歷史的鬥爭中不能自拔了，自己始終是要面對兒子項思龍的，至於見面後怎麼處置自己二人的關係，他卻也不知道了，他只想著但願自己不要與兒子兵戈相見是好。

此次他得到騰翼的飛鴿傳書，說項思龍也已到了西域，並且阻止騰翼去見范增，這讓得項少龍心下又驚又怒又恐，范增是項羽身邊舉足輕重的智囊人物，如被兒子項思龍先一步網羅了去，對項羽今後的前途將是一個致命的打擊。

心急火燎之下，項少龍召集身邊的一批好手，日夜兼程的趕到西域，準備狠下心腸來與兒子大幹一場——你不仁我不義嘛，是你先想破壞歷史，影響項羽的霸業發展的，那我也說不得只好不顧父子之情來與你爭搶范增了！

懷著這種氣惱心情，項少龍率領一眾好手和千多名精兵風風火火的趕到了西域，遇上騰翼時，情況卻讓項少龍大是放下心來，同時自嘲自己以小人之心度兒子項思龍的君子之腹了，原來騰翼已安然的尋著了自己一直掛懸著的范增。

見事情沒有發生什麼變故，項少龍本想率領人馬重返項羽陣營，但范增卻突地說據他所獲消息，項思龍在雲中郡城大勝匈奴真主達多和各大意欲叛亂的旗主童千斤、諸葛長風等，並且準備回西域，說什麼此乃重創項思龍爭奪匈奴大軍支持的絕佳機會！

因為在項思龍率領的近二十萬匈奴兵回西域匈奴京城的途中，沼澤之地頗多，如埋伏半路，瞧準時機給他們一記迎頭痛擊，打亂匈奴大軍陣形，大可以打他一場勝仗。

這話說得項少龍有些心動，因為如被兒子項思龍得著了匈奴真主之位，就等於為劉邦平添了二十幾萬匈奴大軍的實力，這對項羽的霸業構成了嚴重的威脅。因著這層顧忌，項少龍便同意了范增之見，依范增提議，在這「沼亡谷」埋下了伏兵，準備迎擊偷襲項思龍大軍，但不想卻半路上殺出程咬金來，有一股勢力軍先一步與項思龍給對上了。

驚異之下軍情發生了騷動，頓然被鬼青王等發覺，雙方便對幹了起來，之後便發展到項少龍與裝扮成「日月天帝」的項思龍父子倆正面交鋒的局面了。

項少龍沉吟著思量冒牌「日月天帝」項思龍提出的建議，靜默了好一陣才突地扯開話題道：「在下有一個問題想先問問閣下，閣下回答了以後，在下再來考慮你所提出的這項建議！」

項思龍知道父親想問和自己有關的事情，心上一陣波動，由此可見父親對自己的安危也挺關心的，倒也還是念及了父子之親，當下深深的望了父親項少龍一眼，淡淡的道：「項少俠有什麼問題儘管問吧！本教主若是知情，定當知無不言言無不盡，給項少俠一個滿意的答覆就是！」

言罷，忽地靈機一動的接著又道：「項少俠是不是欲問有關本教主座下左使童子項思龍的事情？他已經被本教主降服，收歸為本教弟子了！至於個中詳情，本教主卻是沒得閒暇說出！項少俠如欲問此事，本教主就只能奉告這麼多了！如不是，但請儘管發問就是。」

項思龍率先把父親項少龍想問自己的問題給主動提出來，一是想藉此封住父親再提此事，免得搞得彼此心下難受。

二是自己主動說起有關自己的事情，可以釋解父親對自己身分的懷疑。因為以目前情況看，父親對猜測自己是項思龍的信心有了動搖，自己如能讓他消除這種懷疑的話，對自己和父親行事談話都方便許多，同時說不定亦可探得父親的一些戰略部署，對自己幫助劉邦，化解自己和父親的恩怨都有益處。

當然，父親對猜測發生動搖，全靠「日月天帝」的元神融入自己體內，使自己的氣質發生了較大的改變，並且可隨意改變自己心性，使自己具備「日月天帝」和自己本身的雙重個性。

項少龍聞得項思龍後半截的一番話，果是臉色大變，虎軀不能自控的微微顫抖著，連聲音都變了的急聲道：「什麼？思龍他……項少俠已被教主降服，成為你座下的左使童子了？這……他現在在哪裡，在下想與他見上一面？」

項少龍雖是想竭力的抑制情緒的迸發，但自己也不知道為何如此的對項思龍甚是關切，心緒的波動已是讓他不由自主的表露出了自己的情緒，話剛說完，雖已覺察自己的失態，卻已是收不回來了，范增見了定會對自己和項思龍的關係生疑的吧！這對他以後全心全意協助項羽成就霸業可說不定會大有影響。

在場眾人，除項思龍和騰翼知道項少龍這失態的原因之外，其他諸人均是大感詫異，不知項少龍為何如此著緊項思龍，其中又以范增、鬼青王、孟姜女以及苗疆三娘幾人顯得詫異之色甚是突出，都把目光投在了項少龍和項思龍二人身上，帶著質疑和不解的神色。

騰翼走到項少龍身邊，伸手拍了拍他的肩頭，低聲道：「三弟，不要失態！這魔教教主是個甚為陰沉險詐的人物，不可讓他懷疑三弟和思龍之間有什麼關係！要是被他抓住什麼跡象對我們進行要脅，那我們可就進退兩難了！要知道解靈現在還在他手上沒有放出來，如被他知道三弟你非常著緊思龍和解靈，那可就有些麻煩了！想來以思龍的才智武功當不會有什麼性命之危，他即使落入了對方手中，也定是有什麼圖謀，自會有辦法逃脫出來的！」

項少龍對騰翼對自己的理解和支持，心中甚是感激，騰翼跟著自己已是有二十多年了，自己來到這古代裡所取得的一切成績，可說都得到過他莫大的幫助，他跟自己的兄弟之情可以說是比海要深，比金要堅，無分彼此。

感激的望了騰翼一眼後，項少龍只覺騰翼的話也大有道理，憑項思龍的才智武功怎麼會輕易的就給這什麼魔教教主給降服了呢？說是被他給擒住了，自己方可相信；但說降服思龍麼，卻是叫自己難以相信了！

要知道項思龍是自己的兒子，他受過現代的高等教育，智慧可以說是比自己還要高，自己尚可在這古代生活得事事順利，他又怎會遇上阻礙呢？他如真做了這魔教教主的什麼左使童子，說不定是為了降服這冷面老者，好把西方魔教收為他用，以增強劉邦的後備實力。

但如真是如此，項思龍為何會花如此大的心血來降服這西方魔教教主呢，並且還不惜詐歸於他！難道這西方魔教有什麼超強實力，不過，但看連在秦王朝裡威風不可一世的趙高也是魔教教徒，且只不過是個魔教的什麼護教左使，又對這魔教教主服服貼貼的，真說不定這西方魔教有什麼詭異之能呢！如被思龍降服了過去，劉邦的後備實力就會大大增強，對羽兒的威脅也就越來越大！這……

想到這裡，項少龍已漸漸趨於平靜的心緒又給凌亂如麻起來。自己到底捲不捲入這與思龍爭奪西方魔教支持的紛爭中去呢？看這西方魔教教主的作態，定是個野心極大的人物，其志定不止在於稱霸中原武林，說不定乃是對中原的大好江山也虎視眈眈，自己結交上他會不會反而偷雞不著蝕把米，被他給控制住了呢？若如此的話，自己所有的心血可就白費了！

但是自己如退出的話，思龍如降服了西方魔教，那對自己和羽兒就構成一大威脅了！

這……自己到底該如何抉擇呢？

項少龍左右為難，忐忑不安的想著時，一直沉默不語的范增突地開口道：「老朽有一個問題想問教主，對於西方魔教的事蹟，老朽也曾略有耳聞，但傳聞中說閣下已是於一千多年前，因閉關練功而告失蹤了，請問教主你是怎麼能夠存活一千多年而不死的呢？難道你練成了什麼不死神功了？

「還有，據老朽所知，你們西方魔教在中原已是勢力削減，許多年沒有在中原活動了，而教主當年的口號是要雄霸整個中原武林，請問教主此次出關重振西方魔教，是不是意欲吞併我整個中原武林和中原天下呢？如是如此，老朽代項少俠拒絕你的建議，因為你具有虎狼之心，我們身為中原兒女，是怎樣也不會做叛國賊來出賣國家的！老朽的話就這麼多，教主可否給我一個詳盡而真實的答覆？」

項思龍原本心中一直都在為父親項少龍不能自控的對自己的關心而激動著，真想脫口說出自己就是項思龍，但知如此一來，自己的心計都白費了，說不定馬上就會與父親兵戎相見，雙方爆發一場血腥廝殺的戰鬥，所以強行的抑制著這種衝動，心下自我安慰的思忖道：「項思龍啊項思龍，你可一定得狠下心腸把這場戲演下去！要知道政治鬥爭本就是冷酷無情、陰險奸詐的勾心鬥角，自己怎可以因感情而背叛自己的歷史使命呢？狠下心腸，繼續欺騙父親項少龍吧！要知道他是自己歷史使命的最大障礙者，是自己兄弟劉邦霸業的嚴重威脅者！自己一定得狠下心腸來想方設法打敗父親，只要儘量避免流血急鬥就夠了！這次的機會可真是不需用武功而深入父親陣營的大好時機，自己一定得好好把握住這機會，千萬不要錯過了！」

項思龍心下也正如此相焦相熬的思忖時，乍聞范增的這個疑問，知道他對自己的身分仍存懷疑，且想不到他似對西方魔教的事情頗為瞭解，心神一斂，突地仰天一陣哈哈大笑後冷冷的道：「閣下是誰？對我西方魔教事務似乎十分清楚嘛！是不是懷疑本教主的身分？嘿嘿，要不要我證明一下給你看看？本教的鎮教之寶『聖火令』也曾聽說過吧？本教主就讓你看看這幾樣異寶！」

言罷，身形一縱飛至三四米高的空中，在哈哈一陣狂笑聲中雙臂一佯，二枚「聖火令」已是自背部飛出，兩道奪目金光頓然映亮夜空，假冒的「日月天帝」項思龍的身形在這「聖火令」奇高的包裹中，顯得甚是威武非凡，真大有天神下凡的氣勢，使得目擊者無不為之心神一悸。

項思龍手握「聖火令」，感覺體內「日月天帝」的元神倏地異常活躍起來，使得自己的心神也為之差點衰弱下去，且自己體內功力不由自己的源源不絕湧入了兩枚「聖火令」中，使得「聖火令」異光大作，並且更為怪異的現象出現了。

項思龍的眼前倏地清晰的可以見著「聖火令」的異光環中有一衣著怪異，容貌怪異的行者，正在其中對自己念叨著什麼武功的經文，但是自己卻聽不見任何聲音，只是意念把這些經文給吸收了下來，經由「日月天帝」的元神智慧把它翻譯成了項思龍聽得懂的中原土語，這些經文講釋的是一套叫作「聖火十八式」的「聖火令」招數，項思龍的意念把這些招數很快的領悟過來，並且不由自主的在空中把這「聖火十八式」給使了出來。

一時間，地面上的觀者只見天空中道道金光閃爍，根本看不見項思龍的身影，金光所過之處，發出「嗤！嗤！嗤！」的有若閃電劃出的嘯聲，並且空氣中倏發大作，金光在地面的所過之處就給發出一陣有如刀切沙土的聲音，隨後就「轟」一聲巨響，炸出無數個足可埋葬千數人的大深坑來，連得天空的烏雲也給金刀劈散，凝成雨滴降落了下來。

這等場面，簡直是有若天公在發怒，要讓這地球給毀滅掉，人類的末日來臨了似的恐怖，使得所有觀者無不驚駭得面容失色。連知曉項思龍練成了絕世神功的孟姜女和苗疆三娘也是玉容蒼白，嚇得就快要驚叫起來了，其他的一些匈奴武士和秦兵則是在驚駭萬分中由趙高領首發出了陣陣顫慄的歡呼，聲嘶力竭。

項少龍這邊的人卻是驚駭得陣形大亂，差點就要哭爹喊娘了。當然，項少龍、騰翼、范增等較有身分的人則自是不敢太過失態，但心下對項思龍武功的駭異程度，卻是無法用筆墨形容出來的。

羽兒練成了「戰神不敗神功」自己已經認為他應可天下無敵了，但想不到這世上還有「日月天帝」這等高深得駭人的武功！這古代的古武功真是高深得不可思議，看來自己實在是坐井觀天了！唉，這等魔頭再世，中原天下將永無寧日了！自己還談什麼要助羽兒爭霸天下的雄心壯志呢？看來還是撤回塞外草原安度餘生得了！

項少龍心下有些氣餒的想著，但倏又想到項思龍投入這「日月天帝」座下定是看中了他非凡的武功，所以想用現代的智慧誘降他！不是有句老話說什麼「智者鬥智不鬥力」麼？這「日月天帝」或許是有勇無謀呢？即使他有心機，憑自己這現代人，比古代多出二千多年文明進化的知識，難道還鬥不過「日月天帝」麼？思龍定也有著自己的這等想法，他可遇難而上，難道自己就望難卻步？這豈不顯示自己已是比思龍弱了一籌？

不！自己決不服輸！就賭這麼一把吧！與思龍急搶這「日月天帝」！爭取到了他，就可說等若中原天下已在自己囊中，等著自己取出來讓它輝煌歷史了！對，就這麼決定！

項少龍的心情既是有些興奮，又是有些緊張的想著，他自來到這古代以來，還從來沒有在如此的心情之下去抉擇一件事情。

空中的項思龍則是完全沉浸入了一種對高深武學的探索去了，他的精神已是不能由得自己控制，只知道把腦海中浮現出來的每一招每一式「聖火令」中的武功都演練出來。

金光在夜空中令人眼花繚亂的閃爍著，其速度已是快至人的肉眼不能看清其所劃過的痕跡的境界，空氣中瀰漫著濃濃的勁氣，壓迫著在場每一個人的心弦，讓人連呼吸也為之窒息，趙高和眾匈奴兵、秦兵也已不知覺的停住了歡呼聲，都瞠目結舌的望著空中的異境。

天絕、地滅這方的人馬這時也已趕到了，見著眾人的神色，天絕禁不住好奇的走到孟姜女身邊低聲道：「大媳婦，發生什麼事了？思龍呢？怎麼沒見著他？空中的金光是……」

天絕的話尚未說完，孟姜女就已斂神回來，朝他沉聲低喝道：「不要再叫思龍的名字！他現在是『日月天帝』的身分，如把事情搞砸，思龍責怪起你來，可別怪我沒有通知你情況！」

說到這裡，頓了頓接著又道：「哪！教主現正在空中大展神威呢！不要再叫聲驚擾他了！」

言罷，孟姜女再也不理睬一臉駭容的天絕了，她的直覺告訴她，項思龍正在施行一項什麼計畫，是不願意自己等洩露出他的身分的，自己如再與天絕糾纏，說不定就會被天絕無意之下洩露項思龍身分的秘密了，所以還是不理他為好。

天絕聽得孟姜女的話，心下既是駭然又是不解，駭然的是項思龍的武功竟然高至了如此幻化之境，不解的卻是項思龍為何要顯露自己的武功？依孟姜女的話意猜想項思龍此舉定是有意而行吧！自己也還是小心，否則弄糟了思龍的什麼妙計，這責任自己可擔負不起！嗯，靜心的看思龍的神功絕技吧！

「哈！哈！哈！」一陣狂笑聲中，空中的金光倏然一斂，項思龍身形在「聖火令」金光的映照下又給顯現了出來，但這次在眾人的眼中卻是更顯神威，讓人對他油然而生臣服之態。

空氣中的狂風此刻也停了下來，東邊的天空已是現出了黎明的曙光，但這曙光相較起「聖火令」的金光來，卻又是有若螢火與明月，一點也不讓人注意。

所有人都屏著呼吸靜靜的望著項思龍，項思龍這時已是斂回神來，止住了笑聲，見著地面上眾人望著自己的怔怔神色，知道自己無意中在眾人心目中立下了神威，心中一喜，又故作狂態的哈哈大笑了一陣，雙臂一伸又把兩枚「聖火令」插入了後背，意念一動凝功降下身形，落至范增身前三米來遠處，冷冷的對還怔怔望著自己的范增道：「閣下現在相信我就是西方魔教的教主『日月天帝』吧！至於你的兩個問題我都可以答覆你！世上的異怪武功可以說是數不勝數，有沒有不死神功本教主無從考證，但在我西方有一種『嫁衣神功』，就可以讓人的元神得以生生不息，而達到生命不死之境。

「在下據聞你中原也有什麼得道登仙之類的高深武學，這跟我西方的『嫁衣神功』可說是有著異曲同工之妙吧！對於這內中玄虛，也不是一言可以說盡，本教主就不詳細解釋了。

「我在這近千年來修練的乃是『聖火令』上的一門至高神功『陰陽五行神功』，此神功乃是吸取天地日月之精華而練成的，可以讓人的體機發生質的改變——可以對維持生命的一切生理身體元素自行的進行新陳代謝，而至生命於無窮無盡的境界！這話說來甚是讓人難以相信，但本教主也只言至於此了！」

說到這裡，頓了頓，目光冷冷的掃視了一遍正全神貫注的聽自己解釋不死神功秘密的范增、騰翼、善柔和父親項少龍等一眼後，接著又道：「至於閣下的第二個問題，我更可以給你一個滿意的答覆！本教自始至終都只在意武林爭霸而不想參與天下的紛爭中去，但是王權與武皇在某些方面是有著共同利益的，如相互合作的話，對雙方都有好處，所以本教主並不排斥與朝廷勢力合作。

「其實說來在下收服了趙高，可以說是秦王朝的天下已在本教主的手掌之中，然秦王朝腐敗無能，朝中英雄傑出之輩無得幾人，氣數已是至了盡頭，所以本教主想與項少俠合作，因為項少俠手下集聚了天下間的大批熱血男兒，內中高手如雲，比秦王朝更有發展潛力，觀天下之勢，項少俠這邊是希望最大的。

「嘿，本教主做出的這個決定可是經過深思熟慮的，而不是什麼輕率之舉，閣下可不要以小人之心度君子之腹了！不過，我欲與項少俠合作，也有一個原因，就是在本教主閉關練功的這千餘年中，本教發生了重大的質變，教中有幾大重臣背叛了本教主，與我西方的阿沙拉元首勾結私篡教主之位，本教主為報此仇，所以意欲借重項少俠。

「因為本教主此次重出江湖時日不久，勢力不夠雄厚，如有項少俠之助，重振我西方魔教聲威就可事半功倍，並且指日可待了！但項少俠與本教主合作也有莫大好處，就是本教主可以協助早日掃平一切強硬對手，讓他早日稱王稱霸！」

項思龍的這一大篇洋洋灑灑的言論說得甚是得體，也甚是符合他現在的身分，使得項少龍對他的疑心盡去，已認定他是真正的西方魔教教主「日月天帝」，而不再懷疑他是項思龍了。

不是麼？思龍來到這古代還只有大約兩年多一點的時間，怎麼可能練成這般的高深絕學呢？自己來這古代已是二十幾年了，還不是武功平平，比起這「日月天帝」來簡直是小孩子的把戲！再有就是思龍也與自己見過面，彼此也相處過一段時日，他的氣質及秉性甚是厚道忠實，也決沒有眼前這「日月天帝」這麼狂傲，這麼冷漠，這麼霸氣逼人。一個人的氣質秉性是與生俱來的，有著很強的穩定性，任他怎麼易容改扮，他的獨特氣質也難以掩瞞住。

項少龍的心下在如此想著時，范增則是被項思龍說得臉色白一陣紅一陣的，甚是尷尬異常，讓得項思龍見了心下也大感過意不去，但自己本意是並不想嘲諷他的，只是為了扮演好自己現在的身分，不得不如此說罷了，但願他不要記恨著自己吧！

要是記著的話，也但願不要把對自己的氣恨日後發洩到劉邦身上去，這可就有點得不償失了！要知道范增在歷史上可是項羽身邊舉足輕重的人物，可以說要是他不被陳平用離間計被項羽氣死的話，劉邦的天下可也不會那麼容易得手呢！

項思龍心下如此怪怪想來，雖甚想跟范增陪個不是，但知這想法是行不通的，自己不但不能心軟，還要故作狂傲之態呢！唉，但願「日月天帝」的模樣給自己帶來的是福不是禍才好！否則自己定要大為惱火的想個方法，把「日月天帝」的元神驅出體外，讓他徹底的灰飛煙滅！

心念電轉的邊想著邊冷冷的盯著范增，見他這時還沒有作聲，當下又冷哼一聲問道：「閣下心中還有什麼疑問沒有？如有的話儘快發問就是了！要不在下想與項少俠議事了呢！」

范增額上的青筋都給氣羞得脹了起來，強抑心中波動的情緒，向項思龍拱手施了一禮道：「老朽方才之言多有得罪，還請教主見諒一二！你與項少俠有事相商但請言便就是，老朽已經沒有什麼問題！」

言罷，目中精光倏地一閃，狠狠盯了項思龍一眼，顯得憤怒異常，卻又似懾於他方才所露的武功而不敢發作。

項思龍的意機察覺到了范增的濃重殺機，心下猛地一震，他自練成「不死神功」以來，還沒有人能夠對他產生什麼氣勢迫人的感覺，但范增方才射向自己的那一束目光，卻是讓他的氣機感到了些許壓力，顯示對方乃是一個深藏不露的絕世高手。

這……歷史上的范增不是只是項羽身邊的一個智囊麼？卻是沒有提到他也會武功的啊！

這范增到底是不是歷史上的范增呢？他到底是一個怎樣來歷的人物呢？

項思龍心下警惕的想著時，項少龍的話卻又轉過了他的注意力道：「教主神功蓋世，讓在下等大開眼界，也大為嘆服，對於教主所提出的關於咱們互惠合作之意，在下思量了一番，覺著建議大有商量的餘地。但不知教主打算如何合作呢？有關這方面的細節可否述說一下？」

項思龍聞得父親此言，心下大喜，頓然忘了范增的威脅。因為任他范增怎麼厲害，想來也敵不過自己吧！要不他也不會對自己如此容忍了！但讓自己奇怪的是，像他這樣一個絕世高手怎麼甘願默默無聞的隱居於這偏遠的西域，且從不顯露自己的武功，而只顯露自己的才智呢，這內中到底隱藏著什麼秘密呢？

項思龍心下大感奇異的納悶著，卻很快被父親項少龍中了自己的計謀而帶來的興奮給沖淡了，看來父親已深信自己是西方魔教教主「日月天帝」了！如此總算自己的一番努力心血沒有白費！要不被父親識穿了自己身分，那場景自己可不知怎麼去面對了！

唉，謝天謝地，「日月天帝」這老小子總算幫了自己一個大忙！

心下如此欣慰的想來，臉上卻是不敢喜形於色，仍是淡淡冷冷的道：「這個本教主也已大體的說過了，就是本教主借重項少俠的勢力聲威重建我西方魔教，並且在本教主發動向阿沙拉元首他們的進攻時，希望能得項少俠一臂之力相助；在下呢，則是給項少俠剷除中原內你所認為對你的霸業發展有阻礙的一切強硬對手。當然這強硬對手是指個人或江湖中的一些幫派，而不是哪一路義軍或秦王朝的大軍。待我們雙方都達到了自己理想的目的之後，各自就各得其所，項少俠去享受你的帝王之尊，在下去統一中原武林，而互不相干！」

項少龍眉頭緊鎖的沉默了好一陣，突地揚了揚頭，沉聲道：「好！在下就應允了教主建議！我們合作的事情就這麼定了！但不知教主是否現在可以著貴屬下趙高釋放解靈了呢？」

項少龍這話音剛落，驀地只聽得天絕的聲音震遍全場的大聲道：「教主，笑面書生來了！」

第九章　利益結合

項思龍聞聲心下一震，暗忖道：「這笑面書生心機甚是深沉，也不知他是信任自己的身分還是對自己身分已產生了懷疑，行事顯得有些神神秘秘的，明明知道自己已經重出江湖，卻又不告知趙高，讓他來跟自己碰壁，是藉他來試探自己呢，還是藉自己教訓一下趙高，滅滅阿沙拉元首他們的威風？這些內情自己都沒摸清楚，現在在自己跟父親項少龍談判的節骨眼上給冒了出來，不知他會否從中搞什麼鬼？

「他奶奶個熊，如果笑面書生搞得自己的計畫泡湯，讓自己和父親項少龍他們現下就兵戈相見，那可就別怪自己無情，老子這西方魔教第二任教主可就要對自己的教徒大開殺戒了！還管他答應『日月天帝』要容忍魔教教徒的諾言呢！」

項思龍顯得有些毛毛燥燥的想著，當下也轉目冷冷的朝正領了二百來名魔教教徒朝自己方向走來的笑面書生一行望去，這傢伙面上還是掛著那抹天生的友善微笑，讓人看不清他心底裡的心事，眼睛卻是顯得有些精明狡黠，讓人可以知道他絕不是個好惹的簡單人物。

笑面書生本正用目光掃視著全場眾人，見得項思龍的目光向自己望來，頓忙面容一肅，心神一斂，加快了步速的馳至項思龍身前一米多遠處，單膝跪地恭聲道：「屬下迎接教主來遲，讓得教主遇到麻煩，還請教主降罪！」

項思龍怒瞪了他一眼，甚想衝他大發一通脾氣，卻又怕激怒了他，搞得境況一發不可收拾，只得冷哼了一聲冷冷的道：「副教主請起！本座來西域時並未通知於你，不知者不罪！」

笑面書生此次似是有恃無恐多了，聞言果真即時站起身來，但還是躬身朝項思龍行了一禮，接著又道：「屬下據線報，說教主已經到了我西域境內，而在教主進發西域途中，卻似有敵人埋伏，意圖對教主不利，所以屬下馬上召集人手，連夜前來迎接教主。途中遇著一批正談論教主進入西域事情的匈奴武士，約五千來人。

「屬下便在疑心之下，擒了這批匈奴武士的將領問話，得知他們乃是前匈奴真主達多和匈奴旗主童千斤、諸葛長風等在匈奴國內的殘餘死黨糾集起來的一批烏合之眾，本意是欲偷襲教主一行，為他們的主子報仇，但不想卻突被教主神威識破他們的陰謀下令撤軍，這批膿包以為教主已經發現了他們行藏，頓時嚇得屁滾尿流的即忙撤軍，被屬下等意外逮個正著，現今這批不知死活的傢伙已被屬下著人押送回地冥鬼府總壇。因得此事屬下所以來遲，還不知教主……需不需要屬下幫……不，替你解決什麼麻煩事情不？」

說著目光偷瞟了項少龍和趙高一眼，顯是他早就知道伏擊項思龍的是些什麼人了。

項思龍心下暗凜，知道笑面書生把目光投向項少龍和趙高是故意說給自己聽的，看來他確已懷疑自己的身分，但不知為何還對自己這麼恭敬，並且不揭穿自己，他葫蘆裡到底在賣什麼藥呢？是威脅自己還是想利用自己？亦或還是畏懼自己的武功比他要高得多？

項思龍心下正是惱恨得巴不得把這討厭的笑面書生腦袋給一掌擊個稀巴爛，但知這是一種衝動的虛想，根本就不切實可行，自己愈是在此等危險的境況下就愈需出言謹慎，免得弄僵了原來彼此還有利益結合的虛偽友善關係，這可就使得自己陷於困境了！

有著這層脆弱而又緊張的虛偽友善關係保護著，自己反可緩下一口氣，慢慢的想方設法消除對方對自己的威脅，並且設法降服對方，讓之成為自己的利用工具！這過程就是鬥智的過程了！他奶奶個熊，鬥智自己還會輸給古代人嗎？自己可是一個融入了「日月天帝」元神的古代尖端智慧和吸收了現代進步文明知識的綜合超人，自己會怕了誰呢？在這古代除了父親項少龍，除他的一切古代人，鬥智麼，自己可以永遠不會服輸！

項思龍臉色甚是陰沉的望著對自己的態度已沒有了初次見面時那麼恭敬的笑面書生，心下鬥志滿懷的想著，嘴上卻是淡淡的道：「所有事情本座已經處置妥當了，不勞副教主費心！你擒獲了意圖對本座不利的一眾匈奴武士，此功勞本座會記下的，日後再行以功獎賞！現在本座還有一些事情尚未解決，副教主還是先行回府去吧！稍後本座就會抵西域京城的！」

笑面書生遲疑了一下道：「這……屬下還是等教主辦完事後，恭迎教主一道回城吧！」

項思龍對笑面書生可以說已經是夠容忍了，聞言，目中厲芒一閃的沉聲喝道：「副教主的一番心意本座心領就是了！你還是先行回府吧！」

笑面書生似欲出言還要爭執，項思龍已是提高聲音道：「本座說過的話就不會收回！副教主不要再行說些什麼的了！哼，要知道我是教主你是副教主，我的話才是我西方魔教的最高指示！你還是先回府吧！有許多事情本座還要問你呢！至於是些什麼事情，副教主心裡定也有數，你仔細考慮一下了！」

項思龍已是再也抑制不住心中的煩燥，顧不得了那麼多的狠狠斥責了笑面書生一頓。

笑面書生聽得臉色紅一陣白一陣的，甚是難看，連得臉上的笑容也給變了質，顯得有些憤怒和陰冷的狠狠盯了項思龍一眼，但這種激動的情緒很快又被他的理智給壓抑了下去，收拾心情平定心懷，臉上再次露出那抹友善笑意，朝項思龍行了一禮後恭聲道：「屬下遵命！」

言罷再也沒有多說一句話，領著二百餘名屬下策騎狂奔而逝，只留下一陣驚醒黎明的馬蹄聲——此時東邊的大幕上已是現出了半邊紅日，照在一望無垠的西域大地上，顯得甚是詳和，似給大地鍍上了一層金紅的顏色。

待得笑面書生他們的身影從眾人眼前消失後，項思龍收回目光，朝項少龍頷了頷首，以示請求對方諒解的道：「項少俠繼續我們的談判吧！既然我們雙方都同意合作，那麼我們就必須有些行動，這就是我們各自安排一些人手到對方的陣列中去，一來可以增進我們之間的相互信任，二來呢可以方便我們之間的通聯，三來麼把話說明白一點，就是安插人手相互監督對方。這個項少俠是否同意呢？」

項少龍看到笑面書生與項思龍之間的關係似乎有些裂痕，覺著找到了突破自己施行計畫征服這「日月天帝」的痕跡似的，正全神貫注的思忖著一些對策，聞得項思龍這話，感覺「正合我意」，於是想也沒細想的點頭道：「這個在下完全同意！但至於人手安排麼，在下還得慎重考慮與我眾屬下商議一下，所以此事過些時日再來施行。我們可以先行約定一些通聯方法或彼此交換一下通聯信物，以便雙方能取得聯繫，教主認為在下這話怎麼樣呢？」

項思龍也只是想到了要把韓信送入項羽陣營中去偵察他方情報而想到這個方法的，現在韓信不在身邊，他正愁怎樣想個法子拖延時日，好讓自己把韓信安插到項羽身邊去呢！不想父親不但一口應允了自己的意見，而且提出的建議也正好解決了自己心下的疑難，心中歡喜得正想衝上前去一把抱住父親親他一口，對他說道：「老爹，你太瞭解兒子心意了！」

興奮歸興奮，項思龍可知道自己絕不能暴露出了自己的心跡，要知道父親可也是個超古代的現代人，自己如得意忘形，馬上就會引起父親的懷疑，而自己把事情弄砸了，這可是沒得怨誰，只得自己啞巴吃黃連了！

心下既是興奮又是告誡的想著，項思龍故作為難的沉吟了片刻道：「這……好吧！就依項少俠的提議！」

言動，雙方交換了通聯信物，商議了一些通聯方式後，項少龍突地道：「解靈的事……教主是否可以著趙高放人了呢？」

項思龍聽了，心事又回到解靈身上來，他可也甚是關心解靈的安危呢！因為看那叫善柔的美少婦與父親項少龍的親熱勁兒，這解靈或許大有可能也如劉邦一樣，是自己跨越時空同父異母的親兄弟呢！叫自己怎不擔心他呢？

目光冷冷的朝趙高望去，趙高不待項思龍發問，就已先行下拜恭聲道：「教主，解靈已被屬下著人押回了咸陽，現在要釋放他麼……這……已是不可能的了！但屬下可以馬上著人去把他給攔截回來，交給教主處置！」

趙高因身中「冰符」，自己手中的得力王牌——十大邪神也已被項思龍降服，並且親眼目睹項思龍神威，所以已是準備鐵了心的跟著項思龍這冒牌教主，方才又見笑面書生與項思龍關係不和，更是樂翻了心，因為以目前情形來看，項思龍現存手下最有能力跟自己爭寵的就是笑面書生了，項思龍與他關係不和，自己就可乘機大拍馬屁獲得項思龍的好感，說不定也可平步青雲坐上副教主之位呢！這樣一來，教主就很可能傳授自己許多高深的武功，包括可以讓人生生不死的奇門功夫，那自己可就發達了！

趙高心下美滋滋的如此想著，所以密切的注意著項思龍的一言一行，好等待時機大拍馬屁，這刻見項思龍目光向自己望來，於是頓忙不待項思龍發問就先行主動說出情況。

項思龍心下雖甚是惱怒，但趙高也是一著對劉邦將來大有幫助的棋子，所以也不便太過的惹惱了他，更何況這事已成事實改變不了呢！趙高也顯得對自己這冒牌教主甚是忠心，自己還是不要斥責他而對其慰勉一番，籠絡籠絡他吧！

心下如此想來，項思龍「噢」了一聲對父親項少龍道：「項少俠，趙高的話你也聽到了，解靈既然已被押回了咸陽，本座也沒法現刻就把他帶到你面前！不過，請項少俠放心，本座會在我們日後再次見面時，把解靈毫髮無損的交到你手上的！這點本座以人格擔保！」

項少龍聽得項思龍此語，自是沒話可說了，因為以項思龍方才所表露的武功，憑他一人就可以把自己所帶來的這幾千人馬給殺個人仰馬翻，何況他還有這許多的屬下，如想消滅自己等，可以說是不費吹灰之力！

自己以前一直以為是思龍率領人馬進西域，想不到思龍卻被這「日月天帝」給降服，且不管是真降還是詐降，思龍的處境也是顯得比較危險了！唉，自己現下也幫不上思龍的什麼忙，但願他能謹慎行事逢凶化吉吧！自己能給予他的也只有默默的祈禱和祝福了！命運啊，總是這麼殘酷和無奈！

項少龍想到兒子項思龍，心下甚是傷感的想著，雖然他明知項思龍是自己在這古代最具威脅的敵人，比之眼前這身懷絕世武功的西方魔教教主所帶來的壓力要大得多，但他卻總是無法放懷自己與項思龍的父子之情。

項思龍是自己的親生兒子啊！自己來到這古代沒有盡起作為一個父親的責任已是虧欠了他許多了，又怎可以真狠得下心腸來與他作生死交鋒呢？但自己如太念及父子之情，又怎麼能實現自己此次重出江湖的雄心鬥志呢？

自己和思龍這古代的根本利益是矛盾的衝突，自己二人各自所走的路，是兩條完全相互對立的相反的路——自己不會放棄項羽，思龍也不會放棄劉邦，自己父子二人的命運，已因歷史所定格了的項羽和劉邦的爭雄，而註定了將是悲局的命運，自己二人絕對不可能走到一起化干戈為玉帛，自己二人的怨仇已因歷史而無法化解了！

唉，可也正不知是人在創造歷史，還是歷史在主宰人的命運！自己和思龍本應和和睦睦的相處在一起，享受生命的歡快，可是……或許歷史被改變了，項羽和劉邦二人中有一人敗北身亡了，自己父子二人才會功成身退吧！但那時還將是一個痛苦的結局！

項少龍心下恍恍惚惚的想著，善柔卻是悲呼一聲撲入項少龍懷裡，哭聲道：「項郎啊，靈兒落在趙高這奸賊手中，他會受到極盡殘忍的折磨的！上次靈兒落入趙高手中，這奸賊給靈兒服食了什麼毒藥，使得靈兒神智失常。還幸得我師父曹秋道救治好了靈兒，可也費了師父九牛二虎之力才給靈兒解去了毒力。這次……誰知道他又會耍什麼陰毒手段不？項郎，我……我放心不下靈兒！我想親自去接靈兒！」

項少龍聞言一臉焦煩苦色，他也擔心解靈安危，但「日月天帝」既然出言擔保毫髮無損的把解靈交到自己手裡，自己又怎麼好向他討價還價，要求先放了靈兒再說呢？人家可也貴為一教之主，出言又豈同兒戲？他要殺靈兒可以說是不費吹灰之力，所說的話自然可靠。自己如出言逼他要馬上見靈兒，這不明擺著說自己不信任人家麼？那麼還怎麼談合作之事？

「日月天帝」是個甚為狂傲的魔頭，自己激怒了他可就大難臨頭了，即使他現刻放過了自己等，可日後自己可就樹立了一個強大的敵人隱患！如「日月天帝」被思龍使計降服的話，那對自己和羽兒的威脅可就大了！這……不行！自己還是得依原計劃與思龍爭取這「日月天帝」的支持！他現在與自己已是達成了合作協定，自己可以說是比思龍先一步爭取到「日月天帝」了！現在最主要的是儘量獲得「日月天帝」的信任，如此自己就算是為今後利用他助羽兒打天下鋪下基礎了！

項少龍的這些顧慮和如意算盤確實是打得不錯，如項思龍是真正的「日月天帝」的話，真說不一定會真心與他合作，但怎奈他所打算討好和與之合作的「日月天帝」卻是個冒牌貨，並且是由他最是終日提心吊膽戒備著的兒子項思龍裝扮了，看來他這一次可是栽慘囉！

項少龍拍了拍善柔的酥肩，收拾心神，擠出一絲笑意道：「柔柔，『日月天帝』教主不是承諾定會把靈兒安然無恙的交到我們手裡麼？你擔心什麼呢？教主說話一定會算話的！趙高乃是他屬下，怎敢違抗教主的命令？他不會把靈兒怎樣的！除非他是不想活了！」

趙高聽得項少龍此言，不怒反喜的接口道：「項少俠此言說得真是對極了！夫人，你放心吧！我趙高一定不會對解靈暗下手腳的！要知道你們現在可是我們教主的貴賓，在下可不敢得罪你們，日後咱們還得親近親近呢！」

趙高心下本是對項少龍和善柔先前謾罵過自己，對他們心中深懷恨意，且自己手下的金輪法王和千毒法王乃是死於項少龍手中，善柔又是自己在朝中的宿敵曹秋道的女徒，真是新恨舊仇的交織下，巴不得即刻與他們火併一場，鬥個你死我活的，但見著項思龍對他們甚是客氣和看重，又與他們建立了友好合作關係，所以頓忙見風使舵，強壓心中的仇恨，虛與委蛇的與項少龍攀起交情來。

他這樣做的目的當然不是真想與項少龍拉關係，只是想著藉此大拍項思龍的馬屁，以獲得項思龍對自己的好感，為夢想中的日後步步高升作好準備。不過他的這一番心機都將付諸東流，一點收穫也不會有，反是把自己推向了迅速身亡的歷史歸宿。

項少龍對趙高一點好感也沒有，對於他的媚態更是大為反感，也知他是笑裡藏刀，說的是一套，骨子裡想的卻又是另一套，這都是當官的為官技巧——拍馬屁，阿諛逢迎……自己可不會吃他這些奸詐手段，只冷冷的道：「你不傷害解靈最好！若是他有什麼不測，我項少龍定會取你狗命！想來貴教主也不會干涉的吧！」

項思龍知道父親這時的矛盾心情，一方面為他已深陷進了自己的圈套而心下大喜，同時亦也為他中了自己的圈套而痛苦。喜的是自己在與父親的第一回交手下就大勝了一場，雖然自己借用的是「日月天帝」的身分，但政治的鬥爭本就是無所不用其極的，更何況如此交手，可以避免與父親兵戈相見的痛苦局面呢！痛苦的是，看來父親是泥足深陷的意欲助項羽來改變歷史了！自己與他的爭鬥將是無休無止了！直到分出勝負的一天，但那也是痛苦來臨的一天！

其實父親這抉擇也不算殘忍，自己又何嘗不是決定與他爭鬥到底了呢？一切都只能怨命運，是它在左右自己父子二人的痛苦！還有歷史，是它的不幸導致了自己父子二人的痛苦！

項思龍心下既是痛苦又是無奈的想著，真想跑到個無人的地方去大叫大喊一通，以發洩一下心中痛苦的鬱悶，但是現實的事情還未了結，自己還沒有處理好父親的問題呢！

整理了一下心緒，項思龍強裝出一陣爽然大笑道：「項少俠和貴夫人都甚是坦誠，心下對趙高不放心不滿就給痛痛快快的說了出來！本座甚是高興！這樣好了，本座會親自去把解靈公子接回來交到你們手上，不知二位是否滿意呢？要不你們跟本座一起去也行，花不了多少時間的！本座會一種叫作『縮地成寸』的地行之術，只要知道解靈公子所在位置，就可在一個時辰之內來回一趟咸陽至這西域的路程，可攜二位一同前去，這樣二位就可完全放心了！」

說到這裡，頓了頓接著又道：「本座與項少俠是誠心合作的，但願我們能夠彼此信任的合作！否則如只面和而心不和，這種合作就沒有意思了！嘿嘿，本座在這世下只分三種人，一是敵人，一種是朋友，一是毫不相干者。

「項少俠既然應允了與本座作朋友，如有反悔，那可就是本座的敵人了！對於敵人，本座的一向慣例是殺無赦，希望項少俠不至於悔諾。本座說這話的意思是也把醜話說在前頭，免得到時鬧了矛盾說本座心狠手辣！」

項少龍確是聽得又駭又寒，從西域至咸陽，來回至少有四千里左右的路程，可這「日月天帝」卻說在一個時辰之內就可來回一趟，就是現代裡的波音七四七飛機也沒這麼快速嘛！對方所說的「縮地成寸」之術若不是吹牛之語，就是他是神仙了！

中國的四大古典名著之一的《西遊記》裡說內中的孫悟空可以一個筋斗翻它個十萬八千里，可那是神話小說裡的人物啊！自己雖然身在古秦，可這古代可還是實實在在的人和物，除了自己和兒子項思龍是這古代以外的現代人外，這古代的一切都是如歷史中所記載的一樣，古代人和現代人一樣沒有什麼超凡能量，並且還缺少了現代的科技和文明，唯有一樣是現代所不能比擬的，就是到了現代已失傳了的古武功！

可武功有像眼前這「日月天帝」所說的這麼高深莫測麼?如真是如此，那這天地間他豈不可來無影去無蹤，想殺什麼人就可讓人防不勝防的被他給在眨眼之間給殺了，而任何人也捕不到他的行蹤？這……太神乎奇神太可怕了！他說自己練成了什麼不死神功，存活了一千多年，已經是夠讓自己感到匪夷所思了，現在又說出個「縮地成寸」的奇術，並且出言威脅自己，這……自己會不會引狼入室呢？

但現在已是進入進退兩難之境，即使是引狼入室也好過被他視為敵人了！如他訓練出一批超級殺手，要殺自己等豈不是如刀切豆腐般輕而易舉？羽兒或許尚可與之一抗，但想來也不會敵得過這「日月天帝」吧！看來要想完全控制住他，就只有充實自身，也練成一身高深武功了！

但是要練成可敵過「日月天帝」的武功，說是比登天還難並不為過！唉，若是天真助我的話，就讓羽兒再獲奇遇，讓他武學再次大大提升吧！歷史上他可是個戰無不勝的不敗戰神，打遍天下無敵手，在這古代應是沒有能夠敵得過他的！

他一定會再有奇遇的！還有自己，今後也得勤練武功，提升自己的武學修為了，在這古代武功高強是鼓勵人的信心和鬥志的重要因素，這次自己在這「日月天帝」面前顯得毫無還手之力，已經嚴重的挫傷了自己的信心和鬥志，也不知何時再能回復從前了！

這都怪自己坐井觀天，以為羽兒練成了「戰神不敗神功」已可天下無敵，自己的武功尚還不錯，想不到卻在這世界中還如此脆弱，如此不堪一擊，此次打擊也是應該的！

其實自己屢次派人去刺殺劉邦，卻都被劉邦手下的一批神秘高手阻攔，並且據身退回來的武士說，那些保護劉邦的高手武功怪異絕倫，高深莫測，那時就應引起自己的戒備了，想不到自己卻因羽兒他們作戰的節節勝利而衝昏了頭腦，疏忽了此事！

自己今後可要吸取教訓，全力去網羅一些隱世武林高手和充實自身的武學修為才行！

要學學思龍，他沒有待在劉邦身邊，而深入了江湖，收羅了大批武林高手，同時為劉邦做好了堅強的後備實力啊！自己與羽兒現在勢如炎日當天又怎麼樣？實則是一時鋒芒畢露，給自己和羽兒日後霸業的發展種下了無窮的隱患。

兵多將雜而不上下同心同德，這等隊伍最是危險不過，自己和羽兒目前就已陷入了這等境地。雖然己方大軍已從最初的不過八千江東子弟，在短短的一年時間內一舉而發展至現在的二十幾萬大軍，但是當初的八千江東子弟乃是經自己和羽兒精心挑選出來和經自己嚴格訓練的一支隊伍，不像現在的龍蛇混雜之局，八千江東子弟與羽兒培養起了感情，對己方甚是忠心，他們乃是烏家軍的精銳子弟組成的核心隊伍，智勇雙全。

現在的大軍呢，有不少都是一些占山為王的土匪馬賊和一些見風使舵的牆頭草，他們根本靠不住。不是麼？歷史上記載過當羽兒成為西楚霸王，分封了十八王侯，就有不少王侯背叛了羽兒！

自己今後同樣也要身入江湖，讓江湖中的奇人異士成為自己的後備力量，為羽兒今後與劉邦爭奪天下打下良好的基礎！嗯，自己就從西方魔教教主「日月天帝」著手，只要結識了他，就等若打通了結識中原和西方江湖人士的捷徑，自己可絕對不可錯過了他！

心念電轉的想來，項少龍頓即乾笑了兩聲道：「教主放心就是！我項少龍可是個守信遵諾的人，既然與教主商議，答應了與教主合作，在下就一定不會反悔！嘿，說來在下倒是有些擔心與教主合作會是引狼入室呢！」

項思龍聞言一陣怪笑道：「項少俠當真是坦誠得可愛！本座與你合作的確是野心不止於此，征服中原武林麼，憑本教主一人之力就足夠！本座之所以與你合作乃是本座想藉你之力征服我西方天下，讓本座坐上元首之位，對於中原天下麼，本座卻沒有多大興趣，因為本座因統本源乃是西方，稱雄我西方天下乃是本座一生的夢想！但我卻也不想背叛阿沙拉元首，因為他對本座在我西方國家裡建立我西方魔教總壇出了很大的力，並且賞封我教為國教，本座也被封為國師，所以本座對他心存感激，不欲背叛他！但是這次卻是他不仁於我在先，本座就也不用對他有什麼義了！」

項思龍信口胡編說來，倒也活靈活現，讓人不知事情虛實真假。項少龍不置可否的轉過話題道：「解靈的事麼，在下就把他暫時拜託教主管教了！在下只有一個問題還想問問教主，項思龍已被教主收服，他手下到底有多大實力，多少人馬？據說他有個兄弟叫作劉邦，此人也是一支反秦義軍，其勢雖小，但也鬧得風風火火，教主為何不命那項思龍叫劉邦也投入您的門下呢？如此一來，教主的實力可就大大增強了！」

項思龍聽得心下一震，也不知父親這話的意思是在試探自己的下落還是想算計自己和劉邦？如是前者，自己對他自是非常感激；如是後者，卻是叫自己心寒了。禁不住冷哼一聲，淡然道：「項少俠關心起這項思龍來幹什麼？莫不是項少俠與他有什麼怨仇不成？如是如此的話，但願項少俠能看在本座的面子上與他化干戈為玉帛吧！項思龍已是本座的左使童子了！項少俠與他之間的怨仇若是化解不了，就把他頭上的帳算到本座身上罷了！」

項少龍見自己的話引起了「日月天帝」的不快，頓時有些惶然，以為他不滿自己出言想左右他思想的話，當下尷尬一笑道：「教主不必生氣，在下也只是隨口說說而已！據聞項思龍武功超群，機智過人，在下此次入進西域本是欲領教他的本事，不想他卻早被教主降服了，想來他也不是怎樣厲害的角色吧！」

項思龍已有引起厭煩與父親勾心鬥角的對話，甚怕自己不小心露出了什麼馬腳，使得自己的一番努力付諸東流，頓忙冷然提出告辭之言道：「項少俠如無他事，咱們就先行暫且別過了！本座此番還要重返雲中郡城，把兵馬重新調入西域來呢！左使童子項思龍就在負責管理隊伍，項少俠想不想與他見上一面？」

項少龍不是傻瓜，自是聽出了項思龍話中的弦外之音，嘿嘿一笑道：「這……不用了！教主既然有事，那在下等就先行告辭了！解靈拜託給教主，咱們日後再見！」

言罷，頓然指揮眾人上馬起程回轉中原。范增在離去前目光陰冷怨毒的狠盯了項思龍一眼，善柔則是一臉無限淒苦的望了項思龍一眼，其餘眾武士和將領則又是驚駭和敬服的望了項思龍一眼。

總之，臨行前，項少俠這方的人馬包括他都對項思龍投去了一束各異的目光，項思龍這冒牌的西方魔教教主「日月天帝」已深陷入他們的心中去了，或好或壞或喜或恨，項思龍都給他們留下了一個印象，尤其是留給范增、項少龍的印象，非常非常深刻，使他們對項思龍的影子揮之不退，驅之不散！

待得項少龍、騰翼、范增等的身影漸漸遠去過後，項思龍長長的大是鬆了一口氣，要不是有趙高等在場，項思龍就真想回復真實身分與天絕、鬼青王等說笑嬉鬧一番。

天絕卻終是忍耐不住的大大咧咧喝罵道：「他奶奶個熊，害得咱們白白忙活了這麼一晚上，卻是這麼兩夥沒用的傢伙想阻止我們！教主，現下沒事了吧？我們是回雲中郡城還是去西域京城看看情況？笑面書生這傢伙似是在給教主搗什麼鬼呢！教主不可疏忽了他！」

項思龍想到與父親項少龍的約定，覺著還是先安排好韓信去項羽軍中是好，因為距離劉邦和項羽之間發動楚漢相爭已是不到一年了，韓信就快要被劉邦派上用場，自己就應該早些安排他依歷史般的出場。

沉吟了片刻後，項思龍冷冷的對趙高道：「護教左使負責去接回解靈，要把他毫髮無傷的交到本座手中！若是他有一絲不妥，本教主就唯你是問！如本座與項少龍的合作之事徹底談妥，本教主就封你為護教總壇護法，專管教中的一切內部安全事務，此職地位僅低於副教主之職了。護教左使要是努力立功，本教主定不會輕待你的！」

項思龍已漸摸熟了趙高的些許習性，看得出趙高乃是個權勢欲望極重的私利小人，所以投其所好，用開出的權勢空頭支票引誘他籠絡他。趙高一聽項思龍將要封賞自己，果是樂得爽歪歪的屈身行禮道：「謝教主恩典！屬下定會不負所望，把解靈公子安然護送到教主手中的！」

趙高這話音剛落，突地天空在不到十來分鐘之內濃雲密佈，並且狂風大作，鬼青王一看天色，臉突大變的顫聲道：「教主，不好了！龍捲風就要來了！」

第十章 龍捲狂風

眾匈奴武士也都嚇得臉色大變，對於這西域的氣候，他們可都清楚非常。

龍捲風乃是西域裡一種讓人聞之色變的極具毀滅破壞力，素有「魔鬼之風」的自然災難，它一般只有大約半個來時辰左右的侵襲，過後又是風平浪靜，雖是時間不長，但它所過之處卻是所有障礙物都會全被夷為平地，一般人畜也會遭遇劫難，無一生還的可能，甚是讓人聞之都會感覺恐怖驚魂，想不到……

看現在的天色氣勢，正是龍捲風將要來臨的徵兆，眾人都處在這一望無垠見不著邊際沼澤廣布的平原地勢之處，方圓百里又都沒有可以逃過劫難的山谷可供躲避，要想逃過這場龍捲風的襲擊，看來是比登天還難了！

死亡的陰影沉重的籠罩著眾匈奴武士的心頭！他們都並不是貪生怕死之輩，

但是如此死去，太讓他們感覺遺憾了！

作為一名軍人，應是戰死沙場才最是光榮的！如此的葬身在龍捲風的肆掠魔爪之下，真是會讓我們感到死不瞑目的啊！

我們匈奴國才剛剛度過了一場劫難，去除了窩藏在我們國家內部的幾個隱患，並且得到了一個讓我們真正景仰的真主，讓我們對振興匈奴國看到了希望，充滿了信心，難道老天卻要如此殘酷的對待我們和我們匈奴國嗎？不讓我們為我們改頭換面的國家出一份力嗎？

我們正為我們能有幸成為我們新真主的近衛精兵團而興奮非常，可……難道我們就如此的沒有福份嗎？

這……老天！我們不想死啊！

眾匈奴將士在恐懼中卻又痛苦而憤怒的心下咆哮著、怒喊著，他們都把目光看向了項思龍。

項思龍面色沉重而嚴肅的望著天色。

天空中這時是狂風捲聚著烏雲，在烏雲和大地之間是在遠處怒哮著的狂風。

愈來愈濃的黑雲籠罩著天幕，讓得眾人的視線猶如進入了世界末日般的黑夜。

死亡的沉沉壓力，隨著黑雲的越來越低，狂風的愈來愈疾，而沉重的壓在每一個人的心頭上。

項思龍收回目光，語氣嚴峻的對鬼青王道：「你們西域近年來遭過龍捲風的大肆侵襲嗎？」

鬼青王面色蒼白的點了點頭道：「這『沼亡谷』方圓百里乃是我們西域最恐怖的地域，其恐怖倒不是這裡廣布沼澤，並且蛇蟲怪獸眾多，而是因龍捲風時常襲擊此段地域，所以得了這麼個讓人聞風喪膽的名稱。在這『沼亡谷』近年來已起了三四次龍捲風了，每一次都有來往中原和西域的人在這裡喪生，使得所有來往此處地段的人都提心吊膽，從來無人敢在此處久留的。想不到我們卻……」說到這裡，已是話音顯得有些震顫起來。

項思龍暗暗緊咬了一下下唇，心下是一陣陣收縮的緊張感覺。看著在愈來愈大的狂風中，幾乎快要經受不住風力的侵襲而幾欲搖搖欲倒的眾匈奴武士和嚇得屁滾尿流，亂作一團的秦兵，項思龍心中既是焦灼又是凌亂如麻。

在現代時，他雖受過遇上龍捲風時的軍訓，但那都是早先就做好了一切安全預測防備的，並且上級也介紹了避躲龍捲風的方法——就是利用一些現代科技儀器測出龍捲風的風力、風向和風速，測出在龍捲風的肆掠下，沙左和沙右的移動速度和距離，根據沙左較有貫性的推移方式而利用沙左來保護自己，躲避龍捲風。那種方法危險是危險，但一來是早經策劃好了的策訓，二來呢有後備隊伍救援，不用擔心會真有什麼性命之憂而少了一層顧忌，人也就清醒和機智了許多，自己就通過了那時的「沙漠風暴軍訓」，而一舉成為了部隊裡的佼佼者。

但是現在呢？自己所遇上的是西域沼澤平原地段的龍捲風，既沒有現在科技儀器，又沒有像現代般先進的救援裝備和力量，一切都得靠人力和運氣來度過這次劫難，並且自己成了眾人勇氣和信心凝集的能量源泉，這……自己身上的責任和擔子甚是沉重，可自己又沒有避躲此等境況下龍捲風的經驗和方法！

現在自己該怎麼做，又能做些什麼呢？

項思龍的思緒顯得甚是凌亂而又模糊，對於龍捲風的破壞威力，他自己也是比較清楚的，如單憑人力想與之抗衡，那簡直是以卵擊石，自尋死路的不可能之舉，可總不能坐以待斃啊！

自己是眾人關注的焦點，一定得想出辦法來讓大家和自己都安然的躲避過這場龍捲風的劫難啊！真想靠運氣，希望老天開開眼幫幫忙，不降臨龍捲風麼？這是沒有出息的人才會有的消極想法，自己可不是這種類型的人！

一定得冷靜！冷靜再冷靜！只有冷靜下來面對現實，思索逃生方法才是正途！

項思龍在心焦如焚，凌亂如麻的心境下不斷的告誡自己，靈台保持著一絲理智。

自己可不可以用功力來擊散龍捲風，亦或扭轉龍捲風的襲捲風向呢？

這……似乎不大可能！古語有云：人不與天鬥！自己可以鬥過這大自然的龍捲風嗎？

如若失敗，那可是幾千人的性命啊！說得自私一點，這其中有許多人自己是不能讓他們遭遇不測的啊！還有趙高，他怎麼可以沒命呢？如他死了，歷史也就被改變了啊？自己也決不能有什麼不幸，歷史還得靠自己去維持它的正常運作呢！說不定趙高就需要自己救他，才可以保持歷史的不被改變！

得想其他辦法！對了，憑著自己會「縮地成寸」秘術的奇技，自己或可攜趙高逃過龍捲風的劫難！但是兩位義父、鬼青王、孟姜女、苗疆三娘他們和眾匈奴武士以及眾秦兵呢？他們可不會這種功夫！即便自己現刻把這「縮地成寸」奇技的口訣教授於眾人，也定沒有幾人能即刻領會貫通的，此法治標不治本！

自己到底該怎麼辦呢？丟下眾人不管麼？這個自己自是辦不到！寧可陪著大

家一起死，自己也斷不會也不可獨自逃命！

這是我項思龍的處事原則——見死不救，不是大丈夫之所為也！

項思龍緊緊的握著拳頭，眉頭緊鎖的沉思著，包括天絕、地滅、孟姜女、苗疆三娘等，所有在場的人都面色沉重的凝望著項思龍。

呼呼的龍捲風已是愈來愈近，空中的流雲在風力的吹刮下打著漩轉。

沒有人不懼怕死亡！尤其是等待死亡的心理更是讓人感覺著難以承受其壓力！

人群中已是有人神經質的大喊大叫起來。

項思龍的心下都快溢出血水來，目光冷凝如電的看著空中的濃雲狂風。

陣……陣法！

項思龍的心念倏地一動。

自己是否可以擺個什麼陣法來把龍捲風化之於無形呢？天上烏雲在狂風的肆刮下雖是一次次的被吹散了，但它卻可以很快的又回復原狀，自己是否可以也用借力禦力，以柔克剛的陣勢來化解龍捲風呢？

想到這裡，項思龍的思緒活躍積極起來。

在自己所知的陣法中，「陰陽五行陣」即是借力禦力的陣法，「八卦乾坤陣」則是以柔克剛的陣法，自己可否把這兩種陣法合二而一，創出一種「陰陽五行八卦乾坤陣」呢？

項思龍想起了在神女峰神女石像洞府內「日月天帝」所布下的「陰陽八卦反陣法」和「太乙八卦迷幻圖」中的陣勢，似乎想到了什麼。

五行八卦！陰陽乾坤！

在某一種程度上來說，它們都是息息相關，相輔相承的，陰陽五行、乾坤八卦，都乃是天地日月星辰的一種隱射含義，自己只要把它們看作天與地，就可使之合而為一了！

天地合一人為先！如用人來佈置此兩套陣法，不就可以達到目的了嗎？

項思龍驀地發出一陣震天哈哈大笑。

自己身邊現在最多的是人！唯一可以利用的也是人！如布成此「陰陽五行八卦乾坤陣」可以讓我等成功避過此次龍捲風劫難的話，今後我一定要為「日月天帝」造一座大墓，以作為對他傳道授業的敬謝之意。

時間已是不容項思龍再作細思了，天空的烏雲已是越來越低，越來越濃，越來越厚，簡直低至了人只要伸手就可觸摸的地步，簡直濃至了如鍋底炭黑的地步，簡直厚至了猶如一塊萬斤巨石壓在人的頭頂上似的地步。

狂風也是一陣猛烈一陣，尖銳的龍捲風呼嘯聲已是近在耳際，震人心弦了！

大笑聲中，項思龍目中精芒暴長，仰天一聲長嘯，身形驀地沖天而起，雙掌在空中朝地面緩緩揮出一道道柔和而又巨大的掌勁，在騷動中顯得恐懼而又傷感的眾匈奴武士身形一個個頓刻在項思龍的掌勁左右下，不由自主的照項思龍意想排列起陣形來。

天絕、孟姜女等都看得不明所以，那些被項思龍掃中的匈奴武士則是一個個都給堅住身形靜站在項思龍安排的位置上，因為他們既不敢違背項思龍的意願，同時也知道項思龍此舉大有用意，說不定是拯救自己等的辦法呢？

果然，項思龍在空中邊揮動掌勁，口中邊高喊道：「所有被本教主掌風掃中的人，都凝神靜氣的站在原地不要隨便亂動！而只能隨陣形發動的無形之力自然而然的依身形趨勢而動！不要擔心懼怕龍捲風的襲擊！本教主現在正利用你們的身體在布一種可以化解龍捲風攻勢的陣法，需要你們的密切配合！我們全體人馬是生是死，就看本座布下的此陣是成是敗了！生死成敗就在我們的齊心協力！我們面對的龍捲風已是避無可避！大家就鼓起勇氣拋開生死之念，信任本教主一次，賭這一把吧！」

眾匈奴武士聞得此言，似頓然看到了冬天裡的一片綠洲，生存的渴求即刻暴長起來，待得項思龍話音剛落，所有參與佈陣的武士齊聲高喊應聲道：「謹遵教主令諭！」

其實說來，項思龍的神功大威眾匈奴武士都是親眼目睹過，在他們心目中項思龍已成了無所不能的神，在這人世間沒有他所不能做到的事情，沒有什麼困難能夠難得住他，項思龍的話也早成了他們心目中的聖旨。這刻聞得項思龍說有法可避逃過這次龍捲風的劫難，人人都心神大定，心中的恐懼頓然消減去了一大半，繼而升起的是一股激情昂揚的勇氣和鬥志。

天絕看著項思龍在狂風中飛行自如的身形，聽著他信心滿懷的豪壯之語，心中倏地湧起一股激動的景仰敬意，望著空中項思龍有若天神的身形，口中喃喃自語的慨歎道：「少主……教主神功，簡直是高至了天下無人能敵的絕世之境了！智慧亦是當世無第二人可與他比擬！嘿，想來他如真想做什麼皇帝，過過皇帝癮的話，這世上絕沒有什麼人什麼勢力可以阻止得住他吧！唉，只可惜教主只意在武林爭雄，而不在於天下爭霸！」

天絕這番話因有趙高在側，只得假假真真的發出慨歎，想藉此讓趙高徹底心服項思龍，而故意在最後幾句話提高了聲音以引起趙高的注意，因為天絕看得出趙高對項思龍很是看重，使得他對趙高的憎惡也壓抑了起來。

不想趙高聞得天絕這番慨歎，果也接口的道：「閣下說得不錯！教主稱霸天下武林的日子已是指日可待矣！憑教主的武功和智慧，當世之間決沒有人可以與他匹敵！與教主作對的人都只是自不量力的自尋死路罷了！」

趙高本是在喝斥，命騷動的秦兵平靜下來，聞得天絕之言，頓然止了手頭工作接口起來。這老傢伙奸詐得很，他通過暗暗的察顏觀色，已是看出項思龍對這怪老者言態均都比較尊重，所以聞得他出言，即刻接上話頭，一來可以大拍項思龍的馬屁，二來呢自是想與天絕套上交情，為自己今後的前途著想。

趙高為人處事的原則就是這樣——對自己任何可以利用的人都客客氣氣，對一切敵人都毒如蛇蠍，斬盡殺絕。

不過他這次卻是要白費心機了，因為他的對手是天絕，憑天絕的老練又怎會中他趙高的圈套呢？更何況項思龍並不是「日月天帝」？

但趙高的心機確也是當世一流的老奸巨猾了！當他乍聞鬼青王說得龍捲風之名時，本已是心下裡嚇得屁滾尿流，但又因懾於項思龍，沒得項思龍的命令，他也不敢輕舉妄動的動起逃念，因為項思龍在趙高心目中已是比龍捲風更是可怕，憑項思龍高深至駭人聽聞的武功要殺他趙高，簡直是如囊中探物般容易，並且趙高也親眼目睹過項思龍殺人手段的殘忍和利索——眨眼之間用劍砍下了兒子達多的腦袋！沒有半點的拖泥帶水！

趙高對項思龍殺死兒子達多之所以既不敢怒又不敢言的不聞不問不了了之，既是因氣惱兒子達多的無能和對他的不敬，又是因怯於項思龍的武力，但更多的卻是為了保命為了權勢，所以他忍了下來。

且不說項思龍武功高絕，冷酷無情，手段殘忍，現在置身在這茫茫無涯的西域沼澤之地，自己一個人，龍捲風來了想逃命也是避無可避。既然如此，自己還不硬起頭皮壯起膽來充充英雄好漢大丈夫呢！說不定眾人中有人想到避難之法呢？自己一人開溜，豈不是自尋死路？人多力量大嘛！這麼多人一定有人會想到避難之法的！

尤其是「日月天帝」教主，憑他的武功和智慧定會想出逃生之法的！就算是無法可施，只有接受劫難了，有這麼多人陪著自己一起死也挺不錯的啊！黃泉路上也不寂寞嘛！如大難不死呢，自己充好漢充英雄充大丈夫之舉動落入教主眼內，定會獲得他的欣賞，自己高升的機會也就因此而多了幾分把握了！

如此美美的想來，趙高頓然收拾心神靜下心緒，顯露出一副夷然不懼的大無畏勇敢氣概來，衝著自己手下的一眾騷動嚴重的秦兵秦將大聲喝斥著，命令他們不要混亂不要懼怕，說教主定會想到躲避龍捲風的辦法拯救大家的！此番做作倒也似模似樣，讓人看不出他的什麼破綻，倒是真以為他不怕死呢！

但任他趙高怎樣費盡心機，又怎麼駭得住孟姜女呢？她可是與秦始皇交往頗深的人，對於朝中一些大臣的事蹟也略有耳聞目睹，趙高就是在秦始皇迫害他和萬喜良時出現過的一個狗爪，所以自她練成「音波功」後曾私偵暗探過趙高行蹤，對他有著較深的瞭解，知道他乃是一個陰險狡詐、阿諛逢迎、貪生怕死的卑鄙小人，但對於他的武功卻是不知道多少。她本想殺了趙高以洩心恨和為民除害，但怎奈趙高身邊有四大法王相護，好一時也無法下手，所以只好不了了之，時至今日也沒有殺掉趙高。

當孟姜女剛見趙高時，心中對他的舊仇新恨頓即湧了起來，但因見項思龍對趙高似在用什麼心計想利用他，所以只得強行的忍住了這股衝動，而沒有找他算帳。

但她也看得出項思龍對趙高一點好感也沒有，日後在沒了利用價值後，定會殺了趙高的，於是對趙高的仇恨也便釋然了些，但總不自覺的會去注意趙高的一舉一動。當見得趙高從聽得龍捲風的色變到很快鎮定下來裝作夷然不懼的神態時，孟姜女心下在冷笑著鄙視之餘，卻又是驚服他的演技之高，怪怪的想著要不是「日月天帝」乃是由項思龍裝扮的，和自己等如全是武林中的魔教中人的話，任趙高的演技，真說不一定會獲得「日月天帝」的好感，而如願以償的步步高升呢！

難怪他能得秦始皇的重用了！確實是個能屈能伸，會見了風使舵的精明奸詐之徒！拍馬屁的功夫更是當世一流！

不過，他這次卻是馬屁拍在馬屁股上了！任憑他怎樣演技高超，思龍卻是永遠不會信任他、重用他，而只會恨不得殺了他！

以思龍的個性，他對趙高這等禍國殃民的奸詐鼠輩，只會厭惡憎恨而絕對不會對他產生好感，目前籠絡趙高定也是為了利用趙高罷了！

作為秦王朝的重量級實權人物，趙高也的確是有很大的利用價值，只要把他處置得好，就可以加速推翻秦王朝的步伐！

孟姜女心下如此想著，聞得趙高附和天絕的話，不由得冷哼一聲道：「護教左使看樣子對教主挺是忠心的呢！但不知為何卻背叛了你的生父阿沙拉元首？他對你不好嗎？哼！只不知護教左使是否也會有朝一日背叛教主呢？」

趙高聞得孟姜女此言，臉色倏然一變，冷冷的道：「夫人是誰？竟敢用這等語氣跟本左使說這等話？你是不是……」

趙高的話尚未說完，一旁的天絕嘿嘿一笑的打斷他的話道：「左使問夫人是誰？嘿嘿，你猜一猜呢？敢用這等語氣跟你說話，自然是教主新收納的兩位愛妾之一了！左使竟想意欲以下犯上，這個教主知道了，左使可就……」

天絕說到這裡，故意把話頓住沒有接著說下去了，只面色怪怪的看著趙高做了個怪臉。

趙高聞得天絕這話，心下暗自大呼道：「這下糟了！得罪了新貴人了！但願能補救是好！」

如此想著時，臉上頓然堆滿尷尬的媚笑，訥訥道：「原來是教主夫人！屬下方才出言多有不敬，得罪之處還請教主夫人多多見諒一二了！

「嘿，屬下也知教主夫人剛才之言既是在跟屬下開玩笑，又是在告誡屬下要對教主忠心。屬下定會謹記教主夫人囑託，對教主和教主夫人誓死效忠永不背叛！如有食言，定教屬下死後不得全屍的淒慘而亡！」

孟姜女真是佩服趙高的隨機應變之能，正當她準備出言再次譏諷趙高時，項思龍的傳音突地進入耳際道：「心如，不要再出言刺激趙高了！他對我日後事業發展有著舉足輕重的作用，我們現在還只能籠絡他而不要激怒他，否則我的一切計畫可就全都泡湯了！你是不是跟他有什麼怨仇？如是的話，這刻也不是找他算帳的時候，你就暫且容忍一下吧！」

孟姜女想以項思龍在焦灼的為排除化解龍捲風將帶來的劫難時，還可以心有二用的關注到自己這邊的情況，這是什麼神秘莫測的詭異功夫嘛？

心下雖如此怪怪想著，已到嘴邊的話卻也沒有說出，給硬生生的咽回了肚內。趙高見孟姜女臉色舒緩的給鬆了下去，還以為孟姜女已被他說動，心裡暗喜的更是展開如簧之舌，誓言旦旦的向孟姜女做了好多保證和恭維的話，只可惜他的對象對他不大友善，否則一般的人可真會被他給吹捧得樂歪歪。

天絕、趙高、孟姜女三人私語著時，空中的項思龍已是用人群設好了「陰陽五行乾坤八卦陣」。他的心情已是平靜了許多，對於天絕、趙高幾人的對話都一一落入他的耳中，本是不想理會他們，任由他們鬥嘴去的，但又因怕孟姜女給捅出什麼漏洞來，那自己的一番心血可就前功盡棄了，細思之下還是出言告誡了孟姜女一聲，但頓即就收攝心神，察看起自己所煞費心機想出的傑作來。

對於孟姜女，項思龍放心得很，不是像苗疆三娘一樣有些不分事情輕重的人，自己只要把話點到，她定會領會自己話中含義的。

被安排來佈陣的匈奴武士大約有三千人左右，人人都顯得精神較好，甚是有些激動和信心鬥志滿懷的樣子，先前的恐懼傷感神色，這刻已是一掃而光。

能夠服從真主的命令行事，為他解決困難，自己等即使殉難了，也是光榮、值得的！

更何況自己等現在擔負的重任是全體人馬的性命，一定得嚴格服從命令！如真能鬥過龍捲風，自己等就足夠自豪一生了！

眾匈奴武士精神爍爍，臉色剛毅的想著，當項思龍的目光落在自己身上時，心下頓然湧起一股暖烘烘的激動情緒。

真主很是看重自己等，真主也完全的信任自己等！就憑這點，自己等即使為真主死去，也是死而無憾、死得瞑目了！

項思龍看著情緒穩定的眾匈奴武士，心下也是一陣欣慰。

一個人只要付出了真善美，他定也就可以得到別人的回報！不是嗎？自己平定了匈奴國的內亂，這些匈奴武士就都對自己心生敬意，很是尊重和信服自己！看來「人之初性本善」這句話也有其正確的一面，「善有善報」也當真不假！

項思龍心下邊有些激動的想著，邊從下自上的察看著陣形甚是龐大的「陰陽五行乾坤八卦陣」還有什麼破綻之處沒有。

沒有被安排來佈陣的人都被陣勢分割成了十多處圍在了二千平方左右的陣勢空地處。

那些屁滾尿流的秦兵這刻也已漸漸平定下了心緒，他們見過項思龍的神威，心下對他也都早就生出駭懼和敬服的心理，聞得項思龍說有法化解龍捲風劫難的話後，所有的秦兵都是一陣轟然，他們的心情也不由自主的收斂了起來，有的竟生出也想永遠跟著項思龍的想法來。

說來這些秦兵可也都是素質良好的秦王朝中的精兵，乃是趙高自彭城抽選出來的，他們本也不是貪生怕死之輩，但近年來受得秦王朝腐化趨勢的影響，使得軍隊的素質也降低了。

現刻項思龍激發出了他們思想中積極的一面，頓然也都自慚之下也鬥志昂揚起來。

項思龍也發覺了這些秦兵思緒的轉變，心下大感欣慰，同時怪怪的想著，日後劉邦攻佔咸陽，如能善待投降秦兵，得到他們的支持和擁護，那麼就可使得劉邦的勢力大增！

天時不如地利，地利不如人和！得道者多助，失道者寡助！看來這套政治思想當真是有其積極可取的一面——武力也並不一定是爭霸天下的唯一通道！尤其是對於治國之法，以武治國只會使天下大亂，以德治國才會使天下太平！

秦始皇就是個以武治國的最好例子，正因為他的殘暴，才使得他的秦朝江山至秦王朝二世胡亥這第二代三年後就滅亡了！

還有項羽，他也是個以武治國的勇將，因為他沒能以德服人，使得他躊躇滿志的分封天下後不久，就使得各大王便紛紛叛亂，最後使得他遺恨千古的自刎烏江！

劉邦呢，在這一點上歷史上倒是稱讚他做得很好，著名的「約法三章」就使得他深得民心，為他日後戰勝項羽奠定了堅實的基礎！

項思龍如此想著時，卻不知劉邦入關中時提出的「約法三章」，卻是他向劉邦提出的忠告和建議，才使得劉邦在民眾心目中樹立了一個賢明君王的形象。當然，項思龍向劉邦提出的「約法三章」即又是歷史上有過記載的，而並不是他自己所創想出來的。

項思龍邊怪怪想著，邊察看著陣勢隨同風力的情況。所以他的身形並沒有降落地面，而是仍滯留在空中，這樣便於他掌握情況。

龍捲風的風力此時已正式狂肆的襲捲至了眾人所處的地段，鋪天蓋地的風沙瀰漫整個大地，呼呼的尖銳風嘯聲讓得人聽了會不由自主的全身發毛寒慄。

項思龍的身形傲然屹立於狂風之中，意念一動之下，他體內的功力已是自然而然的釋發出來，在他四身周圍形成了一道罡氣網，把他嚴嚴的密封保護住了，任是龍捲風怎樣狂猛，也絲毫沒有動著傷著他分毫。

項思龍心情既是平靜又是緊張的矛盾重重，看著自己布下的「陰陽五行乾坤八卦陣」。

龍捲風成螺旋狀一陣接一陣的從高空呼嘯著高速的帶著幾分瘋狂的凶狠氣勢向眾人襲捲著，在陣形之中有若一頭發了狂的瘋牛般左擋右竄，發洩著它的淫威，似想把這世界都給毀滅掉，以顯示出它的威力來！

但組成陣形的眾匈奴兵卻是在堅強的忍受著龍捲風刮骨的痛楚，他們都咬緊牙關，硬是沒有吭聲，更沒有讓身形倒下，陣勢也因之沒有被龍捲風的第一輪攻襲擊亂。

無處發洩魔性的龍捲風似不甘心於失敗般的顯得更是威猛了，如狂龍飛舞，如閃電快捷如熔岩奔突，如猛虎咆哮，整個天和地都似要為之顫抖，為之毀滅。

但奇異的境況出來了！眾匈奴武士組成的「陰陽五行乾坤八卦陣」有若一個宇宙黑洞般，任龍捲風怎樣發洩它的淫威，卻還是傷不了其中任何一名武士，並且龍捲風只在一個武士身周旋轉上升，最後彙集於一處又再恢復原狀，但卻已沒有了絲毫的威力了，而只是在陣勢呈柔和的再次旋了個轉，不但無法奈何陣勢，反是再次旋回的龍捲風把從高空襲入的龍捲風風力給化解去了一大半，使得龍捲風一點威力也沒有了！

成功了！項思龍見得這種情形心中狂喜。

天絕、孟姜女、苗疆三娘、趙高等見得這等異況也是睜大了眼睛呆呆的看著凝立在空中的項思龍，他們既在為項思龍的神功不畏龍捲風而敬服，也在為項思龍想出的這能化解龍捲風的龐大陣形而喝采！

自己等人得救了！

所有人心中都高喊著這句話。

項思龍更是激動得快要熱淚盈眶了！

自己不負眾望所歸的終於為眾人化解了這場龍捲風劫難！這有一大半的功勞可得歸功於「日月天帝」！要不是他傳授給了自己這兩套「陰陽五行陣法」和「八卦乾坤陣法」，以及輸給了他元神的畢生功力讓自己練成了「不死神功」，自己可真不但無法解救眾人，反說不一定會殉難於這場風災了！自己今後可也得尊重「日月天帝」融入自己體內的元神些！他不但給了自己這古代精湛先進的知識，利用他的武功和智慧幫自己解了不少困難！

雖然「日月天帝」栽培自己也是懷有私心，一是想讓自己把他的武學重見天日重放光彩；二是想讓他的元神能得以寄居自己體內，使之獲得新生；三是想讓自己成為他的傀儡，代他完成他的心願，重振他的西方魔教。但不管怎麼說，他也算是自己名義上的師父，自己也應遵守諾言，不對魔教趕盡殺絕！

項思龍心下如此想著，卻是怎也不會料到就因他這刻生起的一念之仁為他和劉邦日後帶來了無窮無盡的殺機，他自己和父親項少龍的關係也因他這一念之仁而徹底破裂，最終差點鬧得……

當然這些都是後話，咱們暫且不提。

卻說項思龍見自己布下的「陰陽五行乾坤八卦陣」發動了它的功效，能夠化解龍捲風襲擊的風力而心下同喜，同時也大是鬆了一口氣。

但突地一種恐懼的感覺又掠過了他的心頭。

他想起了父親項少龍！

父親和他的人馬是否也會遭到龍捲風的襲擊呢？他們是否會有辦法逃過龍捲風的劫難呢？

這……如……他們自己這邊的危機現刻又沒有完全解脫，自己也就無法分暇趕去幫他們……

這……到底該怎麼辦呢？

項思龍心下焦急如焚！

第十一章　急中生智

一陣陣驚駭的感覺襲上項思龍的心頭，但在這驚駭感覺的同時，心底深處卻又升起一股若明若暗的邪惡心理，這種心理讓他感覺一份深深的自慚和自責，但卻又有些不可抑制。

項思龍感覺自己似乎希望父親項少龍等人也遇上這次龍捲風，遭受這次龍捲風的襲擊，甚或他們全體在這次龍捲風中殉難！

俗話說：「長痛不如短痛」。自己確實是有些承受不住父親給予自己的沉重心理壓力了！這種壓力的痛苦比之肉體上的痛苦不知深刻多少倍！

自己只知道自從來到這古代，從害怕父親會去改變歷史，到預感父親在改變歷史，再到證實父親在改變歷史，在這段時日中，自己已經不知經歷過了多少個輾轉反側的痛苦煎熬的日子！

這份痛苦煎熬比之自己在這古代裡所遭受的一種挫折坎坷都要深沉！自己已經不知被多少次夢見與父親兵戈相見、相互殘殺的噩夢驚醒！這種壓力，這種痛苦已經使得自己原本對生命、對生活充滿希望和熱情的心變得傷痕累累；變得冷酷無情；變得重權重武；變得自私自利！

這或許在他人眼中是一種成熟，自己現在所取得的一些成績是一種成功，但是對於自己來說呢？是感到一種失落，一種背叛！

項思龍完全沉浸在了痛苦的沉思之中，在他腦中只有父親項少龍、劉邦和構想中項羽等人的影像，對於什麼龍捲風的劫難，什麼「陰陽五行八卦乾坤陣」，什麼西方魔教意圖入侵中原的危機，在他心目中都暫時忘卻了。

項思龍心情稍稍平靜了些，但當他覺察到龍捲風還未逸去時，他的心情又是一緊，父親項少龍的安危又是讓他提心掛念非常。

父親他們現在到底怎麼樣了呢？會遇上龍捲風嗎？如真遇上了龍捲風，他們會有避逃之法嗎？這……但願……

如父親真的殉難了，自己在這古代裡真會快樂起來嗎？絕對不會！因為父親不但是自己在這古代至親至愛的親人，是自己此生日思夜想付出了無數心血和努力找尋的親人！

並且，父親如真的遭遇不測了，自己在這古代也就會因沒有一個真正的對手而空虛起來，寂寞起來，自己甚或會在這古代再沒有前進的動力，感覺無所適從以致意志消沉，再也沒有現在這般豐富多彩的生活了！

或許這也就是父親曾對自己所說的，「創造或維護歷史的壓力悲哀」吧！唉，生命啊，總是向著這許多無窮無盡的無奈和苦惱事情！也不知到哪一天也可以讓自己徹底的功成身退，去過一種平靜的生活，亦或讓自己重回到現代去……

項思龍正沉迷的尋思著時，忽聽得天絕的聲音高聲喝道：「教主，龍捲風已經退去了！我們都已沒事了！你……」

項思龍對天絕的話置若未聞，他的心情還是沉浸在自他來到這古代後的種種回憶之中。

天絕見了項思龍在空中的呆愣模樣，還以為他受到了什麼驚嚇，只急得惶聲道：「教主！你沒事吧！龍捲風已經退去了！你所佈置的陣法已經讓大家都安然度過了這次劫難呢！」

趙高亦也感覺項思龍有些不大對勁，心下嘀咕道：「教主不會是被龍捲風給……這……如他遭遇了什麼不測，那自己……自己可還中了他所施下的『冰符』呢！他可死不得！」

想到這裡，趙高也大是駭然的顫聲道：「教主，大家都沒事了！你……你……」

在趙高如此哽哽喏喏的說著時，孟姜女、苗疆三娘、鬼青王等都被項思龍的怔愣之態給嚇得擔心起來，場中一時一片譁然。

項思龍終被眾人的吵雜聲驚醒，環目四顧下，卻見天色已是大明，太陽升起了足有一二丈高，天上的濃雲已是全然退去，又有三三兩兩的白雲浮現在天際，龍捲風也早已退去，只剩下些略帶著寒意柔和的輕風。

現時的天色已是風過天明了！

項思龍略略緩舒了口氣，再把目光投到了地面上一片惶然的眾人身上，天絕是急得一臉苦色，正與地滅爭議些什麼；趙高是焦惶不安的團團轉，目光卻是沒離自己身上；孟姜女和苗疆三娘二人則是一臉的憧憬；鬼青王以及幾大護法執法，眾地冥鬼府教徒，眾匈奴將士則又是正都低聲不安的嘀咕著……

趙高第一個見著項思龍回醒過來，頓忙驚喜的大叫道：「啊！教主醒了！教主他沒事了！」

天絕聞言亦也見著了項思龍的目光，心下大是鬆了一口氣，嘴上卻是想也沒想的道：「小子！你在搞什麼玄虛啊！想把我這把老骨頭給嚇散掉嗎？快下來吧！大家都為你急死了呢！」

話音剛落，天絕頓然發覺自己失態，忙又恭聲道：「教主，卑職都已擔心得腦筋都不靈光了呢？嗯，剛才……剛才多有失言，冒犯之處還望教主多多見諒一二！屬下下次不會的了！」

趙高本聽得天絕先前竟用那等語氣對項思龍說話，心下大感異樣，正待出言衝他喝斥時候又聽得他語氣一轉，頓然又抑住了衝動，但還是覺得這內中有些讓自己怪怪的感覺。

幸得項思龍腦筋轉動得快，見得趙高面呈異色，想起在自己佈置「陰陽五行八卦乾坤陣」時，天絕說孟姜女和苗疆三娘是自己的兩位「教主夫人」，頓然哈哈一陣大笑道：「岳父不必自責的了！不知者不罪！何況你也是對本座擔心過切，才出言冒犯的呢！本座不但不會怪你，反大是高興呢！因為人在情急之下所說出的話大半是真話！岳父對本座如此關切忠心，本座應是重重的有賞你才是！」

說著時，已是意念一動，收了護體神功，降下身形來，落到天絕身前，臉色一沉道：「你雖曾為本座的岳父，但是也須對本座恭敬有加才是！要知道本座是你的教主，你是本座的下屬！這次對本座的不敬之處就算了，可今後絕對不許再犯！否則……哼！休怪本座不念親情的懲罰你了！」

項思龍的這番有軟有硬的話說出來吻合「日月天帝」的身分和個性，趙高聽了，心下的些許疑惑頓然煙消雲散，臉上略帶一絲笑意的大拍馬屁道：「教主神威，天人共敬！屬下等自是絕對不可有對教主絲毫不敬之心，方才教主岳父之情急之語，也是因太過關切教主安危才脫口說出的，想來他並沒有對教主犯瀆的心理，反足見他對教主忠心耿耿呢！」

項思龍見趙高沒有對自己起疑心，心下大是鬆了口氣，但聞他這番對自己大拍馬屁又對天絕開脫說情之語，顯是他想藉此討得天絕好感，為日後能在自己這冒牌教主座下站穩陣腳打下基礎。不過任他心計再高，卻怎也不會如願以償的，因為他還不知自己的真實身分！就憑這一點，他趙高就要栽定了！待他知道自己的身分時，已是後悔莫及死期到了吧！

項思龍心下如此想著時，天絕也忙裝腔作勢的朝他下拜道：「教主神威，天人共敬！屬下對教主的冒犯之處，還請教主降罪懲罰！」

項思龍想不到天絕也如此會見風使舵，微微點了點頭，神態雖是傲然，但卻已是平緩語氣道：「本座已經說過，岳父此次不敬之罪，因你忠心可嘉，將功折過，已是不再放在心上了！你就也不必太自責了吧！」

說到這裡，頓了頓接著又道：「本座對待屬下雖是嚴格，但也一向是賞罰分明——有功則賞，有罪則懲！岳父之過既已赦免，現在就來論賞！嗯，你既是本座岳父，又對本座忠心一片，本座現在就封你為護教右使，專門負責監管本教的一切刑法。」

項思龍給天絕奉上這個官銜，乃是想順水推舟，趙高既然想籠絡天絕，自己封他這個舉足輕重的職務，趙高就會更加想方設法的去籠絡天絕，如此一來自己就可完全掌握他了。

因為自己貴為一教之主，地位崇尊不說，且以「日月天帝」的個性不喜與下屬交往過密，這樣趙高雖想拍自己馬屁，但終因心存諸多顧慮，而無法對自己盡傾他的心事；但是天絕呢，這就不同了，現在他們分為護教左使和護教右使職務不相上下，趙高自可對他暢所欲言。

天絕因是自己「岳父」，趙高一方面要與他勾心鬥角，另一方面又要竭盡所能的去籠絡天絕，如此他就會虛與委蛇的與天絕推心置腹，說不定就會把他的心中機密透露給天絕知道，自己再看情形，對趙高加以封賞，當然得要叫天絕當趙高的面在自己面前盡說趙高的功績，這樣趙高就以為天絕真與他一條心，就對他再不設防，把他的心機都一一的對天絕說出來了，那麼自己的這招「順水推舟」之計也就宣告成功了！

項思龍心念電轉的如此想著時，天絕大喜再次下拜道：「謝教主恩典！教主福壽無疆，神勇天下，千秋萬載！」

趙高聽得項思龍封天絕為護教右使，臉上神色連變，似是嫉妒，又似是擔憂，還似是驚喜，忙定下心神，一臉堆笑的對天絕抱拳拱手道：「恭喜榮升護教右使了！日後咱兄弟二人同為教主左右護教，可得雙方竭誠合作同為教主效力，為我西方魔教振興而盡職盡責了！」

天絕嗯嗯一笑道：「哪裡！哪裡！在下今後還得請護教左使多多指點呢！嗯，說來在下能因禍得福，可也多虧左使在教主面前為在下開脫的一番美言呢！在下多謝了！」

說著也朝趙高拱了拱手，不想趙高卻也把天絕得以高升的功勞給記住了自己身上，有些老氣秋橫的哈哈笑道：「區區小事，何必掛齒？說來我等的一切全是教主所賜，要謝就謝教主洪恩吧！」

項思龍見因天絕失言而帶來的危機已經險度過去了，再也不想多談此事，免得言語太多再次露出破綻，那可就又讓自己大是頭痛了，當下轉過話題：「所有人都安然無恙吧？大家都分頭去看一下自己的人手有沒有散失或受傷的！這次度過龍捲風的劫難，可全靠大家齊心協力的精誠合作呢！所有人都記功一次，待本座到西域後再行論賞！」

項思龍見眾人都忙碌去了，身邊再也沒有人來打擾，心中湧生起一股平靜的感，驀地仰天一陣長嘯，抒發了心中少許的悲鬱之情後，項思龍心神一斂，又回到了現實中來，目光冷冷的掃視了一遍已是辦完了人馬檢查工作，正怔怔看著自己的天絕、趙高等人，口中沉聲喝道：「隊伍檢查完畢沒有？如無人員傷亡散失，咱們就馬上進發西域吧！本座已是急不可耐的想快些重振我西方魔教聲威了！」

趙高率先躬身稟報：「稟教主，屬下所統屬的人馬全部托教主洪福，安然無恙！」

鬼青王和四護法執法待趙高稟報完畢後，也頓忙上前躬身行禮道：「教主，屬下等所統屬的人馬也全都無一有什麼意外！」

項思龍聞報輕輕的點了點頭，心下忖道：「嗯，想不到自己急中生智時想出的這『陰陽五行八卦乾坤陣』卻也這麼有效！看來日月天帝的才識也真是算得上學究天人了！」

心下如此想著時，口中已是又大喊一聲道：「既然人馬齊畢，那咱們就馬上上路吧！」

說到這裡，又想到了解靈，頓即又轉過話來對趙高道：「護教左使，你就不必跟隨本座去西域了！解靈還全需你去把他接到本座這裡來呢！但願你能完美無缺的完成本座交給你的第一樁任務！如若出了什麼差錯，本座定要叫你受盡『冰符』萬蟲竄心般的酷刑，淒慘而死！」

趙高聞言不自禁的打了個寒顫，恭敬的連聲應「是」道：「教主放心！屬下定會把解靈安然無恙的送至西域交到教主手中！如有差錯，屬下甘願接受教主的任何懲罰！」

趙高這幾句話頗有中氣的說來，還真有幾份「氣吞山河」、「視死如歸」的大無畏忠心味道。

項思龍心下冷冷一笑，暗忖道：「任你這老奸巨猾的狐狸怎麼狡詐，這次落到我項思龍的手裡，就算你倒楣！無論你怎樣裝腔作勢的拍老子的馬屁，老子也定不會上你當的！想這古代，還有幾人能比我更清楚你的卑鄙陰毒呢？」

心下雖是如此想著，嘴上自是不會如此說出，臉上強擠出一絲滿意的笑容道：「左使辦事的能力，本座也放心得下！要不你怎麼會能夠在大秦王朝，叱吒風雲呢？」

說到這裡，頓了頓接著又道：「至於阻礙左使在秦宮發展勢力的那什麼『劍聖』曹秋道和那什麼『神勇無敵大將軍』章邯，本座自會幫你收服他們的！但是現在時機未到，左使可不得自作主張的對付他們！還有，項思龍已被本座收歸為座下的左使童子，對於他結拜兄弟劉邦，本座也已定計收他了，左使可絕對不許去傷害他，反要派人去保護他！因為本座聽左使童子項思龍說，那劉邦身上有七十二顆天罡痣，此數正與赤帝的七十二之數相吻合，所以本座疑他為赤帝轉世，而赤帝當年留下有一個叫作『天外天』的寶藏，收降了劉邦，本座就大有可能從他身上找出開啟『天外天』寶藏的秘密，如此一來，普天下之間就真的沒有人能與本座為敵了！左使可明白本座所說這番話的意思嗎？」

趙高聽得心念一動，眼睛滴滴的轉了兩圈，暗忖：「嗯，聽教主之言，這什麼赤帝留下的『天外天』寶藏裡大有可能藏有什麼秘密！會不會是克制教主『聖火令』上的武功秘笈？如若是的話，自己如先一步找到這『天外天』寶藏，那自己豈不是可以雄霸天下了？」

趙高心下狂喜如此美美想著，但表面上卻還是不動聲色的對項思龍敬道：

「屬下明白教主之意！今後一定會盡力保護劉邦！」

項思龍的意念感應已經測知了趙高心下所生的邪念，冷冷一笑的思忖道：「哼，老子就是要誘起你的權勢慾念！只要你真的相信了這勞什子的『天外天』寶藏與劉邦之間有什麼聯繫，那老子的計畫也就成功了！因為如此一來，你這貪心不足的老小子一定會如你所說的去『盡力保護劉邦』，甚至為他大開方便之門，讓劉邦快攻入咸陽，好讓你去研究劉邦身上的七十二顆天罡痣，以獲得這子虛烏有的『天外天』寶藏，嗯，殊卻不知這正中了自己的圈套！」

項思龍心下如此想著時，他卻是做夢也想不到因他向趙高洩露的這「天外天」寶藏而給劉邦帶去了多少麻煩，幸好劉邦吉人天相，不但沒有陣亡，反是奇遇連連，讓他真正的具備了成為一代漢高祖的條件……

當然，這些都是後話，咱們暫且不提。

卻說項思龍心下怪怪想著的，口中卻是對趙高大加讚賞道：「那劉邦今後的安危就全靠左使負責了！此事任重道遠，左使如完成得好，本座定會對你重重有賞的！至於本座則要重振我西方魔教而無暇分心，待本座定平了中原魔教三大分壇後，本座自會料理此事的，那時左使保護劉邦的任務也就宣告完成了！記住，對於『天外天』的秘密可絕對不許向任何人洩露！否則被本座知道，立殺無赦！」

項思龍語氣愈重，趙高對這「天外天」的遐想就愈多，這卻正中了項思龍的圈套。但有一點卻是項思龍所始料不及的，那就是趙高身邊的一眾秦兵將士都因此而遭遇了殺身之禍。

趙高情緒甚是難掩興奮的恭聲應「是」道：「屬下定當會嚴守機密，哪怕是天皇老子也不會從屬下口中探到半點『天外天』的秘密的！教主你就放心是了！對了，教主還有何吩咐沒有？如沒了的話，屬下就先行一步了！」

項思龍想不到趙高如此沉不住氣，卻也知這老狐狸的權勢欲望何等的嚴重，難怪他為了練那勞什子的「天機神功」而甘願引刀自宮了！不過，他的這些惡性或許是繼承了那阿沙拉元首的基因吧！要不憑孤獨行怎也教導不了他呢？趙高已是這麼陰險惡毒，凶性難改，他那父親阿沙拉元首的凶殘本性更是可想而知了！

但願自己能徹底的剷除這阿沙拉元首、枯木真師和骷髏魔尊這一幫魔頭！要不中原將陷入萬劫不復之境了！

項思龍心下突地又變得有些沉重起來，語氣不自禁的轉沉道：「嗯，那你就領了你的人馬先行退下吧！記著快些把解靈送到西域來！」

趙高躬身行禮應「是」告辭，卻是在忐忑的想道：「教主難道看出我的不詭之心來了?這……自己今後可得小心點!」

看著趙高一行漸漸消失在天際的身影，項思龍大是鬆了一口氣道：「這老傢伙實在是太煩人了!讓老子累得半死，做這西方魔教教主可真不是一件好差事啊!」

天絕也抖了一下筋骨，嘴笑著大大咧咧的道：「這老傢伙害得老子也出了一身汗呢!少主，你可不賴啊!累是累點，可挺威風的嘛!」

項思龍把臉一沉道：「怎麼?我做西方魔教教主的時候才可以威風，做你少主的時候就不可以威風了嗎?哼，方才你差一點搞砸了我的計畫，這筆帳以後我可得找你算!」

天絕咂了咂舌的苦臉道：「少主，大人不計小人過嘛!你可是大人有大量，饒過你岳父這次吧!下次絕對不會再發生此類事情的了!如若再犯，你就跟我老帳新帳一起算好!」

項思龍皺眉道：「怎麼?你還想有下次嗎?告訴你，這次就是最後的了!要是你再犯的話，可別怪我不講情面，到兩位義父的羅剎雙豔面前打你們的小報告，那時……」

項思龍的話還未說完，天絕就已哇哇大叫的怪聲道：「辣皮子媽媽，這可了不得！小子，拜託你了，可不能破壞你義父和義母的感情！最多我答應你以後多做事少開口罷了！」

項思龍嘿然笑道：「成交！不過，現在要附加一個條件，就是要你去和趙高這老狐狸交朋友！少不了你的好處的噢！要知道趙高乃是皇宮裡的風雲人物，要風得風，要雨得雨，跟他攀上交情，義父你是想納一百個大美人也有啊！金銀珠寶更是可任由你挑選了！」

天絕苦臉道：「你小子可別把我往火坑裡推啊！說什麼納一百個大美人呢？這話要是傳入我的鳳媚耳中，我想我是跳進黃河也洗不清了。要想我勉為其難的與趙高這老傢伙交什麼朋友呢，第一件事情就是答應我不許破壞我兄弟倆與羅剎雙豔的感情，而要盡力的想方設法撮合我們，否則，一切就都免談！」

項思龍強忍住笑道：「想不到義父還這麼癡情的呢！太令我感動了！」

天絕怪眼一翻，老臉卻是一紅的低聲道：「這……這可是你義父的初戀嘛！我自是……」

天絕的話尚未說完，項思龍就再也忍俊不住的捧腹大笑道：「哈……哈……初戀了嗯，義父可還是個老處男呢！或許是初戀吧！」

天絕聽得項思龍這話，卻是突地顧不得羞澀的提高聲音道：「什麼或許是初戀？本身就是初戀嘛！小子，你可別胡說八道的破壞我在鳳媚心目中的形象！要是出了什麼問題，我跟你沒完，不天天在你耳邊嘮叨才怪！」

項思龍笑得快要喘不過氣來的咳了兩聲，平靜一下情緒道：「好！義父的婚事就包在我身上了！只要你圓滿的完成了與趙高交朋友的任務，我就擇日為兩位義父與羅剎雙豔成親！」

天絕聽了這話「嗖」的一下蹦了起來，大喜的怪叫道：「此話當真？不許後悔！成交了！」

與天絕嬉鬧了這麼一陣子，項思龍心中的陰鬱情緒開朗了一大半，收拾了一下心情，臉上神色又倏地一沉道：「好了，我去雲中郡城通知姥姥、大哥他們再返西域！義父，這裡就交給你來打理了！在我和姥姥、大哥他們沒有趕上你們之前，你們一定不可去招惹那笑面書生！」

天絕神色也是一肅道：「這個少主你放心就是了！笑面書生這鬼怪物除了你之外，我們誰都惹不起，不會去自討苦吃的！倒是叫我打理這幫人馬甚是為難我也呢？嘿，你也知道，我並不是什麼將才之料，打打殺殺還馬馬虎虎，統領大軍嘛都是門外漢了！我看打理隊伍之事還是交給鬼青王和諸位護法執法他們吧！」

項思龍不置可否的笑笑道：「隨便你的啦！嗯，給你個官當，你卻嫌當官麻煩，真是天生的勞碌命！可不要怪我沒照顧你噢！」

天絕「唏」了一聲的哂道：「你少笑話我啦！小子，時間不早了，你要去雲中城的話，就趕快出發吧！免得又延誤時間需起夜路。」

項思龍突然一笑道：「你忘了我說過我會『縮地成寸』奇術的麼？從這裡返回雲中城啊，我最多只需盞茶的工夫！好了，不多說了，你們多多保重，我去也！」

說罷，正要縱起身形時，孟姜女和苗疆三娘聞聲大叫道：「我們也要跟著你！」

項思龍住了身形，皺眉道：「這……我……」

話未說出，天絕就已接口道：「少主，還是讓你的兩個娘子跟著吧！彼此有個照應嘛！」

項思龍知道天絕和孟姜女、苗疆三娘這般說來都是關心自己，自己如拒絕了，定會讓得他們傷心，略一遲疑後，點了點頭道：「那……好吧！反正往返也需不了多久時間，今下午大家就可會合了吧！天黑之前應可趕到西域京城！」

二女聞項思龍答應自己二人隨行，都高興得俏臉猶如三月綻開的桃花，嬌豔嫵媚極了。

三人與天絕等拱手作別，正待上馬回返雲中郡城時，突地只聽得天絕驚喜的大叫道：「少主，前面出現了大批人馬！或許就是咱們的隊伍呢！」

項思龍聞聲望去，卻見在距離自己等所在之外二三里遠處，有一片黑壓壓的小黑點正往自己這邊趕來。

第十二章　再陷困境

一個熟悉而又急切的聲音傳入項思龍耳中，只聽得韓信的聲音隱隱約約的傳來道：「少主，是你們嗎？你們沒事吧？我是韓信！聽見我的呼聲了嗎？聽見了的話，就請發音通知我們！」

項思龍聞聲大喜，正待發音回話時，天絕已率先大呼道：「嗯，韓小子是吧！我們沒事！少主正準備返回雲中郡城去追趕你們呢！」

說到這裡，頓了頓又轉向項思龍道：「嗯，心有靈犀一點通！我們正念叨著他們，他們就來了！這倒也好，省得要我作指揮官的頭痛事情了，也省少主你返跑一趟！不過，咱們的交易就泡湯了！唉，難道我天絕今年就沒桃花運不成！」

看著天絕一副氣餒的可憐巴巴怪模樣，苗疆三娘「撲嗤」一笑的接口道：

「義父你就安啦！羅剎雙豔的事，思龍不幫你，我來幫你好啦！你就等著做新郎官吧！」

天絕禁不住又是老臉一紅，神情甚是興奮的道：「你這毒婆娘……嗯，不！你這大媳婦，這句話說得最動聽了！好，此事就拜託你了！你先前是羅剎雙豔的門主，現在又是她們的少主夫人，只要你金口一開，我們兄弟倆與羅剎雙豔的親事，就有了百分之九十九的希望！」

項思龍聽得心下失笑，卻是板著臉「哼」了一聲道：「你可不要高興得太早！要知道還有百分之一的希望握在我手裡呢！如想玉人抱懷，就得依我之言，去與趙高這老狐狸交朋友，我或許會……」

項思龍的話還未說完，天絕就已冷哼道：「剩下的百分之一的希望不是握在你的手裡，而是握在羅剎雙豔的手裡！你嘛，三娘答應了幫我，自是早就被她的美色炮彈給擺平了，對我一點震懾力度也沒有了，誰還在乎你呢？不過，為表同情之心，我還是馬馬虎虎的答應你這個請求啦！也算是為了表達對三娘的謝意！」

幾人正說說笑笑的門口時，孟姜女的發問提起了項思龍的心神，只聽得她喃喃自問道：「韓大哥和姥姥他們不是受思龍之命返回雲中郡城去了麼？我們還沒有派人去通知他們重進西域，他們怎麼這麼快就又返回了呢？是他們沒有受命回返雲中城，還是另有他變？」

項思龍聞得此言心神倏地一突，想來姥姥、韓信他們是不會違抗自己的命令行事的，那麼他們……難道真是事情有變？可有誰能調動韓信他們回返呢？是笑面書生？難道是這傢伙在搞鬼？如真是他搞的玄虛的話，那麼他把韓信他們騙回到底有什麼陰謀呢？

項思龍心下暗罵了一句：「他奶奶個熊，老子連龍捲風也不怕，難道還會怕了你笑面書生？有什麼陰謀詭計儘管施展出來吧！老子兵來將擋，水來土掩，啥也不怕個什麼來著！哼，要是把老子逼急了，不要說你練成了什麼嫁衣神功，可以生生不死，老子也定會想出辦法來把你挫骨揚灰，讓你永遠不得超生！」

心下如此發狠的詛咒起來，嘴上卻是嚴肅而又焦急的道：「但願他們是因擔心我們沒有回雲中郡城而又中途返回的是好！否則，他們如出了什麼事，那可就麻煩了！」

正當項思龍如此擔憂的說著時，對面韓信的聲音又傳來道：「少主，你們真的沒事嗎？可我們在剛要抵達雲中郡城時，卻突地有一神秘蒙面客飛刀傳信給我們說，你們已被當年的秦朝上將軍項少龍和現秦王朝的宦宮趙高他們包圍了，且說他們兩方高手如雲，你們已陷入了困境之中。情急之下，我便領了一撥人馬前來……想不到卻遇上了龍捲風的阻攔，所以到現在才趕來。少主，龍捲風沒有傷害到你們嗎？敵人被擊退了沒有？」

聽得韓信這婆婆媽媽的話，項思龍心中又是焦燥如焚又是大為火光，不過卻也知道韓信是因太過擔心自己等而致腦筋有些不大靈光的，也只得強抑心中諸多情緒，強迫自己冷靜下來。

看來那蒙面客就是笑面書生了，要不憑韓信的機智和身手定可以擒下一般高手的！再說知悉自己在此地遇著的是什麼敵人的，也只有可能是笑面書生！這傢伙分散韓信他們的勢力到底居心何在？難道是為了對付自己？

想到這裡，項思龍的心下猛的一突。

調虎離山，難道……難道笑面書生是想用調虎離山之計分散韓信和姥姥他們，待韓信領了大批高手來援救自己等時，他則可以迅雷不及掩耳的手段擒下姥姥、盈盈、碧瑩他們，以後就可用他們來威脅自己以達到他的某種目的？……或要自己對他俯首稱臣！或要自己交出「聖火令」！又或要……

這傢伙真的是太奸詐毒辣了！老子如度過了這次危機，就一定會幹掉他！決不手軟！包括他的「無敵衛士」！

他奶奶個熊，我項思龍沒你這樣一個禍患在身邊，還要安心一些！沒有你笑面書生幫忙，老子照樣可以鏟平西方魔教！

項思龍的心都快要噴出火來，想著自己的一眾嬌妻愛妾落入笑面書生這魔頭辣手，所將遭受的驚嚇和折磨，想著曾盈和張碧瑩已是挺著肚子快要臨產，想著姥姥上官蓮白髮蒼蒼……

「啊——！」項思龍驀地神經質般的一聲大喝，使得天絕、孟姜女、苗疆三娘幾人均都嚇了一大跳，但同時也都猜知了項思龍為何如此失態的原因來，臉色也均是大變。

此時韓信已是領著大約兩三萬的匈奴兵浩浩蕩蕩的到得了項思龍等所在處一百多兴遠處停下，在他身邊還赫然跟著八大護毒素女和傅雪君等一眾好手。

項思龍心下暗叫一聲：「這下真的完了！連八大護毒素女也被韓信給帶了來，姥姥他們身邊還有什麼厲害的高手護駕？唉，韓大哥啊韓大哥，你……你怎麼就這麼糊塗呢？」

天絕怪目圓瞪，聲音冰冷的一字一字道：「當然有不對勁的了！你這豬腦袋，中了別人的調虎離山之計了還渾然不知？你的心是被狗給吃掉了！他奶奶的笑面書生，如果我的一眾媳婦有什麼損傷，看我天絕不找你拚命才怪！」

韓信聽得天絕這頓臭罵，臉色也是大變的暗暗道：「這……我……少主……情況不會有那麼嚴重吧！笑面書生可是你的屬下，他……怎麼敢亂來呢？這……少主，我返回去看看好了！」

項思龍這時倒是顯得異常冷靜，沉聲喝道：「大哥，不用了！人家已經早就得手了，正在返回西域的路上呢！」

項思龍這話音剛落，卻聽得笑面書生的聲音破空傳來陰冷的怪笑道：「教主的神功果然是練至了天人合一的至高境界，看來『聖火令』中的武功的確是高深莫測了！嘿嘿，想來屬下的心意教主也已測知，那我們就不必捉迷藏了，打開天窗說亮話吧！只要教主退位讓賢，並且交出『聖火令』，投入我西方魔教，為本座收復中原三大分壇，本座自會交出你的一眾大美人的！

「不過，你也放心的啦，我笑面書生雖然甚是好色，卻也不敢輕易打眾位教主夫人的主意，要不我會死無葬身之地的！教主考慮一下啦！眾位教主夫人讓屬下暫且為你看護著，少不了一根汗毛的！但是如若教主……為難屬下，那屬下可也會做出些自己也不知道的事情來囉！」

項思龍氣得咬牙切齒，他雖是一點也不在乎這勞什子的西方魔教教主之位，也不在乎什麼蘊藏高深武學的「聖火令」，但讓他把教主之位和「聖火令」傳給笑面書生這樣一個奸險的惡魔，卻又是他所心不願情不甘的，可又不能一口拒絕他，這……

項思龍的心都在滴著血，狂燒著一股濃濃殺機的怒火……

韓信聽得笑面書生的傳音，惱悔得雙目精芒暴長的怒聲大喝道：「你……你這卑鄙惡徒！想奪教主之位，想得『聖火令』，做你的千秋大夢去吧！

「教主不會答應你的！耍陰謀詭計算什麼大英雄啊？有本事出來光明正大的與教主大拚一場，你若贏了，我們自會降服於你！這般的卑鄙無恥，即使你做了教主，也沒有人會對你忠心，願意為你效命的！」

笑面書生遭得韓信的這頓臭罵，不怒反笑的道：「小子，這裡還輪不到你來說話！哼，光明正大？我們西方魔教在這一千多年以來在你們中原人的眼中從來就是一個卑鄙無恥的邪教！耍陰謀詭計是我們的慣用伎倆！你們中原人不是也一樣的嗎？其實我們的許多陰謀詭計都還是從你們中原人那裡學來的呢！嘿嘿，你的功力也挺不錯的嘛，讓本座用『天魔攝魂指』擊中了，只迷失了幾個時辰的心智這麼快就恢復正常了，不過幾個時辰已足夠本座施行計畫，達到我的目的了！哈哈哈……」

大笑聲中，笑面書生的聲音眼看著就要遠去，項思龍驀地開口沉聲道：「笑面書生，你提出的條件，本座可以考慮！既然雙方都已把話說白了，我們不若就在此地來作個商談，將此事了結算了吧！」

笑面書生冷哼一聲道：「教主，我可不會上你的當呢！我的武功遠不及你不說，你現今又收服了趙高訓練的十大邪神，他們經你改造，威能自是成倍的增長了，再加上我從韓信口中探知你有八大護毒素女，因用『人蠱心魔大法』與你已是心心相通，等若另一個你，所以屬下的一眾『無敵衛士』可以說根本威脅不到你！叫我此刻現身與你商談……嗯，我可沒那麼傻，我的實力遠不如你，又加上沒有做好諸多防備安排，現刻出面與你見面，說不定被你反控局勢，那屬下可真是要死後不能超生囉！」

項思龍想不到笑面書生如此精明機警，竟能猜出自己的心意，不由得對他刮目相看的冷冷道：「那好，笑面書生，你說此事怎麼商談解決吧？我全依你好了！」

笑面書生警覺道：「教主……不，項思龍不像是個如此沒種的人物啊！練成了道魔神功，殺死了鬼血王西門無敵，鬥敗了西門無敵的兄弟西門空宇，降服了五毒門門主苗疆三娘……這諸多的功績都表明你項思龍是個了不起的大丈夫啊！我笑面書生還非常欣賞你呢！想不到你卻甘願敗在女人的石榴裙下！真是自古英雄難過美人關啊！可惜！可惜！」

笑面書生連歎幾聲「可惜」後，頓了頓又道：「好！教主即然說話如此爽快，我笑面書生也不會拖拖拉拉！咱們西域地冥鬼府見！在你來見本座時，只允許你一個人來，並且得自封膻中、氣海、天池、太乙、天樞幾大氣門要穴封閉功力。如果你弄什麼詭計……哈，本座抱著玉石俱焚的心態，也要把你的諸位夫人給一一輪姦，再把她們分屍！教主你可想清楚了！」

項思龍沉吟了好片刻，才長長的緩了一口氣道：「好！我答應你！但願你也遵守諾言！否則……咱們西域地冥鬼府見！」

笑面書生見項思龍終於妥協，心下也大是鬆了一口氣，語氣放恭敬了些道：「那好，教三，咱們西域地冥鬼府見！」

言罷，再也聽不著他的任何聲息。

項思龍痛苦的閉上了雙目，他下的這一注危險可太大了，自己完全是處於被動的位置，連一絲還擊的餘地也沒有——因為自己的眾位夫人和姥姥上官蓮都在笑面書生手上啊！

她們是生是死，可全靠自己了！唉，賭賭運氣吧！

項思龍心下哀歎了一聲，他的精神快要瀕臨於崩潰的邊緣。

場中的氣氛異常緊張的靜寂。

韓信是低聳著腦袋，他的心情也痛悔至極點。

「自己怎麼就這麼笨啊！著了人家的道兒怎還一點不知呢？還曾妄想指揮千軍萬馬馳騁疆場呢！連這麼一點小事情也沒辦好！還談什麼雄心壯志嘛！」

「現在……怎麼辦呢？難道要少主一人隻身單闖虎穴？這……太危險了！可自己又幫不上一點忙！」

「都怪自己的武功太過低下了！要是自己有像少主這樣一身高深武學的話，自己決不會如此窩囊的被笑面書生玩弄於股掌之中！」

「哼，要是……要是思龍和眾位弟媳婦真出了什麼差錯的話，我韓信……即便是粉身碎骨也要與你笑面書生拚命！」

在韓信如此氣憤的想著時，孟姜女和苗疆三娘、傅雪君等女都是一臉的淒然之色，那楚楚動人模樣真叫人看了不能不為之神傷魂斷，心疼非常。

天絕是急得如熱鍋上的螞蟻般團團打轉，怪目瞪韓信幾眼又望向項思龍，一副欲言又止的心焦煩燥模樣。

其他諸人都是靜默無語的你望著我，我望著你，面面相覷著，連大氣都不敢吭一聲。

苦難和挫折可以磨練一個人的意志！自己連須與父親項少龍兵戎相見這等打擊也可以承受下來，難道區區一個笑面書生就可難倒我項思龍嗎？嗯，我可是這古代歷史的大救星呢，又怎會輕易的敗在別人手中呢？連歷史我也可攪得風風雨雨，笑面書生又算哪門子的人物？

在這古代，除了父親是我項思龍的真正對手之外，其他任何人我還都未放在心上，要是連笑面書生也對付不了，我又怎麼夠格去對付阿沙拉元首、枯木真師他們呢？

沒有什麼困難可以難得住我項思龍！

沒有什麼人可以擊得倒我項思龍！

項思龍心中突地湧起灼灼熊熊的鬥志來，身形倏地沖天而起，「鏘」的一聲龍吟，腰中「碧玉斷魂劍」已是應聲而出，在陽光的照射下發出一輪彩色光環把項思龍罩在其中。

「要是我連自己心愛的女人也保護不了，又何必言談去維護歷史呢？從現刻起我項思龍對天起誓，一切與我作對的人，都立殺無赦！」

在這種激憤情緒之下，項思龍口中發出一聲震天長嘯，以劍指天的怒吼道：

「笑面書生！你受死吧！跟我項思龍作對的人，都只有一個字——那就是死！

我要殺！殺！殺！」

在項思龍的怒吼聲中，他手中的「碧玉斷魂劍」也應聲展開了精妙絕倫的劍法，只讓得地面上所有的人都聽得看得全身熱血沸騰。

天絕第一個高喊起來道：「少主神威，天下無敵！妖魔邪神，誰敢爭鋒？與我為敵，自尋死路！少主萬歲！萬歲！萬萬歲！」

天絕這一高喊，即刻激發了場中所有人的激情，那些好鬥好殺的匈奴武士自是不必說的聲嘶力竭隨天絕高喊著，連心懷沮喪的韓信和不喜爭殺的孟姜女也隨之高喊起來。

一時間士氣激昂至極點，高喊聲震得連空中的白雲也嚇得不知跑到哪兒去了，陣陣鬥志響徹西域上空。

過了良久，眾人的情緒才漸漸平息下來。

項思龍收功降下身形，目中精芒一閃的一掃韓信、天絕眾人，沉聲道：「方才我與笑面書生的協議你們也聽得了！我決定依他的話去做！大家也不必再說什麼了！你們領了隊伍回西域京城等我的消息，三天若是我還沒有音信的話，你們就……拿了這兩枚『聖火令』去投靠項少龍，我會寫一封信函讓他們交給他，他自會接受他們與笑面書生、阿沙拉元首等一眾魔教魔頭作鬥爭的！

「記住我的話，你們到時……事情如真發展至那等糟糕的地步，你們一定得依我的話去做！否則……我在九泉之下不會瞑目的！你們投靠項少龍要全然聽他的命令行事，不許任何人違抗！至於我為什麼叫你們去投靠他，這個中的原因你們也不需知道，或許有朝一日……你們會知道的吧！當然，這是一種消極的推測，我不一定會有事。但做好一切防備工作也……也是應該的！」

說到這裡，項思龍的鼻子禁不住酸酸的抽搐了一下。

雖然他現刻鬥志如虹，但說到底還是一場毫無把握的賭注，他應安排好後事防萬一自己……

父親項少龍自是他最是信任的人了，他也相信父親會完成自己的心願的……或者這還是解決自己父子二人不可化解的恩怨的最好辦法呢！自己犧牲了，換來了歷史的平靜，換來了歷史的勝利，換來了自己心境的不再困惑與痛苦，這……未嘗不是一個好的結局呢！

項思龍如此想著，臉上突地浮現出了一抹甜美的笑容，喃喃自語道：「死亡原來也有讓人憧憬嚮往的時候！」

項思龍先前說出的那番古古怪怪的低調的話來，已是讓得韓信、天絕、孟姜女等心中升起一股不祥之感，心下緊張悲沉得都快窒息了，突得又聽得他說出這麼一句古怪的話來，天絕已是禁不住雙目一紅，「哇」的一聲哭起來道：「少主，求求你不要說這等淒涼的話來好不好？我……我心裡酸酸的很不好受呢！事情還沒有發展至那等地步，我們……還有迴旋的餘地嘛！頂多——頂多大家陪你殺進他鬼府去與那笑面書生拚了，這樣大家都來個一了百了，我們心裡也暢快許多呢！」

天絕這話頓刻引來百十多人哽咽著的大聲附和，連孟姜女也泣聲道：「是啊，思龍，要死大家就陪你一起死好了！要知道，如沒有了你，我們活著也是一點也不開心啊！」

韓信這刻卻是怔愣的呆站著，臉上一點表情也沒有，突地推開正漸漸圍繞項思龍的人群，衝到項思龍面前大聲道：「少主，都怪我！都怪我把事情給弄砸了，中了別人的奸計，才把事情搞至這等局面的！你懲罰我吧，少主！可是……你不能出差錯啊！要知道匈奴國的希望在你身上，驅除西方魔教的重任在你身上，甚至統一中原、平定中原的壯舉也等待你去完成！少主，讓我去求笑面書生吧！讓我去承擔一切責任吧！……」

說著時早就「撲通」一聲跪倒項思龍身前，「咚咚咚」的連叩了幾個頭，語音已是泣不成聲。

項思龍快步走上前去，一把拉起韓信，看著這曾在歷史上叱吒風雲的英雄人物，在自己面前一把鼻涕一把淚的狼狽落寞模樣，項思龍的心頭不禁湧起一股酸酸的悲涼感覺來。

這就是英雄氣短的淒涼場面吧！

韓信，歷史中他乃是劉邦麾下功績浩大的猛將啊！歷史中記載他謀略出眾，智慧超群，用兵如神，乃是一名優秀的戰略家和智勇兼備的軍事統師！

可是想不到這樣一個將來縱橫疆場的武將，卻也有如此豐厚的感情！也有人性如此脆弱的一面！

項思龍感覺自己眼睛都有些濕潤了，自來到這古代以來，他已不知多久沒有落過淚了，在無論怎樣困難的險境之下，他都能夠堅強的挺了過來，可是這刻……他已是情不能自控！

項思龍想起了歷史中所記載的有關韓信的資料。

韓信，淮陰人，韓國的一名落魄王孫，出身於戰國末期，父母自幼雙亡，母親去逝時，他連喪葬費也沒有，只得賣身葬母，後秦滅韓，韓信主人在戰亂中被殺，他也由此得以因禍得福的恢復自由之身，自此流落市井。因他自幼飽讀詩書且習過武技，曾寄食下鄉南昌一亭長家中，但不久就被亭長妻子趕走。萬般無奈，韓信意欲尋死，被一漂母所救，且得漂母十天飲食，因貧困不願墜落，韓信屢遭他人白眼，曾受過一群市井無賴的胯下之辱，但韓信胸懷大志，雖處逆境，仍孜孜不倦的學習兵法武技……

想著這些，項思龍驀地記起了在現代時所學過的古文——天將降大任於斯人也，必先苦其心志，餓其體膚，增益其所不能……韓信就是這「天降大任」的「斯人」吧！

項思龍不由自主的摟住韓信的虎肩，他突地又想起了韓信的人生結局……這……自己也無法評判歷史的對與錯了！只是歷史中的漢高祖劉邦和面前的韓信都已是自己的兄弟，這種結局如發生了，會讓自己悲痛難當而已！歷史中註定的事情，自己也只有大呼哀叫一聲「莫之奈何」？

項思龍長長的歎了一口氣，強行的收拾心情，平靜的道：「大哥，世上的事情難以預料，既然已經發生了，我們就不要再去多想了！何況這事情根本就不關你的事，只是那笑面書生太過奸詐可恨了！大哥，不要胡思亂想，今後我需要借重你的地方還多著呢！」

說到這裡，又轉向都是雙目紅紅的望著自己的眾人道：「大家都不要衝動！自亂陣腳乃是兵家大忌！我此番去會笑面書生，已經說過了，情況不一定會很糟糕，大家都冷靜聽我說。想來笑面書生此次冒犯要脅我，無非是為了西方魔教教主之職和兩枚『聖火令』罷了，他沒有得到『聖火令』之前，是絕對不會把我怎樣的！

「我叫大家去投靠項少龍，一來是因為他是我中原人，自應該有維護我中原領土和氣節的使命；二來是因為他乃是我中原現今反秦義軍中最有發展前途的一支隊伍，也最有資格與西方魔教抗衡；至於我義弟劉邦，他現在沒有成什麼大氣候，難成就大事，所以我不叫你們投靠他，反要你們投靠項少龍。我如被笑面書生軟禁起來，你們便依我之命去做，不得違抗！」

項思龍這刻心境已是開朗許多，想透了生與死的一切，項思龍感覺對什麼都看淡了許多，現在唯一讓他擔心的就是父親是否會受自己感化，而放棄改變歷史的野心了。

韓信此刻已止住了泣聲，雙目崇敬的望著項思龍的臉龐，這裡面蘊藏的智慧是多麼的豐富啊！少主這等視死如歸的大無畏氣概，才是自己心目中的英雄形象！自己要是能有少主的一半才智，就足以快慰此生了！

韓信突地湧生起了一股強烈而又灼熱的對項思龍的崇拜心理，這種心理後來影響了他一生的命運……

眾人都靜靜的看著項思龍，空氣的凝重讓得場中又是沉寂一片。

天絕臉上強擠出一絲笑容，語音卻是傷感之意溢於言表的道：「大家……大家都不要這麼不開心好不好？我們剛剛度過了龍捲風的劫難，應是放鬆一口氣的時候呢？嗯，再說，憑少主的能耐，普天下之間有什麼事情可以難得倒他呢？噢，有酒沒有？我們現在就來為少主慶祝他將要勝利歸來，殺得那笑面書生一個落花流水屁滾尿流！」

鬼青王和地滅等隨聲乾澀的附和，一時場中氣氛又有了一股怪怪的活躍，但悲傷的氣氛還是瀰漫在西域上空。

項思龍看著天絕等強裝出的歡快模樣，心中升起一股暖暖的感激之情。自己還是沒有白來這古代一趟，至少自己在這古代結識了一幫熱血朋友、一眾善良美妻，並且也……找著了父親！

項思龍的嘴角浮現出一絲酸酸的苦笑，隨同眾人乾笑幾聲，拍拍身邊韓信的肩頭低聲沉重的道：「大哥，說句實話，此次去與笑面書生交涉，到底是生是死，我心中也沒有個底，如果我……真的遇到了什麼不測，你一定要領導好大家，我知道你是一個胸懷大志的熱血漢子，也是一個重情重義的兄弟。你一定要答應我，幫我領導好大家！幫我照顧好三弟劉邦，盡一切可能助他成就大業，但是俗話說：『小不忍則亂大謀！』劉邦現在基業未穩，還不能擔負重任，所以我如出事了，你一定要讓大家依我之言投靠項少龍！只有他才能驅除西方魔教，拯救我中原！大哥，拜託你了！」

說完緊緊的握住了韓信已禁不住顫抖起來的雙手，久久不放的搖動著，雙目緊緊的盯著他滿面淒然的臉龐。

韓信的心下在滴著血，他感覺到了項思龍對自己的那種推心置腹的信任，感覺到了項思龍交給自己任務的沉重——那是一個歷史的使命啊！自己怎可以推卻呢？

韓信的意志被項思龍一點一點的感化，終於脆弱而又激動的點了點頭，淚水卻是又不由自主的奪眶而出，手臂也是緊緊的抱住了項思龍，喉嚨裡發出低沉的嗚咽聲。

項思龍舒心的笑了，他相信韓信的能力，一定可以頂起劉邦的重任的，因為他相信歷史——歷史是不以人的意志為轉移的！

哈！自己終於得以暫時放棄枷鎖在身上的一切愁情煩事了！人生得意須盡歡，現刻雖不得意，可也感覺無事一身輕啊！嗯，也可以來他個痛飲一場的嘛！

想到這裡，項思龍驀地大喝一聲道：「酒來！」

天絕等本在悲苦尋樂來沖淡悲涼的氣氛，但見得項思龍和韓信私下低語，已是不由的都怔愣的望著他們二人來了。當見得二人緊緊的相擁在一起時，包括天絕在內的不少人都已是泣不成聲，心下大呼道：「哇咋！真是太感人了！可少主會不會是在向韓信這小子私下裡交待後事呢？這……」

眾人怪怪想著時，突聽得項思龍的這聲大喝「酒來！」人人都震得一驚之下，當即七手八腳的有十多人抱著酒罈走向項思龍，天絕自在其中行列，卻見他把一大罈酒邊遞給項思龍邊道：「少主，酒來了！你喝個痛快吧！噢，我們大家陪你一起喝！」

說著，把酒罈遞給項思龍後，又從旁邊一鬼王護衛手中接過一罈酒，運功拍開酒罈蓋子，雙手捧起湊到嘴邊已是自個兒「咕嚕！咕嚕！」猛喝了一陣，晶瑩的白酒順著他嘴角流下，濕了大約一身，酒香頓刻四飄空間。

項思龍接過天絕遞過的酒罈，見著他在邊喝酒時眼角邊流出的淚花，心頭一陣激動，難抑心中情緒，驀地仰天一陣長嘯高吟道：「明月幾時有？把酒問青天！」

吟罷也單掌舉起往酒罈蓋子拍去，只聞「啪」的一聲，罈蓋石屑紛飛，項思龍再次大喝一聲道：「喝酒喝酒！」

說著時意念一動，口中猛吸一口罡氣，罈中白酒頓即化作一股白劍般往項思龍口中射去。

韓信亦是情緒蕩漾，激情悲緒齊湧心頭，學著項思龍的模樣，運功從身邊吸過酒罈，運掌拍蓋，凝功吸酒，口中亦也高吟道：「千金易求，知己難尋！」

豪情萬丈，酒香漫空！

想來這世上沒有幾人看了此等場面不神為激，魂為之蕩的吧！

珠光盈盈的孟姜女心下如此激動的思忖著，雙手緊握住苗疆三娘的手臂，語音柔柔的道：「妹子，還有什麼人比我們的夫君更偉大的呢？如若他出了什麼事，我想我也不會獨活的了！」

苗疆三娘輕輕的點了點頭道：「我此生最幸福的願望就是，希望能夠與我們夫君快快樂樂開開心心的度過這下半輩子了！雖是沒有同年同月同日生，但願能夠同年同月同日死，心如姐姐，我如你一樣的想法！」

二女低聲私語著時，突聽得「啪！啪！啪」的酒罈摔地聲，接著又是一陣悲壯的豪爽大笑聲。項思龍用衣袖一抹口角的酒液，滿面紅光，滿嘴酒氣的大喝一聲道：「朋友們！我去也！」

話音剛落，不待眾人反應過來，已意念一動氣貫全身，展開「分身掠影」身法，快若閃電的向西域方向飛去，只留下漫空的餘音道：「多多保重了！」聽著空中嫋嫋餘音，看著項思龍漸漸消失的身影黑點，眾人都一時給怔愣住了，但旋即又是一片嚎啕大叫大哭聲響起。

天絕猶是哭得最凶：「少主，你也多多保重啊！義父我還等著你回來給我作媒呢！義父打了一百多年的光棍，這次好不容易才動了凡心，你不能放下此事不管啊！他媽的臭小子，你還得看看義父的未來孩子呢！……」

天絕如此呼天搶地的大哭大叫時，韓信心情也是沉重悲痛異常，項思龍把安慰統領眾人的任務交給了自己，自己自得表現一點堅強的個性來，不能哭！不能哭，一定得堅強！

韓信心下如此吶喊著，可眼淚還是不能自控的流了出來。

思龍此時一去，有可能將是永別啊！自己又怎麼能忍得住悲傷呢？唉，哭吧！哭吧，放聲的大哭吧！哭過一場就要強忍傷痛安慰眾人了！自己決不能辜負了思龍對自己的一番囑託！

韓信如此一想，竟真再也抑制不住的哭出聲音來。

是一種沉重的悲傷籠罩著眾人的心頭，啼哭聲、嚎叫聲一時亂成一片。有人雙膝跪地雙手合什，朝西方的天際禮拜著為項思龍祈禱；有人狂蹦亂跳著大聲吆喊著項思龍的名字，有人用世上最惡毒的言語罵著笑面書生……大家都以自己的方式發洩著心中的情緒。

但在眾人中最為悲痛的是孟姜女和苗疆三娘二人了，她們在項思龍縱身前看了項思龍投向她們的一抹憂鬱和憐愛的目光，那目光讓得她們的心神為之大震，預感到項思龍將要離去了，可在她們正要出言要求項思龍帶上她們一起時，項思龍已是閃身不見了，頓時她們的心都被人給掏了出來般的讓她們失落傷痛異常，整個人一時都給呆住了。

「這沒良心的，竟然想丟下我們姐妹二人，不！我們要跟著你！」

孟姜女和苗疆三娘思緒木木的如此想著，在其他眾人狂喊大哭時，驀地嬌嗚一聲身形倏地縱起……

韓信自己雖是在悲痛之中，可他卻早就在擔心二女了，見得她們身形一起，頓即縱起身形阻在她們身前惶聲道：「兩位弟媳，你們不要衝動！二弟不是交待過我們，叫我們去西域京城候他消息的麼？」

孟姜女喪失理智的突地向韓信擊出一掌，大聲喝道：「讓開！」

不想韓信雖是可以避開這一掌，但他也因心懷鬱結，見孟姜女掌風擊來，竟是身形絲毫不讓，只心下暗道：「就讓我死吧！死了我就可以忘卻所有的悲痛了！可以去九泉之下等待二弟……」

「蓬」的聲掌勁相碰之聲響起，天絕插在了韓信和孟姜女之間，怪目發紅的怒吼道：「怎麼？思龍才不在這麼一會，就想窩裡反啊！」

大叫著時，怪目虎虎的瞪著滿面淒然驚慌的孟姜女和一臉蕭索的韓信，接著又道：「思龍不是叫我們聽韓小子的命令嗎？大媳婦這麼快就想抗命作反啊？還有韓小子，你不閃不避，是不是想尋死啊？思龍交給你的任務呢？你想推脫不管啊？都是一幫豬腦袋！做任何事情要三思而後行，知道嗎？」

被得天絕這一喝，不但是韓信和孟姜女、苗疆三娘都給怔住了，就是全場中人也給止住了哭泣聲和大叫聲。

孟姜女收了雙掌，低垂下頭去，秀目淚珠兒滾滾落下，與苗疆三娘抱哭成一團，不過卻只是抽泣，並沒有哭出聲音。

韓信亦也目光投向了天空，陷入了沉思之中。

天絕見自己壓住了眾人的燥亂，頗有些引以為榮，心下思忖道：「思龍，你這小子，義父可是在想哭的時候也強打精神為你維持大局，你可得給我爭口氣，活著回來見我們啊！」

正當眾人陷入靜默沉寂中時，項思龍的聲音突地傳來道：「義父，好樣的！

大家也都不要悲傷難過了，想來你們少主我平生歷經艱險無數都平安度過了，這次定也沒事的吧！大家一定得團結起來，齊心協力的振作勇氣、信心和鬥志為迎接我的勝利歸來做準備！好了，這下我真得走了！大家後會有期！」

第十三章　非去不可

項思龍在趁眾人不注意的時候驟然縱身而走，心中的悲痛亦不比天絕、韓信、孟姜女和苗疆三娘等低多少，但他知道自己如一本正經的向眾人告辭的話，那等生死離別般的難分難捨場面只會更讓他心頭難受萬分。

不說天絕、韓信等會對他千般挽留囑託，就是孟姜女和苗疆三娘、傅雪君三女的淒哀目光已是讓他快要肝腸寸斷了，更何況自己行前三女或會死纏賴住自己不放，使得自己寸心大亂呢！

長痛不如短痛，趁現在眾人心懷激動之際，自己狠下心腸走吧！

項思龍暗一咬牙，於是提氣閃身而逝，但他並沒有走遠，而是用「縮地成寸」的秘笈隱藏住了自己的身體，意念還是在關注著眾人的動靜。

他實在放心不下自己走後眾人將會發生的騷亂！

果然在他走後不久，眾人就嚎叫大哭起來，項思龍感覺得到眾人心中的悲痛，然去見笑面書生之行，自己是非去不可的啊！

姥姥、盈盈、碧瑩、玲玲、蘭英、玉貞她們可都還在笑面書生手上呢！這能讓自己坐視不管嗎？

如果連自己的親人和妻子都無法保護，自己還算什麼大英雄！還能成就什麼大事業！自己在這古代裡之所以能夠充滿信心和鬥志的去面對一切困難，就是因為她們給予自己無私的愛啊！

她們是自己生命的動力源泉！

自己絕對不能失去她們！

項思龍的心下在如此吶喊的同時，亦集中意念關注著天絕、韓信等人的情況，當事情發展至孟姜女衝動的揮掌向韓信出擊時，他的心中焦急如焚，正想現身出來，幸得天絕出面解圍，才讓他壓住了這種衝動，直至天絕的一番大發脾氣壓下了眾人騷亂，項思龍心下既是欣慰又是喝采，所以才再次傳音向眾人慰勉告別。

「這下是真正的要離你們而去了，拯救盈盈她們迫在眉睫，我不得不做出選擇，但願你們多多保重吧！如果我運氣真的很好，這次能夠得以脫險，那我們三天後西域京城見，到時狂歡一場來個不醉不歸！」

「如果……要是我真有什麼不測……那你們就要好自為之了！但是請你們記住一定得按我的話去做！一定得去投靠項少龍，只有他才可以驅除西方魔教在我中原的擴展，只有他才可以奠定我中原歷史的基礎！」

「還有，韓信，你一定得幫助三弟劉邦！如果我……那麼，劉邦的希望就在你身上了！我的歷史使命也就落在你的身上了！你一定得振作起來！

「父親呢，但願你看得我托韓信交給你的信後，能夠為我中原歷史的後代著想，能夠放棄意圖改變歷史的野心，這算是作兒子的我求你了！」

項思龍痛苦的閉上雙目，只有耳旁的呼呼風聲讓他知道自己還有生命還有任務，解救姥姥上官蓮她們與笑面書生做鬥爭的任務。

他奶奶個笑面書生，都是本少爺當初一念之仁，而種下了今日的禍患！今次你再落到本少爺手裡，我不抽你的筋扒你的皮才怪！

在這古代就是要以殺止殺，對待惡人決不能心慈手軟！尤其是這些西方惡魔，更是要用殘酷的手段殺光他們才行，免得遭塗炭我中原後代！

項思龍只覺心中的怒火簡直像一座火山，殺機充盈著他全身上下的每一根神經每一個細胞，讓得他連呼吸都為之沉重起來。

這世上為什麼總是有著這麼多的打打殺殺呢？難道權力、金錢、美女和領土擴張就是這古代政治的全部嗎？和平呢？那些高高在上的統治者們可曾想到這個字眼？他們可曾想到天下間千萬黎民百姓的痛苦和希望？

戰爭和仇殺是血腥的啊！罪惡的西方魔教，我們中原內部現在已是戰火紛起了，可你們卻偏偏想要在這節骨眼上趁火打劫，你們還有沒有人性？如果沒有，那就是野獸！我又何必心存慈念呢？

殺！殺！殺！西方魔教的野獸們，你們來吧！我項思龍不怕你們！我身上流著中原民族的血液，我們這個民族是不畏強暴的！

歷史已經證明了這點！我們中華民族會永世長存的！

項思龍軍人的天責倏地被心中的憤怒給激發了出來。

笑面書生任憑怎樣奸詐毒辣，有我項思龍的一天，你的奸計就永遠無法得逞！我一定要殺死你！

還有阿沙拉元首、枯木真師、骷髏魔尊，你們一股腦兒的全來吧！看看是你們西方的邪門神功厲害，還是我中原的道家神功厲害？我們就來比劃比劃吧！誰怕了你們了？嫁衣神功又怎麼樣，自古以來都是邪不勝正，你們那些邪門歪道的武功定無法任我中原呈威的！我一定要打得你們落花流水屁滾尿流！

項思龍的心下惡狠狠的對這些西方魔教的惡魔詛咒著，在這刻裡他完全把「日月天帝」告誡請求自己要對西方魔教教徒仁慈些的話給拋到了九霄雲外，現在他心中燃燒的只有是怒火和仇恨，當然還有一份對上官蓮、盈盈、碧瑩她們的關切和擔憂。

「盈盈她們現在到底怎麼樣了呢？笑面書生會遵守諾言善待她們嗎？要是她們……出了什麼差錯，自己不殺光那些魔教鬼怪才怪！連他們的老窩自己都要過去給挑了！絕不留什麼情面！

「嗯，快到西域了吧！火氣可不能這麼大了！這樣會沖淡自己的理智的。」

項思龍眼角的餘光已經看到了村落和人群，這長村落的建築樣式與中原內地大不一樣，顯得矮小而像個蒙古包，人們的裝束也與中原內地大不相同，婦女們頭上包著一束白絲巾，把整個面容都給包裹了起來，只露出一雙水靈靈的大眼睛，男的則是用一塊即長又寬的布匹裹纏住了身子，裡面穿有些什麼動物之類的毛皮，頭髮都是散披著，有點狂野的味道。

項思龍看著這等景象，心情稍稍開朗了些，卻也愈發沉重起來。

快要見著笑面書生了，自己到底會是怎樣的一個命運呢？是凶是吉？

項思龍心下忐忑的想著，既想放鬆一下精神，問問去地冥鬼府的路線，於是意念一動收功停身，現出身形來。

看來這是一個市集，來往的人數較多，叫賣聲也此起彼落，路旁不少販子在地上擺滿了各式各樣的貨品，有刀劍有獸皮，也有雞、鴨、牛、羊等，但其中最為熱鬧的是一群正在販賣女奴的人們哈喝聲甚是刺耳，場面鬧哄哄的，亂成一片，甚或有人相互對打起來。

項思龍看著這等場面，心下暗忖道：「想不到在這西域還存在著奴隸交易，看來秦始皇頒佈的律令在這裡根本行不通！由此亦可以看出，西域確是一個野蠻凶殘的民族部落了！這裡的人借著山高皇帝遠，秦王朝勢力根本管治不到，唉文明啊，何時才能在這西域生根發芽呢？想來西方魔教在此地設立分壇也正是看中了這裡人們的凶蠻和殘酷吧！要徹底把西方魔教勢力趕出西域，首要任務是在這裡播種文明的種子！」

項思龍心下如此想著時，也信步走入了圍觀的人群之中。

因項思龍還穿「日月天帝」的裝束，所以看起來甚俱威勢，有一股教人不寒而慄的感覺，不少膽小者見得他走來，均是紛紛先行退開，私下裡卻又對他指指點點的低聲嘀咕些什麼，想是在說：「哇咋，我們這小地方怎麼也來了這麼一位酷爺！看他模樣不是什麼龍頭老大，就是什麼達官貴人，再或是什麼有錢的大老爺！」

但也有幾個滿臉橫肉的大漢目光邪異的望了一眼他這陌生客，又轉向那販賣女奴的主人與他嘰哩叭啦的爭論起什麼來。

女奴主人是個三十幾歲的粗壯漢子，雖是在這秋冬交接的寒冷天氣，卻也還露出了一條光膀子，目光顯得甚是凶蠻，身上的肌肉也甚是發達，油光黑亮的，青筋條條暴起。

在那十多個女奴旁邊站著四個家將，正都用一雙雙色瞇瞇的目光在全身上下幾乎赤裸，只下身遮了塊布匹的女奴身上巡視著，這十多個女奴中有一個姿色較優，自是成了眾人目光關注的焦點，而這稍有姿色的婦人則是面露淒涼怨恨之色，俏面通紅，嬌首深垂，眼簾中竟還轉動著兩滴晶瑩的淚珠，讓人見了心中油然而生一股憐愛之意。

項思龍的第六感告訴他這女子定有怨情，說不定是被這賣主搶來的民女。

有了這種感覺，項思龍心頭不禁火起，目光深沉的向那女奴主人望去，因他心中本就有了對笑面書生等的殺機，所以目中精芒連閃，讓得那女奴主人不自禁的肥大身軀顫了顫，但很快平靜下來，老到的江湖經驗告訴他，眼前這老者是個頗有來歷的人物，心頭雖甚是對項思龍的目光有些發毛和冒火，但卻還是滿臉堆笑的道：「這位老闆，看中那位姑娘？嘿，本人巴拉金出售的這些女奴啊，個個都健康非常，身段苗條。要做活的有，要床上功夫的也有。老闆，隨便看隨便挑，相中了咱們價錢也好談啊！」

說到這裡，頓了頓，對項思龍道：「老闆是第一次來我們這烏牛鎮吧！說起我們這裡啊，可是咱們西域的三大名鎮之一啊！咱烏牛鎮呢就因咱這裡出個神力王——烏牛天尊而出名的！我巴拉金呢，就是神力王的首席護院！不知這位老闆高姓大名啊！」

這巴拉金抬出神力王這後台以後，神色平靜傲慢了許多，似是在告誡項思龍：「兄弟，看你模樣兒挺有氣派的，有些來頭是不是？老瞪著眼睛幹嘛？告訴你，老子可也不是吃素的！」

項思龍看得巴拉金這副小人嘴臉，心下對他牛高馬大的體形而膽小如鼠的性格甚不相稱的配合感到有些好笑和鄙視，暗忖道：「抬出後台來嚇唬別人或許還可以，嚇唬老子麼，卻是找錯對象了！老子天生的吃軟不吃硬，現在還不知他們是不是作惡多端的惡徒，老子不與你一般見識！待會要是讓老子知道你們有惡劣行徑，哼，那自是你的死期到了，老子現在心情本就不好，也不知道是吉是凶是生是死，你來招惹老子，那可是活得不耐煩了！」

心下如此想著，嘴上卻還是故意打了哈哈道：「原來是神力王的門下！在下倒是久仰了，在下此來這烏牛鎮，就是特來拜見神力王老爺的呢！在下倒是請巴拉金爺多多指點了！」

巴拉金見對方一聽自己提出自己主人名號，就對自己如此客氣起來，心懷大是舒暢，擺出一副首席護院的模樣道：「先生找我巴拉金指點可真是找對人了！不過，在下還有些事情未了，待我賣完了這些女奴後，先生再隨我去見我家老爺吧！可我家老爺見不見你，那我可就不敢保證了！好了，先生就請在一旁坐坐，耐心等待一下吧！在下要做生意了！」

說罷，再也不理會項思龍，又去與那幾個滿面橫肉的大漢商談起來。

眾人聽得項思龍的語氣，覺得他也沒什麼大不了的，就又再重新圍了上來，更有甚者竟是故意把項思龍擠出人群去，用肩頭碰撞他。

項思龍心下冷笑，意念一動，氣沉丹田，運注雙腿，腳頓然如生了根般，任那些故意造事者怎樣擠他撞他，他卻仍是絲毫不動站定原地。

這對項思龍來說自是小兒科了，可那些造事者見了卻是心下驚駭，知道對方真也不是好惹的人物，當即又灰溜溜的退了開去，項思龍身旁頓然又鬆了起來。

那與巴拉金談交易的幾個橫肉大漢見了這等境況，當即有人「嗤」笑了一聲道：「哈！原來這是個會家子！但不知手底下到底有多少貨，倒是露兩手出來讓我們飛鷹四少瞧瞧啊！瞧閣下一身打扮，也是我們西域有頭有臉的人吧！但不知尊號名誰，且報上來聽聽！」

圍觀眾人聽得這火藥味甚濃的江湖惡話，膽小者頓即溜了開去，膽大的呢則也給退到了遠處去瞧起熱鬧來，場中頓時只剩下巴拉金和他的四名手下以及項思龍，自稱「飛鷹四少」的四人。

巴拉金見飛鷹四少嚇跑了他的客人，甚是顯得有些不大高興，一臉的不悅之色，卻又似對這「飛鷹四少」有些顧忌，所以只是敢怒而不敢言，倒是把一肚子的怨氣給發到了這手底下或許有那麼兩下子的項思龍身上，眉頭一皺，瞪著他冷冷的喝道：「你瞧，你一來我這買賣就做不成了呢！唉，算我倒楣！不過，你要見我家老爺啊，你自己去見他吧，這下我可要費一些時間了！真是的，剛剛才談了兩筆生意，正準備交易呢，這下……」

巴拉金口中嘀嘀咕咕的叨念著時，那「飛鷹四少」已是走到了項思龍身前，圍著他打量了兩個圈，其中一人道：「哈！看起來挺酷的嘛！喂，朋友！知不知道我們飛鷹四少的規矩？這烏牛鎮乃是我們的地盤，每一個來這裡的人都得向我們交人身安全保護費！瞧朋友這身裝扮，是個大老爺子是不是？那你的保護費就要貴些了！收你一千兩怎麼樣？」

另一人接口道：「嘿，一千兩？不貴，這位朋友的命至少值兩千兩，甚至更多！老三，你來跟這位朋友算算帳吧！」

其中的老三聞言應道：「嗯！這個……讓我看看！瞧他腰間的兩把寶劍一定都是名劍吧！至少就值兩千兩銀子！再瞧朋友身上的這套披風——也挺名貴的吧！又值兩千兩銀子！還有朋友面帶陰煞之氣，前途定有凶兆——要想逢凶化吉呢！六千兩銀子不多！那麼毛毛燥燥的總算起來呢，朋友身價是一萬兩銀子！我們兄弟收你一千兩，只是十分之一，的確不貴、不貴！」

項思龍聽這三人自圓其說，目光連正眼也沒有看他們一眼，只望著那滿面淒容的俏少婦出神，因為此女讓他想到了被笑面書生抓去的盈盈諸人。

「唉，盈盈！姥姥……你們現在怎麼樣了呢？笑面書生還沒虐待你們吧？你們可得堅強點不要做什麼傻事啊！我馬上就來救你們了！」

項思龍如此出神想著，那「飛鷹四少」見項思龍理都不理自己四人，顯是沒把自己四兄弟給放在眼裡，不禁心頭火起，均都面露殺機，正在這火藥一觸即發的緊要關頭，那老三突地大笑起來道：「原來朋友看中了巴拉金的女奴仙仙啊！

哈哈，那麼朋友的身價就又高了一等了，值兩萬兩！那麼按百分之二的保護費收，朋友就給我們兄弟兩千兩銀子吧！當然沒有現金也可以付銀票的！但是要『風雷堡』經營銀莊的銀票！」

「飛鷹四少」老三這話即刻讓其他三少一陣嘿嘿淫笑，其中一人道：「朋友眼光不錯的嘛！這仙仙可是巴拉金費了九牛二虎之力從石慧芳那騷妮子的『鳳仙閣』裡給弄出來的，細皮嫩肉，床上功夫定也一流！我兄弟四人也正看中了她呢！朋友既然對她有意思，那我們就把她讓給你了！」

這話又是引起一陣哈哈怪笑，那叫仙仙的少婦卻是淒涼得落下淚來。

項思龍見得仙仙落淚，心中禁不住地想到盈盈諸女，悲從中來的驀地一聲仰天清嘯，大喝道：「住口！」

項思龍這突如其來的清嘯大喝，倒也真讓得「飛鷹四少」給驚得不由自主的身形往後退兩步，但很快覺出自己等的失態，不由得惱羞成怒的其中一人也不甘示弱的喝道：「哈！朋友還挺凶的嘛，他奶奶的，我飛鷹四少什麼惡人沒有見過？告訴你，我們兄弟四人本身就是惡人中的惡人！還會怕了你啊？還有『風雷堡』少堡主荊無命乃是我們的至交好友！朝中的四旗主諸葛長風也是我們的朋友！閣下的招子可放亮點！乖乖的交出兩千兩銀子來給我們兄弟四人花花，我們就可保你在這烏牛鎮絕對的人身安全！否則……」

項思龍此刻心情是很不好了，聽得這番還在自吹自擂的話語，心中的怒火更是忍無可忍，不待這「鷹少」把話說完，已是冷哼一聲道：「不知死活！」

話音剛落，一道無形罡氣已是在項思龍手拿一閃之下，向那「鷹少」快捷無比的揮擊了過去。

「啊」的一聲慘叫震人心弦的響起，這名多嘴多舌方才還在耀武揚威的「鷹少」，現刻卻成了個滾地葫蘆般的在地上翻滾亂竄著，口中凌叫連連，嘴唇卻已是被項思龍的罡氣給打成了開花般的西瓜，牙齒也掉落地上足有十多顆。

幾聲驚呼暴喝聲片刻響起，另外的三名「鷹少」都「鏘！鏘！鏘！」的拔出了腰間佩刀，驚恐而又憤怒的瞪著項思龍，成三面包圍狀，舉刀欲向項思龍發動攻擊，卻又有些害怕。

項思龍手指一伸，「嗤」的射出一束罡氣，點了那慘叫如殺豬般的「鷹少」啞穴，目中精芒一閃的泛掃了欲圍攻自己的三名「鷹少」，冷冷道：「不怕死的就上來吧！」

三名「鷹少」聞得項思龍的冷喝聲，其中兩人嚇得身軀直顫，手腕連抖，手中長刀「咯咯」的跌落地上，另一人見狀忙也丟下長刀，顫聲道：「這位……大爺……饒命啊！我們兄弟四人也實在是因為日子熬不下去了，才行此下策的！方才對大爺多有得罪之處，還請大爺高抬貴手！小的幾人有眼不識泰山，這下給你叩頭陪罪了！」

說罷，「撲通」一聲雙膝跪地，「咚咚咚」的朝項思龍叩起響頭來。其他二人如法炮製，如公雞啄米般向項思龍叩頭求饒。

項思龍心下暗歎一聲道：「這世上就是這樣，你顯得比別人弱或不想出風頭，別人就騎在你頭上撒尿；你顯得實力強大無比，這些人對付你不是畏如老鼠見貓，就是阿諛逢迎，嘿，真是難懂世人的心事！不過，強大總比軟弱要好！」

心下如此感慨的想著時，項思龍心念一動的道：「你們幾人是不是諸葛長風這叛賊的手下？對了，不是傳聞你們這些賊黨聯合起來準備去對付那中原來的項思龍的手下噢，又聽說你們被項思龍嚇得聞風而逃，被西方魔教的笑面書生擒下了，怎麼你們……還在這裡大搖大擺呢？」

三「鷹少」聽得項思龍這話，嚇得面無人色的道：「原來……原來大爺對這種情況都知道得一清二楚啊！這……這……還不知大爺是何方高人？但請賜教，小的等定當對你知無不言，言無不盡！」

項思龍隱隱猜出了些什麼端倪來，哼了一聲道：「本座乃是阿沙拉元首派來西域的特使。此番到中原，剛巧看見了你們的一舉一動！」

三「鷹少」聞得項思龍終於亮出了身分，臉上的神色既驚又喜，連連向項思龍叩頭道：「原來是特使大人！真是大水沖了龍王廟，一家人不識一家人了！嗯，小的幾人就是鬼靈王的座前四先鋒，此次西域政權發動政變，鬼靈王著小的幾人混進達多的人手之中暗中刺探情況。

「自中原項思龍這小子來攪和了一場，使得局勢大大出人意料之外，鬼靈王便命令屬下幾人唆使達多、童千斤和諸葛長風在西域京城的一眾餘黨，糾集起來去偷襲項思龍他們，但不想軍師笑面書生突然趕至，把我們押了回來，小的四人不知到底發生了什麼事，以為大禍臨頭，所以……乘機給溜了出來。

「流落到這烏牛鎮，因生活沒有著落，也不知前途福禍吉凶，見特使大人甚有氣度，像是有錢的大老闆，便……動了邪念……還請特使大人恕罪！小的四人對我西方魔教可是忠心耿耿啊！這些年來為我們地冥鬼府等集經費可也是立下了不少的功勞，還望特使大人網開一面，饒過小的幾人一命！小的等願為特使大人作牛作馬！」

項思龍聽三人之言，知他們只是一些虎假虎威的小角色，並不知教中的一些詳情，但他們能從笑面書生手下溜出來，看來也有些小門道，只不知是笑面書生睜一隻眼閉一隻眼故意放他們的，還是他們憑小聰明溜出來的？不過，無論怎樣，這幾個小子對地冥鬼府的地址知道，也知道這西域的一些地理位置風俗人情，以及連些年來西域發生的一些重大事情，倒也有些利用價值，有他們在身邊會省卻自己的許多麻煩。

如此想來，項思龍臉上的神色假裝緩和了些，淡淡道：「原來如此，好，你們幾個就暫且跟著本座吧！笑面書生就由本座去幫你們搞定了！但是跟著本座就要絕對服從本座的命令，最好是少說話多做事，不要給本座耍什麼小花樣！否則本座會讓你們死得很難看的！」

三「鷹少」見度過了眼前的劫難，喜得心都快樂開了花，但是臉上自然還是不敢表露出來，連連點頭應「是」，倒也當真閉口不語的端跪著，目光卻是不自禁的望向了那昏迷過去的「鷹少」，顯露出關切的神色。

項思龍沉喝了道：「起來吧！」

說罷，待三名「鷹少」顫巍巍的站了起來後，又從革囊裡掏出了一瓶「天山雪蓮瓊液」拋給一名「鷹少」，冷冷的道：「把這個給你兄弟服下一半，剩下的還給我！」

三「鷹少」面露感激，拿了玉瓶圍近那名昏迷過去的「鷹少」，七手八腳的餵他服食「天山雪蓮瓊液」，幫他包紮傷勢。

看著三「鷹少」的忙碌狀，項思龍心下不覺有點惻然。

惡人有其本性脆弱的時候啊！說到底只要是人就會有感情，有感情也就會有愛！「人之初，性本善」嘛！

感慨的悲歎著時，目光不經意的觸到了那女奴主人巴拉金的身上，卻見他臉上的顏色都嚇成了豬肝色，肥大的軀體都給顫抖起來，目光驚恐的望著項思龍。觸著項思龍的目光更是不由自主的後退了幾步。他那四名手下則更是已嚇得蹲坐在地上，額上的汗水滾滾流著，其他的圍觀者都已退得更遠了，連附近擺的攤子都不知何時給撤去了。倒是那十幾名女奴中的仙仙姑娘卻是顯得不那麼驚慌，秀目放光的望著項思龍，一改先前的哀淒神色，俏臉上泛著春情桃紅，可能是曾聽「飛鷹四少」的老三說項思龍看上了她，所以想用美色來迷惑項思龍，以求改變目前身為女奴的命運，再想方設法逃生吧！

項思龍見得這等場面，心下也不知是悲涼還是興奮。

這裡的人都是因自己的到來即嚇得這個樣子的吧！唉！真不知自己是福星還是災星？如是福星的話，為何氣氛這麼緊張沉悶呢？但如是災星的話，自己心中的出發點是好意的，是想為民除害的，這……

項思龍只覺心中有些不舒服的感覺，眾人的態度對他似乎造成了些許傷害，衝那驚如寒蟬的巴拉金沉聲喊道：「這下我可以見你家老爺神力王了嗎？他媽的，狗眼看人低！對了，那『鳳仙閣』的仙仙姑娘……」

項思龍的話還未說完，巴拉金認為項思龍看中了她，頓忙壯膽媚笑道：「原來是特使大人！這人……仙仙姑娘麼，您老人家定是相中了，小的可以斗膽作主把她送給您享用！嗯，也算是小的代我家老爺送給您的一點見面禮吧！」

項思龍見對方誤解了自己的意思，不由得哭笑不得的冷冷道：「胡說八道！本座是想問你這位仙仙姑娘你到底是從哪裡搶來的，快給本座如實招來，若是有什麼隱瞞的話……可別怪我辣手無情！」

說著單掌成刀，凌空劈揮也十多刀來，那十幾名女奴身上的繩束頓即全被項思龍掌風劃斷，恢復自由之身。

見得項思龍又露出了這麼一手，巴拉金嚇得額上也冒起冷汗來，眨了眨眼，平靜了一下心神，哽咽的道：「這個……此事要以『風雷堡』少堡主荊無命身上說起。因『鳳仙閣』的石慧芳見客有三大難關，我們西域只有三人見過她，荊無命就是其中一人。

「荊無命闖三關見著石慧芳後頓被她的美色所迷，發誓要娶她為妻，怎奈石慧芳曾許過誓言，此生非前秦項少龍上將軍的後人不嫁，所以拒絕了荊無命，但荊無命卻還是沒有灰心，於是假裝喜歡上了石慧芳的貼身婢女仙仙，以藉此靠近石慧芳。

「可時隔一年多，石慧芳對他還是無動於衷，且對他生出了厭惡之心，漸漸不讓荊無命去她的『鳳仙閣』。

「荊無命於是計上心來，逼迫仙仙對石慧芳下春藥，意圖姦淫石慧芳，仙仙寧死不從，荊無命於是威脅她，如她不從，就殺她全家，仙仙被迫無奈，只得忍痛對石慧芳下毒，可不想卻被石慧芳的另一門客孟無痕覺察，揭穿了仙仙的不詭之舉。

「石慧芳氣恨難當之下，把仙仙逐出了『鳳仙閣』。仙仙出了『鳳仙閣』後便去找荊無命，但荊無命怪她沒用事敗，於是與小的這專做女奴買賣的人販子聯繫上——因為小的主人神力王與『風雷堡』堡主荊無命乃是莫逆之交，他自是關照我了。

「荊無命以五百兩銀子把仙仙賣給了小的，可不想此事卻又被那孟無痕知道了，私下尋找小的，要我放過仙仙，這個小的自是不會白白放了五百兩銀子吧！所以日夜兼程把仙仙送回了烏牛鎮，想送給我家主人討好他，但不想我家主人卻怕了那在我們西域有『多管閒事』之稱的孟無痕，非要小的快些把仙仙賣了不可，於是小的便把她拿出來公開拍賣了……

「以後的事，特使也知道，不用小的多說了！嗯，小的也只是聽命任事而已！俗話說：「端人家的碗服人家管」……咳我……也是沒法子才做這種勾當的，因為小的家裡上有八十老母，下有三歲兒女……日子難過啊！為了養家糊口，小的只有做這種遭人白眼的事了……」

說到這裡，巴拉金已是一把鼻涕一把淚的哭泣起來，只不知是真情流露還是裝出來的，亦或是被項思龍嚇出來的。

項思龍聽得巴拉金這一番述說，心頭既是興奮，又是火起，興奮的是終於有了孟姜女女兒孟無痕的下落了，看來她還安然無事。火的是想不到西域頗有名氣的「風雷堡」少堡主竟是如此卑鄙的小人，撞到自己手裡，一定要給他點顏色看看！

還有這神力王，與「風雷堡」堡主交情不淺，又有巴拉金這等垃圾手下，定也不是個什麼好東西，自己現在既然撞上了，那也順便管一管吧！反正自己也不知前途是凶是吉，為世人多除一個惡人，也便算是多做了一件好事，何樂而不為呢？

心下想來，當下止住巴拉金的哭哭啼啼道：「好了，少跟本座說什麼廢話了！我可不是什麼慈善機構，跟我訴苦沒用的！做人啊，主要是靠自己！天下間三百六十行，行行出狀元，不做壞事也餓不死你的！」

說到這裡，頓了頓接著又道：「那『多管閒事』孟無痕是什麼來頭的人？本座每隔一年都會來一次西域，前兩年怎麼沒聽說過此人？是個新出道的高手嗎？身手到底怎麼樣？本座倒想見他！」

巴拉金被項思龍一頓訓斥，真也不敢再泣再多言了。聽得項思龍繼續發問，眉頭皺了皺，沉吟了片刻道：「我家主人也著小的查過此人，據小的查得的消息，這孟無痕乃是一年半前自中原雲中郡城突然出現，隨後進入了我們西域，一身武功高深莫測，行蹤飄忽不定，專愛打抱不平，與『鳳仙閣』的石慧芳相交甚密，常去她那裡，至於他的詳情就不知曉了，特使大人如欲見此人，去石慧芳的『鳳仙閣』定可以如願以償的！」

項思龍聽得巴拉金這話，知孟無痕並未洩露其身世，大是放下些心來，見三「鷹少」已為受傷的那名「鷹少」包紮好了傷勢，當下轉過話題道：「嗯！現在你就領本座去見你家主人吧！這十幾個女奴就全給放了，仙仙姑娘麼，暫時跟著本座，待本座去找那荊無命算算帳去！」

仙仙此刻已從那幾名巴拉金手下身上拖下了他們的布匹，留下一匹給自己裹住裸身，其他的給了那十幾名激動而又害怕的女奴，聞得項思龍這話，秀目彩光一閃的飄然走到項思龍身前冉冉下拜，脆聲道：「仙仙多謝特使大人為小女子作主！謝謝！」

拂了拂身子後，又自個兒站起身來，雙目恨芒倏地一閃的落到了巴拉金身上，一字一字的道：「特使大人，這巴拉金乃是我們西域的一大惡徒，他專門搶劫民女倒賣，賺取昧心錢，不知道讓得多少人家家破人亡，妻離子散，他的主人神力王乃是西域一大惡霸，又有與地冥鬼府並駕齊驅的『風雷堡』罩著，所以甚是橫行無忌！特使大人，你不知道，這巴拉金曾揚言，只要他家主人和『風雷堡』聯手，就可以蓋過地冥鬼府，蓋過西方魔教！還說什麼……」

仙仙的話尚未說完，巴拉金就已截口怪叫道：「這……沒有這回事啊！特使大人！小的從來就沒有說過什麼對地冥鬼府和西方魔教不敬的話！特使大人可得明察秋毫，不要受這妖女的蠱惑！」

項思龍虎目一瞪的冷冷道：「本座要你來教訓嗎？哼！……對了，你如沒有說我西方魔教不敬的話，那麼仙仙姑娘聽說的有關你搶劫民女之事卻是屬實囉！嘿嘿，這倒挺對本特使的脾性呢！」

項思龍為了套出巴拉金的底細，證實他作惡多端的事實，所以語氣一轉，又讚起他來了，巴拉金起先先是心神大震，聽得項思龍最後一句話，心中的一塊石頭總算落了地，當即眉開眼笑道：「哪裡哪裡！小的這些手段哪裡能跟特使大人的西方魔教相比呢！嘿，小的等以前不知地冥鬼府就是貴教的分壇，前些時得知，真的是非常佩服貴教的深藏不露啊！一露則又是一鳴驚人！小的真是佩服佩服！」

仙仙本以為項思龍是個性子正直的好人，把一腔申怨的希望都寄託在了他身上，不想項思龍卻是在戲弄自己，也是「人面獸心」的傢伙，當即悲吟一聲，倏地身形一掠，拾起「飛鷹四少」掉落地上的佩刀，快若閃電的向巴拉金劈去，怒喝道：「你去死吧！」

巴拉金在仙仙悲吟聲剛傳來，已是警覺起來，待她飛刀擊至，泛哼一聲道：「找死！」

說著，手臂一抖，自腰間取下了一個大金環，套在臂間擺動起來，也是金光閃閃，勁氣呼呼，還頗有點氣勢！

項思龍暗道：「要糟！看這巴拉金一身橫肉，力氣看來不少，仙仙這一刀速度雖快，但卻力道不夠，單是巴拉金的這身厚皮，也足可承受她這一刀之擊了，現在巴拉金還用上了金環，這……」

心下想著，口中當即哈哈大笑道：「原來仙仙姑娘還是個會家子！嘿，這太好了！本特使就喜歡你這等樣帶刺的玫瑰！巴拉金，不許傷了仙仙，本特使來與她過兩招玩玩！」

說著，意念一動，體內真氣隨掌揮出，又聽得「噹！噹！」兩聲器物相擊之聲驀地響起，仙仙手中的長刀和巴拉金臂上的金環，被項思龍所釋放出的罡氣給悉數擊落。

二人頓時給怔愣當場，仙仙是想不到項思龍真如自己所想般是個「人面獸心」的傢伙，想到落入他手上後過的將也是生不如死的生活，而自己此刻看來就是想尋死也不可能，所以萬念俱灰之下給怔在了當場。

巴拉金呢，則是一來想不到項思龍會出手阻止自己殺仙仙這膽大的女奴，二來想不到項思龍舉手投足之間所發出的真氣都有如此大的威力，連自己得自主人傳授的「大力神功」也被他輕描淡寫的就給破去，所以一時也不明所以的給怔愣住了。

項思龍見二人神態，也可猜出二人現刻的心情，神秘的詭笑了一下，走上前去，端起仙仙小巧玲瓏的下巴，注視了一刻她顯得憤怒的俏面，淡淡的笑道：

「小美人，這麼凶幹嘛呢？嗯，愛凶啊，咱們到床上去凶！」

巴拉金聽得這話，嘿嘿一陣淫笑，對項思龍的疑慮又悉數盡消，附和笑道：「仙仙，特使大人看上了你是你的福氣呢！以後可得好好的伺候特使大人，這樣你就會有享不盡的福運了！」

仙仙「呸」的突地朝項思龍吐出一口唾沫，泛哼一聲道：「邪教終究是邪教！我花仙仙雖是人盡可夫的青樓女子，可卻不會伺候你這等邪教徒！哼，你們在我小小西域得勢又算什麼？有本事深入中原去呀，看你們還威風不威風得起來？項少龍上將軍已重出江湖，他會來懲治你們這邪教的！」

仙仙這一番話甚是激昂的大聲說來，連得俏臉都脹得通紅，項思龍想不到她竟會說出這麼一番話，微微怔了怔，突地又是一陣哈哈大笑道：「好！罵得好！罵得痛快！想不到仙仙姑娘還是個頗有愛國熱情的巾幗英雄！嘿嘿，我西方魔教的確是個沒用的邪教，自成立至今一千多年來，時時刻刻都想吞併中原武林，可是到如今只是一個空談的希望，連你們西域這麼一個小國也未完全控制下來，當真是應感慚愧！」

這下倒是又輪得花仙仙和巴拉金等發愣了。

這特使說話顛三倒四的，他到底是什麼來歷的人啊？……

幾人怔愣的想著時，項思龍又道：「不過——這次不同了！我們西方魔教經過一次次失敗的慘痛悲涼的教訓，經過二三百年的沉澱積累力量，還有……我們『日月天帝』教主重新出關……嘿嘿，我們西方魔教重振聲威的時日到了！」

項思龍這話除了讓花仙仙和巴拉金幾人心神為之一寒，讓得在旁偷偷觀看了許久的一人更是「啊」的一聲，失聲驚叫道：「什麼？日月天帝教主還活著？他……他重新出關了？這……這……」

這聲音似是驚駭又似是興奮，顫顫暗暗的說著，一個蓬頭垢面的老乞丐忽地不知何時從何地閃到了眾人面前，一張老臉乾枯得已是緊緊的縮在一起，有如老樹皮般，一雙手猶如筷子般細小，雙目卻是炯炯有神，讓人看了心神禁不住會為之一顫，有著一股濃重的陰森肅殺之氣。

項思龍見得這老者心神也是一突，第六感告訴他，這老者定是個來歷不凡的人物，說不定與「日月天帝」有著什麼淵源，單看他一身連自己也是在待他到得距離只有十多丈遠時才覺出他的行蹤的武功，就可看出這老者不簡單了。

但自己現在乃是一身「日月天帝」的裝束，對方如跟「日月天帝」有什麼淵源，那他為何不識得自己這假「日月天帝」呢？

心下想來，項思龍斂了斂神道：「閣下是誰？難道認識我們教主嗎？教主出關的消息，在下也只是聽笑面書生所說的！」

乞丐老者聽得項思龍這話，驀地發出一陣震天哈哈大笑道：「我是誰，我是誰？哈哈哈，一千多年了，世人連我『鬼影修羅』的名號都給忘了！倒是你『日月天帝』人們還記得……」

第十四章　鬼影修羅

乞丐老者自言自語的狂笑大喝著，望了項思龍一眼繼續道：「說來我能練成『鬼劫神功』，可也全靠『日月天帝』的奪愛之恨，嘿嘿，他憑著武功比我高強，又長得風流倜儻，所以自他報了父仇，成名之後，就纏上了我師妹『百合仙子』，把她給勾引了去。

「我與師妹本乃是青梅竹馬的天生一對，自小感情就非常融洽，可怎奈我因練鬼劫神功使得我容貌大變，成了這副人不人鬼不鬼的模樣，師妹因此與我產生了些矛盾，日月天帝這小白臉就在這緊要關頭出現，騙走了我小師妹。我氣恨難當之下就與日月天帝約鬥，兩人大戰了一天一夜，終因我鬼劫神功只練至第十層功力而敗陣下來，功力被日月天帝悉數毀去。

「悲憤失望之餘，我本欲自殺，可我師父鬼殘修羅則制止了我，並且耗盡他畢生的功力，為我續接上了被日月天帝挑斷的氣機筋脈，讓得我重新恢復了對生命的信心和勇氣，可我師父鬼殘修羅則因救我而死去了。

「自此我就更加痛恨日月天帝，恨不得能生食其肉生飲其血，但師父告誡我，在我筋脈接上的三年之內，不可跟任何人打鬥，否則會再次筋脈盡斷，並說我如沒把鬼劫神功練至十二層功力的至高境界，就絕對不是日月天帝的對手。我只得忍恨在修羅殿裡閉關三年，靜心養傷。

「在這三年中，我的內心遭受著極盡的痛苦，我可以想像我師妹與日月天帝已經成親，並且說不定已經有了孩子……因著這諸多痛苦的雜念，我的鬼劫神功絲毫沒有進展，還是停留在十層功力的基礎上，可我的傷勢卻已痊癒了。

「我承受不住內心的煎熬，三年過後，我出了修羅殿，千辛萬苦才找著了日月天帝，他這時已與師妹成婚，且生下了一子，又創立了西方魔教，可謂生活幸福，事業有成！可是我呢……

「怒火中燒之下，我正欲去與日月天帝拚命，卻不說自己不是日月天帝之敵，就是想見著他的面也難，因為他所到之處均有大批高手相護，我根本近不了他的身。正當我苦急無策之時，日月天帝兒子的啼哭聲激發了我的靈智，讓我歹念一起，老子現在不是你的敵手，可是我可以抓走你的兒子進行報復啊！至於小師妹麼，她不仁在前，可也就別怪我不義了！」

「此事心念一動，我當下便馬上付諸行動，小師妹的深宮戒備甚是深嚴，可那些守衛並不是日月天帝手下的高手，再說在這三年來，他或許早就認為我不是死了，就是已成為一個廢人了，根本不用放在心上，所以我並沒費多大手腳就進入了小師妹房中。

「當時她正在逗她與日月天帝所生的兒子說笑，看樣子過得甚是開心，妒恨之下我顧不得再隱藏身形走了出來，小師妹見著我，先是驚得嬌呼了一聲，接著又表露出欣喜的關切之情，問我這些年過得好不好。

「我聽了小師妹的問候，心下的痛苦和憤慨更是深刻起來，認為她當時的一舉一動一言一行都是虛偽的，都是在諷刺我，使得我理智喪失的衝著她大發了一通脾氣，又凶性大發的去奪婢女懷中的孩子，小師妹驚呼著問我想幹什麼，同時出手與我對抗了起來。

「我和她同出『鬼殘修羅』這一師門，小師妹練的是『百合神功』，功力已練至十二層的境界，我不是她的敵手，但是她卻是不忍心向我下重手，任我怎樣向她發動狂攻，她都能輕易化解，僅小師妹武功的精進中使得我知道日月天帝的武功定是更加厲害了！我想著這點，痛苦妒恨得失了常性，利用小師妹的善良本性，假意自殺，小師妹自是大驚的出手相助，趁她對我毫不提防之下，我猛下重手，擊傷了小師妹，但不想……那一著卻讓我遺恨終生，小師妹她……」

老乞丐說到這裡，聲音顯得有些哽咽，臉上神色也顯得甚是痛苦，望了已聽得出神的項思龍和巴拉金、花仙仙、飛鷹四少幾人一眼，頓了頓又道：「把小師妹擊成重傷後，我怔愣片刻之下，還是仇恨占了上風，狠心抱走了她的兒子。小師妹重傷驚駭之下，掙扎著衝我遁出的身影喊了一聲道：『師哥，不要傷害我兒子！就算我求你了！』

「我聞聲遲疑的回頭一望，看到的情形讓我傷心，悲痛驚駭懺悔之情頓即湧起——原來小師妹竟揮劍自盡了！

「我本欲去抱起小師妹的屍身，但我這一番打鬧，已是驚動了日月天帝座下的大批高手，他們均都向我追圍過來，我為了逃命，暗一咬耳狠心飛身而去，幸好我跑得快，日月天帝不消片刻就趕了來，憑他的本事本可以追上我的，怎奈一時因失了兒子死了妻子而動了燥念，使得他的功力大打折扣，我也因此險險逃過了一劫。

「回到了修羅殿，我把小師妹的死帶來的悲痛都發洩到了日月天帝兒子身上，我本想殺了這小鬼，可我又想起了小師妹臨終前的話，最後我決定收留這小鬼，既擔負著撫養他的任務，又瘋狂的把對日月天帝的仇恨反洩到他身上，每日用鞭子抽打他，可不想這小子天生硬骨頭，任我怎麼打他，他總是一副笑臉，使我根本發洩不了心中的仇恨。

「於是我又轉了心念，傳授這小子武功，叫他詛咒日月天帝。如此年復一年，這小子長大了，容貌非常像日月天帝，我一看到他心中就有恨，練功也不能一心一意，使得他到了二十歲的年齡，我還是沒把鬼劫神功練至最高境界，倒是這小子給練成了。

「我也不知是驚是喜是恨是憂，與這小子相處十幾年，產生了些許感情，可還是不能化解我心中對日月天帝的仇恨，於是再動一念，決意重出江湖，讓這小子去與日月天帝互仇殺，他們無論誰殺死了誰，知道真相後，另一人定會痛苦非常：這樣自己的仇恨就可得到發洩了！

「這想法讓得我非常激動，只要計畫成功了，那種復仇的快感可真是奇妙無窮！如此想來，我便迫不及待的領了日月天帝的兒子出了修羅殿，此時日月天帝的西方魔教勢力在中原和西方國家都正是蒸蒸日上的時候，日月天帝這傢伙原來在喪妻失子的巨大悲痛過後，把他所有的精力都投注到了他的武學和事業中去，藉此來遺忘這痛苦。

「我自感自己確實是不如日月天帝，只會自暴自棄不思進取，而他呢……我有些心灰意冷，但對他的仇恨卻是絲毫不減，於是命他兒子去尋他決鬥。

「日月天帝見著這小子似是有些感應，神情怪怪的怔愣著。可我在一旁催他向日月天帝發動進攻。小子在這二十餘年被我折磨的生活中，對我的話已是言聽計從，做任何事從不向我問為什麼。

「得我命令，小子向日月天帝發動了狂攻。鬼劫神功十二層功力果然不同凡響，竟能與日月天帝鬥個不相上下，再加上日月天帝有些神情恍惚，所以落在了下風。

「我大喜之下，於是也加入了戰場，想合鬥日月天帝，好讓小子能更快的擊敗他殺死他，但不料日月天帝這小子藏了拙，待我加入戰圈後，他的武功突地威猛一倍有餘，小子和我合二人之力也不是他的敵手。

「一百餘招過合，我們處在了逆勢，我見了又是驚駭又是氣憤又是失意，所以喪失理智的向日月天帝發動狂攻，但不想更糟，日月天帝的武功竟然遇強則強，遇弱則弱，這一來，我和小子二人更是節節敗退。日月天帝則愈戰愈猛。心浮氣燥之下，我和小子再鬥了約二百來回合，日月天帝突地施出一招絕世劍法，盡破我和小子的招式，並且使得我們殺招有力難發，日月天帝的劍招則和長江大河般向我刺來。

「我暗呼一聲：我命休矣！但不想就在這千鈞一髮的危急關頭，小子突地捨身向我抱來，竟是用身體硬為我格擋日月天帝這致命一劍。日月天帝大驚之下自是撤劍，但小子和我則瞧準這時機，向日月天帝發動了偷襲。

「日月天帝又驚又怒之下忙又發劍，但還是遲了一步，然而我們也被他劍勢餘招所傷，其中小子的傷勢最為嚴重，他的心胸被日月天帝長劍穿過，當場昏死過去。

「見得這種結局，我雖是大有大仇得報的快感，但同時卻為小子對我的盡忠激動和傷感。然而這傷感很快被快感沖淡，我哈哈大笑著向日月天帝道出了事情真相，日月天帝聽了果真驚駭傷心，失落得怔愣當場，對他的嚴重傷勢倒一無所覺——因為他親手殺死了他的親生兒子啊！

「日月天帝怔愣半晌之後，驀地一陣喪心病狂似的狂笑，接著抱起了小子的屍身，狂笑著理也不理我的飛奔而去。

「後來傳言日月天帝救活了小子，並且傳了小子高深的武功，讓小子做了他的得力助手，他也平安無事。

「這讓得我氣恨得快要發狂，可我因傷勢太重，根本無法再動武了，所以只得忍氣吞聲，靜心養傷，想日後東山再起，練成高絕神功再找日月天帝算帳，但怎奈我氣脈全亂，根本集不起真氣來，所以過了幾十年，傷勢仍未癒合，正當我傷心失望之時。江湖中傳來了日月天帝失蹤的消息，說是覓地修練一種神功去了，可我知道他定也是因重傷成疾，欲覓地閉關療傷才是。

「知道這消息我心下大喜，也再回到了修羅殿，專心一致修練鬼劫神功起來。鬼劫神功乃是門天下無敵的詭異邪派神功。練此神功者，務必選擇一處滿布屍島的絕地深谷，把自己身體置陷入此深谷的屍毒靈穴之中，先讓自己進入假死狀態之中，使自己的身體也腐爛發臭，能夠承受屍毒進入體內四肢百骸，再運用神功心法吸納深谷內的萬年屍毒，待屍毒完全吸收後，可重出地底，進入修羅殿的鬼劫盤中修煉，至醒來時也即是神功大成時。用此法修練的鬼劫神功乃是正宗的鬼劫神功。

「我吸收過屍毒，已經具備了煉鬼劫神功的重要根基，但為了能打敗日月天帝，讓我的鬼劫神功威能增大，所以我再一次選尋了處絕谷吸納屍毒——反正我已毀容，這一去就費去了我二百多年的時間，因為那處絕谷的屍毒太過強盛了。

「二百多年後我出了絕谷，聞聽得日月天帝已經失蹤，他的西方魔教已經四分五裂被他們西方阿少拉元首所侵，傳言是想日月天帝死了，但我感覺他沒死，而是在修練一種神功。為了與他比試最後誰厲害，我在江湖中走動不到一月就進入修羅殿練功，只不想這一練就是八百多年我才醒來。神功是練成了，但我卻沒有聽到日月天帝出關的消息，本以為他可能死了，正大是失望著呢，想不到這刻卻聽到了他還活著的消息！」

說到這裡，乞丐老者仰天一陣淒厲的哈哈大笑，這笑聲顯得甚是刺耳難聽，巴拉金和花仙仙、飛鷹四少幾人不由自主的打個寒顫。

項思龍則是皺了皺眉頭，心中暗忖道：「也不知這怪老者的話是真是假，如若屬實的話，自己可得想法毀去他或收降住他！要不這等魔頭在這世上存著，對世人可真是一大威脅！」

如此想著時又暗暗奇怪，自己體內融入了日月天帝的元神，怎麼對這事就沒有一點印象呢？嘿，這怪老者的話有待懷疑！

不過，卻也不可掉以輕心，俗話說：「寧可信其有，不可信其無」，自己倒也不可粗心，大意的輕視這怪老者了！

或許是日月天帝把有關這一段的記憶在他腦海深鎖住了也說不一定呢？如此自己就不會有影像啦！

但看這怪老者的這副尊容，身上釋發出的這股陰毒寒氣，當也不是什麼「鬼影修羅」，可也定是不簡單的人物。再說，如沒有這樣的事，叫人憑空編出這麼個故事來可也不是一件什麼容易事，還有啊，這怪老者在講故事時的神情動作無不是情真意切，當也不會有假的吧！

心下想來，項思龍神情一肅的道：「原來是鬼影修羅前輩大駕！在下對你的大名可是如雷貫耳！但前輩若想向我教主尋仇，卻是得先闖過在下這一關！否則，前輩就別想見我教主！」

鬼影修羅哈哈一陣怪笑道：「小子，你是何來頭的人物？竟敢向老夫叫陣？哼，憑你還不配作老夫敵手，雖然你的武功也有點道行，但跟老夫動起手來，卻是不堪一擊了。嘿嘿，老夫看你根骨倒是不錯，意欲收你為徒，不知小子意下如何？你跟了老夫……」

不待鬼影修羅把話說完，項思龍就已截口道：「前輩不要多說了，這事絕不可能的！你是我教主日月天帝的死對頭，我又怎麼會做你徒弟呢？」

鬼影修羅雙目厲芒一閃道：「嘿，想不到小子對日月天帝這老傢伙倒挺忠心的呢！不知你是當年他手下的第幾號狗腿子？骷髏魔尊和枯木真師都背叛了日月天帝，你卻為何如此死腦筋呢？

「哼，看你這一身裝束，似是日月天帝當年的打扮，你能得到他的變色龍披風，又膽敢與他一般的裝束，看來你定是他的心腹狗腿子了！對了，你是不是日月天帝的兒子？是不是？小子，你連師父也不認識了嗎？」

請續看《尋龍記》第二輯　卷四神劍

無極作品集

尋龍記 第二輯 卷三 魅影

作者：無極
發行人：陳曉林
出版所：風雲時代出版股份有限公司
地址：10576台北市民生東路五段178號7樓之3
電話：(02) 2756-0949
傳真：(02) 2765-3799
執行主編：劉宇青
美術設計：許惠芳
業務總監：張瑋鳳
出版日期：2025年1月
版權授權：蔡雷平
ISBN：978-626-7464-71-7
風雲書網：http://www.eastbooks.com.tw
官方部落格：http://eastbooks.pixnet.net/blog
Facebook：http://www.facebook.com/h7560949
E-mail：h7560949@ms15.hinet.net
劃撥帳號：12043291
戶名：風雲時代出版股份有限公司

風雲發行所：33373桃園市龜山區公西村2鄰復興街304巷96號
電話：(03) 318-1378　　　傳真：(03) 318-1378
法律顧問：永然法律事務所 李永然律師
　　　　　北辰著作權事務所 蕭雄淋律師

行政院新聞局局版台業字第3595號 營利事業統一編號22759935

定價：340元

國家圖書館出版品預行編目資料

尋龍記　第二輯／無極 著. -- 臺北市：風雲時代出版股份有限公司，2025.01 -- 冊；公分
ISBN：978-626-7464-71-7（第3冊：平裝）

857.7　　　　113007119